Congelado

Lindsay Ashford

Congelado

TRADUÇÃO DE

Ryta Vinagre

EDITORA RECORD
RIO DE JANEIRO • SÃO PAULO
2008

CIP-Brasil. Catalogação-na-fonte
Sindicato Nacional dos Editores de Livros, RJ.

Ashford, Lindsay
A852c Congelado / Lindsay Ashford; tradução de Ryta Vinagre. – Rio de Janeiro: Record, 2008.

Tradução de: Frozen
ISBN 978-85-01-07841-4

1. Prostitutas – Ficção. 2. Homicídio – Investigação – Ficção. 3. Romance inglês. I. Vinagre, Ryta. II. Título.

CDD – 823
08-1269 CDU – 821.111-3

Título original inglês:
FROZEN

Capa: Glenda Rubinstein
Ilustrações: Ana Maria Moura
Composição de miolo: Glenda Rubinstein

Direitos exclusivos de publicação em língua portuguesa somente para o Brasil adquiridos pela
EDITORA RECORD LTDA.
Rua Argentina 171 – Rio de Janeiro, RJ – 20921-380 – Tel.: 2585-2000
que se reserva a propriedade literária desta tradução

Impresso no Brasil

ISBN 978-85-01-07841-4

PEDIDOS PELO REEMBOLSO POSTAL
Caixa Postal 23.052
Rio de Janeiro, RJ – 20922-970

Para minha família, por seu amor e paciência.

Este livro também é dedicado às prostitutas de Wolverhampton e Birmingham, que me contaram suas histórias.

Agradecimentos

Gostaria de agradecer aos agentes da polícia de West Midlands, cuja ajuda e conselhos contribuíram para a redação deste livro – eles sabem quem são. Trabalhadoras das zonas de prostituição de Wolverhampton e Birmingham também me deram informações inestimáveis, assim como o patologista Dr. Chris Simpson, do Hospital Bronglais, de Aberystwyth, e seu assistente S. G. Lea (Leo). Agradeço também à minha editora na Honno, Janet Thomas, cuja sabedoria não corresponde à sua idade.

Capítulo 1

Ele sabia exatamente onde encontrá-la. Como todas as outras, ela era territorialista, mas, ao contrário da maioria, estava sempre só, guardando zelosamente seu ponto. O carro dele parou ao lado e ela subiu sem dizer uma palavra.

Ele entrou em uma das ruas tranqüilas que passariam por fábricas adormecidas. Os longos dedos ossudos dele se arrastavam pela perna dela feito uma aranha, desaparecendo na saia de lycra brilhante até a escuridão quente de seu interior.

– Estou fora, Maria.

O cabelo macio da mulher balançou como algodão-doce enquanto ela virava a cabeça rispidamente, encontrando os olhos dele pela primeira vez.

– Vão me tirar da Delegacia de Costumes... no final do mês. – Ele tentou sustentar o olhar da mulher enquanto o rosto dela se enrijecia em um sorriso amargo.

– Tem que pagar por isso como todos os outros... Seu cretino!

Ele riu, abrindo o zíper dos jeans com a mão livre.

– Eu disse no final do mês. Tem que me dar uns presentinhos até o ano-novo, hein?

Ela o ignorou, tateando o cinto com o dinheiro em volta dos quadris e sacando uma embalagem de camisinha preta e amarela. Sacudiu-a embaixo do nariz dele.

– Sabor piña colada – disse ela, na voz que costumava usar para adular a filha.

– Eu não quero oral... hoje não. – Em um movimento rápido, ele estendeu o braço e abaixou o encosto do banco do carona, apertando-se em cima dela. – Sabe o que eu quero, não sabe? – Seu hálito fedia e ela virou a cara.

– Não faço isso sem proteção. Você sabe que eu nunca faço com os clientes sem nada.

– Vem cá, meu amor. – Ele empurrou a saia até a cintura dela. – Estou te poupando cinqüenta libras... É quanto vale o tratamento completo. De qualquer forma, você sabe que estou limpo.

O cheiro do Tribunal dos Magistrados de Birmingham – aquele fedor estranho e inconfundível de suor e cera – encheu a cabeça dela enquanto ele invadia seu corpo. Cinqüenta libras. Ela só havia ganho trinta até aquele momento. Ficou deitada ali fazendo aritmética mental, sabendo que era inútil.

– Você faz isso por ele, não faz? Aquele bosta que você chama de namorado. – As palavras eram pontuadas de grunhidos de esforço.

– Isso não é da porra da sua conta, é?

Ele respondeu com uma salva de grunhidos e depois desabou. O grande tira arrasado, pensou ela. A única parte do corpo que podia mexer era a perna direita e ela bateu o salto da bota de couro preto no painel central do volante.

O grito da buzina o colocou sentado num salto e ela pulou para fora do carro, rolando a saia pelas coxas enquanto se afastava.

Fora de vista, ela pegou lenços umedecidos do cinto de dinheiro. Agradava-lhe pensar que o banco do carona teria ficado com a maior parte da porcaria dele. Ela desceu a rua, perguntando-se qual dos colegas dele ia se sentar ali. Ela esperava que fosse um policial uniformizado – a mancha apareceria mais no tecido escuro.

Os saltos estalavam nas ruas silenciosas e desertas que levavam para sua zona. Virando uma esquina, ela estacou. Seu caminho estava bloqueado por um mar de luzes azuis que piscavam. Enquanto ela se esquivava para a sombra de uma parede, seus olhos viraram para cima. Ela pensou ter visto a silhueta de um homem agachado em um telhado. Um homem armado.

Na manhã seguinte, Ceri Richardson ouviu a notícia dos assassinatos no rádio enquanto passava a camisa do marido.

"O corpo de Tina Jackson, 40 anos, foi encontrado em um quarto depois que os policiais da Unidade Tática de Armas de Fogo arrombaram a porta da casa." O repórter parecia jovem. Mal era capaz de conter o tom animado na voz. Ela sabia exatamente como ele se sentia. Aconteceu a mesma coisa com ela na primeira vez em que cobriu um homicídio. Fazia quanto tempo mesmo? Onze, não, *doze* anos. Ela suspirou. Parecia uma vida.

"O morto estava a alguns metros de distância", prosseguia o repórter. "Ainda não foi formalmente identificado, mas acredita-se que seja o marido estrangulado da Sra. Jackson. A polícia encontrou um rifle de cano duplo ao lado do corpo."

O ferro soltou vapor quando ela o pegou novamente. Ela o apertou com força no tecido branco, tentada a mantê-lo ali por vários segundos.

O que ele faria com esta camisa amanhã?, perguntou-se ela. Ia trabalhar com a camisa, é claro, mas para ele o trabalho era elástico. Ele podia esticá-lo em horas e lugares que ela jamais poderia questionar.

Ocorreu a ela – não pela primeira vez – que ele pode muito bem ter feito sexo com outra mulher vestido com aquela camisa que ela estava passando com tanto cuidado.

– Canalha! – O ferro sibilou e ela o afastou rapidamente, bem a tempo.

A Dra. Megan Rhys ouviu o final da manchete na Rádio 4 ao girar a chave na ignição.

"... e uma mulher baleada em Birmingham."

Ela sintonizou na emissora de rádio local e aumentou o volume. Enquanto descia o morro para a universidade, ela juntou as peças. Os homens armados empoleirados nos telhados, vizinhos emocionados, um tanto apavorados com o drama de ter de evacuar as casas, a porta arrombada enquanto a polícia invadia a casa de Tina Jackson. Imagens surgiam livremente do arquivo de cadáveres em sua mente. A mulher com feições de cera, provavelmente nua, esparramada na cama. A cabeça do homem estourada como uma fruta podre.

Ela não conseguia evitar. O impulso de analisar, de classificar, era instintivo. Este caso tinha um quê de "doméstico" estampado em toda parte.

O marido estrangulado, disse o repórter. Ela pensou em Tony. *Estrangulado*. Palavra estranha. Mas *era* uma coisa estranha – ainda estar casada, mas vivendo separados.

Megan abriu o porta-luvas, os dedos se fechando em volta de um pacote de bolinhas de chocolate Malteser. Só restavam duas. Ela colocou uma na boca. O que realmente queria era um cigarro. Tinha sido um fim de semana exaustivo, o sábado passado numa palestra em uma conferência de patologia forense em Manchester, seguido de uma noite de talvez duas horas de sono. E no domingo, abastecida de cafeína, ela corrigira 35 provas do curso de graduação.

Ela entrou com o carro no estacionamento do Departamento de Psicologia Investigativa da Universidade de Heartland, olhando o retrovisor enquanto rumava para a vaga. Não viu Patrick van Zeller, que parara o carro para esperar por ela.

– Bom dia!

Sobressaltada com a voz dele, Megan tentou chupar o chocolate da bochecha inchada, mas ele ficou preso entre os dentes. Ela soltou um gargarejo estranho ao tentar falar. Patrick riu e o hálito dele deixou trilhas de vapor no ar gelado. Por fim ela conseguiu engolir.

– Ah! Flagrada no ato! – gemeu ela. – Eu lhe ofereceria um, mas acabo de terminar o pacote... Parei de fumar e isto está me fazendo engordar feito uma porca!

– Ah, não precisa se desculpar – disse ele. – Sei como é. No ano passado, nesta época, eu fumava quarenta cigarros por dia.

– É mesmo?

– É. Ainda tenho anseios... Em especial nas festas. – Ele abriu um sorriso solidário para ela, os olhos se enrugando nas pontas. Ela não o conhecia há muito tempo, mas estava começando a gostar dele. Nunca teve que supervisionar ninguém de sua faixa etária e ele parecia mais um colega do que um aluno de pós-graduação.

– A propósito – disse ele enquanto os dois iam para o prédio –, onde você estava no sábado? Perdeu uma ótima noite... Por acaso esqueceu?

– Não – Megan gemeu de novo. – Eu queria mesmo ir. Comprei o vinho e me arrumei toda, e então Ceri... minha irmã... telefonou, chorando rios de lágrimas. Disse que as crianças a mantinham acordada há duas noites e ela e o marido estavam a ponto de enlouquecer. Então acabei sendo a babá. – Foi mais do que isso, mas ela não ia contar a Patrick como estava preocupada com a irmã. Quantas horas passou ouvindo os temores de Ceri de que Neil estivesse tendo um caso. Tudo parecia tão terrivelmente familiar.

– Ela não conseguiu mais ninguém para ajudar?

– Não. Minha mãe morava bem perto dali, mas morreu no ano passado. Os pais de meu cunhado moram na Cornualha... Então eles só tinham a mim. Que Deus os ajude!

– Coitadinha. – O tom de voz dele dava a impressão de que sabia como podia ser difícil cuidar de crianças. Megan se perguntou se ele tinha filhos. Ela sempre achou que ele era solteiro.

No saguão, eles passaram pela árvore de Natal com seus escassos enfeites. Só daqui a uma semana, pensou Megan, e ela sequer começara a comprar os presentes. A perspectiva de andar sozinha na manhã de Natal a enchia de pavor. Ainda assim, pensou ela, enquanto olhava a pilha de envelopes em seu escaninho, não podia ser muito pior do que andar ao lado de alguém que não se amava mais.

– Doutora Rhys! – A voz do porteiro ecoou da cabine envidraçada no canto do saguão. – Ligação para a senhora... Devo transferir para sua sala?

– Sim, Eric, obrigada. – Megan pegou a correspondência, enfiando-a debaixo do braço ao seguir para o elevador.

– Deixe-me ajudar. – Patrick disparou na frente dela e apertou o botão. – Vá. Eu levo um café para você... Parece que precisa de um. – Ele lhe abriu um sorriso largo enquanto as portas se fechavam diante dos dois.

A sala de Megan ficava no segundo andar. Como chefe do departamento, a dela era mais espaçosa do que os cubículos ocupados pelo resto da equipe. Uma ampla paisagem marinha enchia o espaço sobre a mesa e as outras paredes eram revestidas de fotos de faces em preto-e-branco. Vinte e sete homens e seis mulheres – todos condenados a prisão perpétua. Ela entrevistara cada um deles nos últimos dez anos, conquistando a distinção dúbia de ser a primeira mulher a ter entrado em cada prisão de segurança máxima do Reino Unido. E nas prateleiras acima desta galeria de patifes estavam os livros que ela escrevera sobre eles.

Ela pegou o telefone, desabotoando o casaco com a mão livre.

– Megan Rhys.

– Alô, aqui é o detetive superintendente Leverton.

Ela se eriçou ao som da voz dele. Do outro lado da linha, ouvia ruídos abafados.

– Desculpe, Dra. Rhys, mas alguém está entrando e tenho que atender... Posso ligar mais tarde?

– Do que se trata?

– A senhora ficará aí a manhã toda?

Ela disse que sim e ele desligou. Ela ainda estava segurando o fone quando Patrick se espremeu pela porta com uma xícara de café em cada mão. Ela o viu colocar a dela em cima da mesa. Todos no prédio ficaram intrigados com o holandês que falava inglês com sotaque irlandês. Os alunos sempre falavam dele – em especial as mulheres.

Megan baixou o fone.

– Obrigada. – Ela franziu a testa ao levar a xícara aos lábios. – Era da polícia de West Midlands.

– O que queriam?

– Não sei. – Fazia parte do seu trabalho colaborar com a polícia. E ela adorava esse trabalho. Era a polícia que tinha problemas com ele. Ela olhou para Patrick. Ele é um deles, lembrou-se Megan. Ela tomou o café e ligou o computador. Ele a ficou observando. Ela se voltou incisivamente para sua mesa. – Vou ter que sair hoje à tarde... Podemos colocar tudo em dia amanhã de manhã? Lá pelas 11h?

Patrick entendeu a deixa.

– A gente se vê amanhã, então. – Ele parou na soleira da porta. – A propósito, gostei do brinco... É uma safira?

– Não... – Megan tocou o nariz involuntariamente. – É, hmmm, lápis-lazúli. Era da minha mãe.

– Hmmm – Patrick sorriu. – Isso é moderno? Nunca conheci ninguém com menos de 25 anos cuja mãe tivesse um piercing no nariz!

Megan abriu um envelope, repentinamente constrangida com o modo como ele analisava seu rosto.

– Na verdade, é muito comum na Índia – disse ela num tom categórico.

– Índia?

– É. – Ela passou os olhos na carta, mas não leu o que estava na página. – Minha mãe veio da Índia. Eu nasci lá.

– É mesmo? – Patrick pareceu sem graça. – Desculpe... Quero dizer, eu não percebi...

– Está tudo bem... Nem todo mundo percebe. – Megan virou-se para olhar para ele. – Minha mãe era só meio indiana, a mãe dela era italiana. E meu pai era galês. – Megan tinha orgulho da estranha mistura de sangue que fluía por suas veias, mas explicar isso sempre a deixava desconcertada.

– Ah, sim. – Patrick a fitava com os olhos semicerrados como se ela fosse uma peça de arte moderna perturbadora. – E eu pensava que *eu* é que confundia as pessoas – ele riu enquanto desaparecia atrás da porta.

Ela estava na terceira xícara de café quando o telefone tocou novamente.

– Megan – a voz de Martin Leverton era simpática. – Desculpe pelo que aconteceu antes. Preciso de sua ajuda. – Ele não era o tipo de homem que se incomodava com amenidades sociais.

– O que houve? – Megan perguntou-se se havia perdido alguma coisa do noticiário.

– Lembra daquela jovem largada em um acostamento da M6, perto de Stafford, há cerca de um mês?

– Lembro. – Megan baixou a xícara. – Descobriram quem era?

– O nome é Natalie Bailey. A polícia disse que ela havia fugido de um orfanato em Birmingham. Eles nos perguntaram se achamos que o assassino pode ter sido um dos gigolôs da cidade. Lembra de Donna Fieldhouse?

A imagem de uma garota de cabelo louro e frisado lampejou pela mente de Megan.

– Existe alguma ligação?

– Sim. Conseguimos uma ligação forense com amostras de sêmen dos dois corpos. Mas preciso ver você para explicar isso adequadamente. Quero que conheça o sargento Donalsen, da Delegacia de Costumes... Ele está recolhendo informações da zona de prostituição. Podemos nos ver logo?

– Agora?

– E suas aulas?

– Não tenho que dar nenhuma... Os alunos estão dispensados por causa do feriado de sexta-feira.

– Tudo bem... Ótimo!

– Eu vou até aí.

Megan pegou um recorte de jornal de um arquivo intitulado "Vítimas de Homicídio – Jovens". A face de Donna Fieldhouse sorria no papel amarelado. O cabelo frisado e descolorido, um rosto ainda rechonchudo com gordura de bebê, a foto parecia ter sido tirada às pressas em uma daquelas cabines automáticas.

Megan deu uma olhada no texto. Uma palavra saltou a seus olhos. Lixo. Agora ela se lembrava. O corpo de Donna fora encontrado em uma lixeira atrás de uma fábrica na zona de prostituição de Birmingham.

Ela colocou o recorte na bolsa e foi para o elevador, perguntando-se por que Martin Leverton parecia tão interessado na ajuda dela. Ela sempre sentia que ele desconfiava profundamente de psicólogos, Além do mais, ele era um crítico notório da análise de perfis.

O fato de aquelas duas vítimas serem prostitutas a confundiu ainda mais. Só os policiais mais esclarecidos trabalhavam nos casos de violência contra mulheres que vendiam sexo. O pensamento habitual era de que elas pediam por isso, por trabalharem nas ruas.

– Como se tivessem alternativa – murmurou Megan, pensando na idade das meninas mortas e no fato de as duas terem saído de orfanatos.

Leverton disse que queria explicar tudo a ela adequadamente. Esta será a primeira vez, pensou ela de forma severa.

Capítulo 2

Havia uma bandeira da Batalha dos Confederados decorando uma parede e uma foto de Robert E. Lee em um porta-retrato sobre a mesa. Entre os manuais da polícia que enchiam a estante, havia crônicas da Guerra Civil americana. Na primeira vez em que vira esta sala, Megan pensou que o sargento da recepção cometera um erro e mostrara a ela a sala errada.

Ela havia conhecido o detetive superintendente Leverton nos inquéritos dos estupros do metrô dois anos antes e ficou impressionada com sua sensibilidade no interrogatório das vítimas, pois conhecia bem o modo como os detetives tratavam as vítimas de estupro. Lembrou-se de ter contado à mãe que ele era quase legal demais para ser um policial.

Mas isso foi antes de ver esta sala. A decoração no motivo guerra civil lhe dera a primeira dica da natureza camaleônica de seu ocupante.

– Megan! Desculpe por fazê-la esperar... A culpa é dele! – Martin Leverton entrou na sala, apontando o polegar para um dos homens que o seguiam pela porta. – PC Costello... O interesse dele é tanto que não conseguimos arrastá-lo para longe da zona! – Leverton empurrou duas cadeiras para perto da mesa. – E este é o sargento Rob Donalsen.

Megan trocou apertos de mão, primeiro com o mais novo, que não estava uniformizado. Ela retribuiu o largo sorriso com um outro, neutro, olhando brevemente nos olhos dele, que eram do mesmo castanho-escuro dos dela. A cabeça quase raspada tinha um formato elegante de faraó egípcio e Megan de repente se lembrou do rei-menino Tutancamon.

O sargento Donalsen estava mais perto da idade dela. Tinha o nariz quebrado e o branco dos olhos era daquele avermelhado dos usuários regulares de maconha. Ele não podia ser – ou poderia? A mão fria e úmida pareceu segurar a de Megan por um instante longo demais.

Todos se sentaram e PC Costello reprimiu um bocejo.

– Desculpe, senhor! – murmurou ele através dos dedos compridos e marrons.

– Precisa desculpar estes dois. Eles acabaram de concluir um turno – disse Leverton. – Queria informá-la do que eles descobriram sobre Natalie Bailey.

Ele colocou uma fotografia na mesa.

– Como disse ao telefone, Megan, só agora conseguimos a identidade dela. Uma assistente social entrou em contato conosco no final da semana passada... Por acaso ela havia saído do orfanato cinco vezes antes, mas como tinha 16 anos no dia em que fugiu pela última vez, não havia nada que se pudesse fazer. Do ponto de vista legal, a assistência social não é responsável por estas crianças depois que elas completam 16 anos.

Ele passou uma foto para Megan, que havia tirado o recorte de jornal da bolsa. As duas meninas eram tão parecidas que podiam ser irmãs. Ambas tinham cabelo tingido de louro, o de Donna com permanente e o de Natalie curto e espigado.

Megan estava na América quando o corpo de Donna foi encontrado. A data no cabeçalho do jornal dizia 21 de setembro – exatamente três meses atrás. Ela olhou as duas fotos que tinha nas mãos. Elas já foram bebês, pensou. Será que alguém em sua curta vida as amou um dia? As fotos ficaram confusas enquanto as via. Ela estava pensando na filha que podia ter tido. A essa altura, seria adolescente. Não da mesma idade que estas meninas, mas quase.

– Recebemos ontem os resultados do DNA de Natalie Bailey. – A voz de Leverton interrompeu seus pensamentos. – Havia vestígios de sêmen nos canais vaginal e retal. Recebemos o grupo sanguíneo do sêmen mais cedo, no inquérito, que indicou que o sêmen na vagina vinha de um homem e o encontrado no reto era de outro. O esfregaço retal revelou um grupo sanguíneo AB, relativamente raro, mas o sêmen vaginal era do grupo O.

"O sêmen que retiramos de Donna também era do grupo O, mas como é muito comum, não conseguimos obter nenhuma conclusão sobre uma ligação entre os dois homicídios. Temos que esperar pelos resultados do DNA, que são muito conclusivos. A probabilidade de que as amostras venham de dois homens diferentes é quase nenhuma.

– O sêmen que retirou do corpo de Donna Fieldhouse... Era vaginal ou anal? – perguntou Megan.

– Vaginal. O patologista disse que não havia evidências de penetração anal. Vou lhe mostrar os relatórios forenses daqui a pouco, mas gostaria que você ouvisse o que PC Costello e o sargento Donalsen descobriram. Rob, pode dizer à Dra. Rhys o que conseguiu até agora?

O sargento Donalsen se remexeu na cadeira, recostando-se com os braços cruzados. Voltou-se para Leverton, e não para Megan, ao falar o que tinha a dizer.

– Sabemos muito mais sobre Donna Fieldhouse do que Natalie Bailey. Donna tinha 16 anos e seu último endereço conhecido era um orfanato em Wolverhampton, mas dizem que ela fugiu no último Natal e eles não a viram novamente.

"Donna era viciada em crack... Não conseguia ver nada além da próxima pedra. Fazia qualquer coisa que um cliente quisesse pelo preço de uma dose. As outras meninas odiavam as viciadas em crack porque elas nivelavam os preços por baixo e acabavam sendo obrigadas a fazer sexo sem camisinha... Então, Donna não tinha amiga nenhuma. A única coisa que as meninas perceberam foi que ela sempre chegava na zona a pé, o que sugeria que morava em algum lugar por perto.

– Vocês chegaram a prendê-la? – perguntou Megan.

– Sim, algumas vezes. – Donalsen olhou suas anotações. – Na primeira vez descobrimos que ela era menor e a mandamos direto de volta ao orfanato. Na segunda, ela estava cheia de hematomas e lhe oferecemos exames médicos. – Ele fungou. – O médico descobriu que ela estava grávida de três meses, o que ela afirmou não saber, e quando perguntamos se queria dar queixa da pessoa que a espancara, ela disse que não. – Ele virou uma página do bloco. – Ela foi indiciada por prostituição, mas não apareceu no tribunal. Havia um mandado com ela quando encontramos o corpo.

Megan olhou o rosto rechonchudo de Donna Fieldhouse no instantâneo da cabine fotográfica. Então quem quer que a tenha assassinado também matou seu bebê.

– A necropsia mostra alguma evidência de vício em crack? – perguntou ela a Leverton.

– Mostra. Fizeram um exame de fio de cabelo – respondeu ele. – Revelou que ela usava crack há cerca de seis meses.

– E Natalie Bailey? Também era viciada?

– Se era, só estava começando. Havia vestígios de crack em seu sangue, mas o exame do cabelo deu negativo.

– Isso é estranho – disse Megan, pensando alto. – Donna era a viciada em crack... Aquela que esperaríamos que vendesse sexo pervertido sem camisinha... Mas foi Natalie quem teve penetração anal sem nenhuma proteção.

– Eu sei... não ajuda em nada, não é? – disse Leverton. – Outra coisa que nos confunde é que Natalie parecia agir em Wolverhampton e não em Birmingham.

– Wolverhampton? Por que Wolverhampton? – perguntou Megan. – Ela não fugiu de um orfanato em Birmingham?

– Sim, fugiu – disse Leverton. – Acreditamos que a ligação entre as meninas pode ser um gigolô de Birmingham, do tipo que transporta suas mulheres a diferentes zonas pelos Midlands para não despertar suspeitas.

Ele assentiu para PC Costello, que tomou a palavra, fitando-a com os olhos hipnóticos enquanto descrevia o que descobrira na zona de prostituição de Wolverhampton.

– Nenhuma das mulheres em nossa área viu Natalie aliciando clientes e nós nunca a prendemos. Mas depois falamos com algumas garotas que tinham ido para Birmingham porque a coisa estava esquentando em Wolverhampton... Houve um estardalhaço no jornal de lá sobre o problema da prostituição, e quando isso acontece a Delegacia de Costumes local geralmente dá uma batida para conseguir o apoio da mídia... De qualquer forma, essas duas garotas disseram que viram Natalie na área de Wolverhampton algumas vezes.

"Fui até lá na noite da antevéspera e as duas garotas me mostraram o local onde a viram pela última vez. Disseram que ela havia sido deixada ali por um homem com um Ford Sierra velho e escuro, mas elas não conseguiram fazer uma descrição dele nem se lembravam da placa do carro porque estava escuro nas duas vezes em que a viram. Elas calcularam que ele era namorado dela e não um cliente, mas não acreditavam tê-lo visto antes. Ele certamente não era um dos gigolôs de Wolverhampton, de qualquer modo.

– E a Delegacia de Costumes de lá? Eles a prenderam?

– Não... O que sugere que ela estava nesse jogo há pouco tempo – disse Costello. Ele olhou de lado para Donalsen, como se não tivesse certeza se devia continuar.

– É verdade – interrompeu Martin Leverton. – A Delegacia de Costumes de Wolverhampton tinha uma certa fama de vigilância. – Ele olhou incisivamente para Donalsen. – Mesmo antes da blitz recente, as mulheres de lá podiam esperar ser presas pelo menos uma vez por semana. Algumas eram pegas três vezes por noite.

Megan sentiu a tensão na sala e tentou mudar de assunto, sem querer ser arrastada a qualquer vingança pessoal da parte de Leverton.

– Então, além das duas prostitutas de Wolverhampton e da assistente social que identificou o corpo, ninguém sabe nada de Natalie Bailey? – Ela dirigiu a pergunta a PC Costello.

– Não, Dra. Rhys. Tentei localizar parentes dela... Alguém que ela pudesse ter procurado quando fugiu do orfanato... Mas não havia nenhum. A mãe era uma junkie que morreu de overdose de heroína cinco anos atrás e, de acordo com a certidão de nascimento dela, o pai era desconhecido.

– E irmãos e irmãs, uma avó, tia ou coisa assim?

– Ninguém. Segundo a equipe do orfanato, a mãe era a única parente.

– Conversaram com qualquer uma das outras crianças do orfanato? Alguém que pudesse ser amiga dela?

– Ela só ficou ali seis semanas, então nunca chegou a conhecer realmente as outras crianças. Foi transferida para Birmingham, vinda de um orfanato em Shropshire, por causa do seu comportamento rebelde. Ficava ocupada demais fugindo para fazer amizade com alguém.

Quando Costello e Donalsen foram embora, Leverton pegou os relatórios forenses sobre Donna Fieldhouse e Natalie Bailey na gaveta da mesa.

– Eu queria que você conhecesse os dois antes que eles saíssem – disse ele, destacando algumas fotografias.

– Os dois devem deixar a Delegacia de Costumes no ano-novo... Donalsen será sargento em Sparkhill e PC Costello será promovido para o Esquadrão de Fraudes.

– Isso não vai atrapalhar seu inquérito desses assassinatos? – perguntou Megan.

– Estou lhe dizendo isso porque confio em você, Megan, e sei que não vai contar a ninguém... O fato é que Donalsen é mais um estorvo do que uma ajuda hoje em dia. Não posso dizer mais do que isso, mas tenho certeza de que pode imaginar as tentações que os policiais enfrentam em um trabalho desses.

– E PC Costello? Ele parece ter descoberto bastante coisa desde que o corpo de Natalie foi identificado. Quero dizer, considerando que ele é tão novo.

– Ah, sim... o Garoto Maravilha! – Leverton riu. – Ele não é tão novo quanto parece. Está com 20 e poucos anos e tem um filho... Um garotinho, eu acho. De qualquer forma, admito que vou lamentar por ele sair deste caso... Ele é muito interessado e as mulheres parecem se abrir com ele.

Megan podia entender o motivo. Ela pegou as fotos que Leverton lhe passava pela mesa e analisou-as enquanto ele falava do relatório forense de Donna Fieldhouse.

O corpo fora descoberto horas depois de sua morte, mas o local da desova não foi a cena do crime. Ela deve ter sido morta em outro lugar, provavelmente numa casa, devido às fibras de carpete encontradas nos saltos dos sapatos e atrás das pernas das calças. A causa da morte foi perda maciça de sangue – Donna teve a garganta cortada, a ferida funda era claramente visível na foto da cena do crime que Megan tinha em mãos.

Era uma foto horripilante. O assassino de Donna enfiara seu corpo nu numa lixeira preta sobre rodas, começando pelos pés.

Ou ele estava com uma pressa tremenda ou não estava preocupado em esconder o crime, porque não se incomodou em empurrar o corpo para baixo. Os ombros nus e manchados de sangue de Donna estavam expostos, a cabeça tombada na cerca de madeira que circundava o estacionamento que ele escolhera como cemitério.

A foto seguinte mostrava Donna deitada de cara para cima no necrotério. O patologista ainda não havia feito a incisão em "Y" que acabaria por violar seu corpo jovem. Além do corte carmim aterrador no pescoço, alguns cortes menores e mais superficiais eram visíveis nos antebraços e nos ombros.

– O patologista acha que houve uma luta – disse Leverton. – Os cortes menores foram feitos por uma faca, calcula ele, então parece que Donna tentou se livrar do agressor antes que ele finalmente cortasse sua garganta. Não havia fibras nos ferimentos, então ela devia estar nua ou parcialmente vestida quando começou o ataque. As fibras nos saltos e atrás das pernas sugerem que ela foi arrastada por um carpete antes de ser transportada para a lixeira.

– E as unhas? – perguntou Megan. – Se houve uma luta, ela pode ter arranhado o homem... Havia sangue ali?

– Não, não havia nada debaixo das unhas... Estavam tão limpas que ela parecia ter acabado de sair do banho.

Megan tentou imaginar como isso aconteceu. Talvez Donna *estivesse mesmo* no banho. Ela imaginou a garota nua, os cachos molhados grudados na cabeça enquanto ela estendia a mão para pegar uma toalha. Seria alguém que ela conhecia, então? Alguém com quem ela se dispôs a fazer sexo antes de ele se virar contra ela?

Leverton pegou o arquivo da necropsia de Natalie Bailey e passou a Megan um segundo lote de fotografias. A primeira foto mostrava simplesmente um fardo escuro disposto ao lado de um campo gramado.

– Como sabe, Natalie foi encontrada em um acostamento da M6. Estava a cerca de 8 quilômetros de Stafford e aproximadamente 24 quilômetros ao norte de Wolverhampton. Estava enrolada em alguns sacos de lixo pretos, mas de novo não houve nenhum esforço para esconder o corpo. Estava morta há aproximadamente duas horas quando foi encontrada.

Megan olhou a fotografia. Que tipo de pessoa fez isso? Duas meninas, mal passavam de crianças, largadas desse jeito como lixo.

– Qual foi a causa da morte? – perguntou ela. – Foi diferente de Donna, não foi?

– Sim. Estrangulamento desta vez... Manual, e não com objeto. O padrão dos hematomas no pescoço sugere que ela foi estrangulada por trás.

Megan analisou a segunda foto. Natalie parecia um anjo branco nu, o cabelo louro espetado em um halo em volta da cabeça sem vida. A foto fora tirada antes que o hematoma aparecesse. A terceira foto, obtida no dia seguinte, mostrava marcas roxas como chupões no pescoço.

Uma quarta foto trazia um close dos pulsos de Natalie, os dois vergões vermelhos.

– O que são estas marcas nos pulsos? – Megan olhou para Leverton, que estava curvado sobre a mesa, encarando a imagem de cabeça para baixo.

– Algemas ou fios, segundo o patologista. As marcas são muito recentes, então ele calcula que Natalie estivesse amarrada pouco antes de morrer ou enquanto estava sendo assassinada.

Megan repassou as fotografias.

– Donna não tinha marcas iguais, tinha?

– Não... Só os cortes nos ombros e nos braços, que foram feitos por uma faca.

– Sabe de uma coisa, se você não me contasse sobre a combinação de DNA entre as duas amostras de sêmen, eu teria jurado que as meninas foram mortas por dois homens diferentes. – Megan tentou pensar nas possibilidades, resistindo a tirar conclusões. Ela baixou as fotos na mesa e fitou Leverton por alguns segundos antes de continuar, mas ele ficou em silêncio, ansioso para ouvir o que ela teria a dizer.

– Para mim, a motivação do assassinato de Donna é muito diferente do de Natalie. – Ela franziu os lábios. – O modo como Donna morreu sugere uma luta direta. Talvez com um gigolô. Sabemos que ela era viciada em crack, então é provável que ele também seja, e nós dois sabemos como os homens viciados em crack podem ficar agressivos. Talvez eles tenham tido uma briga que foi longe demais. – Megan franziu a testa. – Ela estava grávida. Talvez ele tivesse acabado de descobrir e não tenha gostado disso.

Leverton assentiu devagar.

– E Natalie?

– A morte de Natalie é muito mais sinistra. Ela foi penetrada analmente e algemada ou amarrada. Foi estrangulada por trás, então, será que o assassino foi o homem que fez sexo anal com ela? Esta parecendo estupro. – Megan engoliu em seco. Houve uma época em que ela seria incapaz de dizer essa palavra sem que o estômago se revirasse. – Afinal – continuou ela –, Natalie não era viciada em crack. Só estava começando na profissão e era jovem e bonita o bastante para ser seletiva com o que fazer para os clientes.

Leverton fez uma carranca.

– Mas e as evidências do DNA?

– Eu sei. Simplesmente não se encaixam. A não ser, é claro, que o homem que fez sexo vaginal com Donna e Natalie no dia em que elas foram mortas não estivesse envolvido em suas mortes... E isso é levar os limites da credibilidade um pouco longe demais, não é?

Leverton suspirou e voltou a se recostar em sua cadeira.

– O problema para nós é que o DNA desse cara não combina com nada de nosso banco de dados. Conseguimos uma boa impressão digital do corpo de Natalie, mas não bate com nada que temos arquivado. Não temos literalmente nenhum ponto de partida.

Megan sentiu-se inquieta. Não tinha certeza se ele estava sendo franco. Ela decidiu enfrentá-lo.

– Está me pedindo para elaborar um perfil?

Leverton assentiu.

– Por quê? Quero dizer, prostitutas mortas não têm apelo nenhum com o público. – Ela o observou. Os olhos dele de imediato baixaram para a mesa. – Martin, espero que não esteja pensando em me usar em alguma batalha particular com um de seus colegas...

O som de Leverton puxando ar foi quase imperceptível. Ele olhou novamente para ela, os olhos desta vez resolutos.

– É claro que não. – Ele se calou por tempo suficiente para deixar Megan pouco à vontade. – Vai confiar em mim desta vez? Não posso dizer exatamente por que pedi sua ajuda. Só o que posso dizer é que preciso de uma visão completamente independente e imparcial de que tipo de homem cometeria esses assassinatos. Vai me ajudar?

Os olhos de Megan se estreitaram enquanto ele sustentava o olhar. Então, pensou ela, trata-se de corrupção na polícia. Quem ele procurava? Um policial que matava prostitutas? Um policial se passando por gigolô?

Ela sentiu uma pontada de culpa. Seria ela completamente independente e imparcial?

– Tudo bem – disse ela devagar. Não desejava fazer favores a Leverton, mas o caso a intrigava. – Verei o que posso fazer com isso. Vou te telefonar, digamos, amanhã na hora do almoço. Vai estar aqui?

– Vou... A não ser que aconteça qualquer incidente importante. – Ele deu um sorriso duro e revirou os olhos. – Se eu não estiver na minha sala, pode me encontrar no celular. – Ele escreveu um número no verso de um cartão e o entregou a Megan. – Obrigado... Eu agradeço sinceramente – disse ele enquanto a levava até a porta.

Ceri Richardson estava embrulhando um presente de Natal para o marido.

Era uma gravata de seda. Não era muito romântico, pensou ela, enquanto cortava um retângulo de papel verde e dourado.

Era o tipo de presente que uma filha daria a um pai ou uma mãe a um filho.

Ceri pensou nos presentes que dera a Neil quando eles se conheceram. Aquele primeiro Natal juntos em um apartamento alugado. Ela se esforçou para que fosse empolgante; um casal bonitinho, jovem e apaixonado. Só que eles não estavam – pelo menos, ela não estava. Podia perceber isso agora, embora na época tenha conseguido se iludir.

Ela rasgou pedaços de fita adesiva com os dentes, fechando o presente em seu embrulho festivo. Deveria escrever na etiqueta: "Com todo meu amor"? Que piada! Talvez "Com muito amor"?

É claro que o que realmente gostaria de escrever era "Espero que esta gravata o estrangule, querido".

Capítulo 3

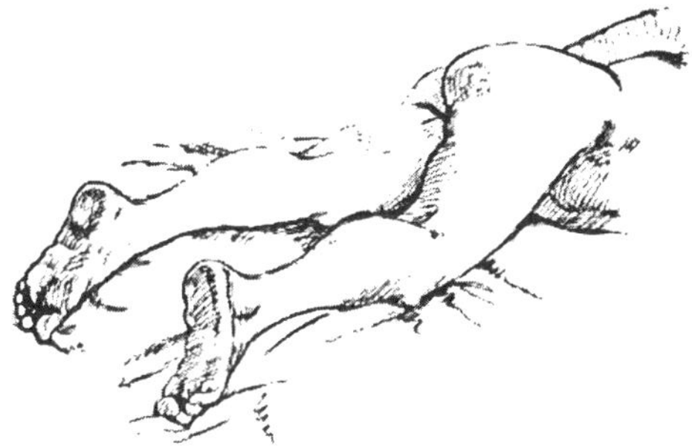

Depois de sair da delegacia, Megan deliberadamente tomou o desvio em direção à zona de prostituição de Birmingham. Ela sabia que o corpo de Donna fora encontrado em algum lugar neste labirinto de ruas arrasadas.

O local era deprimente mesmo à luz do dia. Ela passou devagar por mulheres pálidas paradas no ponto de ônibus, os casacos baratos puxados para junto dos corpos curvados. Apesar do vento acre, as mais novas não usavam calça nem meias, as pernas manchadas enfiadas em sapatos que mal cabiam nos pés.

Megan olhou, varrendo as transversais, procurando pelo nome da rua. Parou diante de um sinal de trânsito. De repente ela a viu. Uma placa coberta de pichação na parede de uma fábrica: Inkerman Place. Era um beco sem saída pequeno, com os portões de metal enferrujados de uma estamparia abandonada até o esquecimento.

O sinal abriu e Megan entrou com o carro no beco. Agora podia ver a cerca alta de madeira do estacionamento da fábrica, onde o corpo de Donna fora largado. Ela saiu do carro, passou pelos portões fechados com cadeado e andou, acompanhando a cerca. Embora faltassem muitas ripas, não havia espaço suficiente para passar um corpo. Acima da cerca havia arame farpado, então era improvável que o assassino tenha escalado. Se tivesse atirado o corpo de Donna por cima da cerca, o exame forense teria revelado hematomas e fraturas na necropsia.

Ela espiou por um dos espaços. O estacionamento estava coberto de garrafas quebradas e camisinhas usadas. Megan se perguntou há quanto tempo a fábrica fechara. Desconfiava de que as prostitutas vinham trabalhando no turno da noite muito antes que estes portões enferrujados fossem trancados pela última vez. Então podia haver outra forma de entrar – uma entrada lateral ou nos fundos, que só as mulheres que trabalhavam na zona de prostituição conheciam. Quem quer que tenha matado Donna, também sabia desta entrada.

A teoria de que ele era um gigolô local sem dúvida era plausível. Assim como a idéia de que ele era um policial. Mas outros homens saberiam desta segunda entrada: alguém que tivesse trabalhado na fábrica ou a visitara regularmente. E havia também os clientes, levados ali com a garantia de que ninguém estaria olhando...

Megan entrou no carro e voltou a Inkerman Place, virando à direita e novamente à direita para seguir o perímetro da fábrica. Não havia outra entrada que pudesse ser vista da rua.

Ela estacionou mais uma vez e saiu do carro, puxando a gola do casaco para cima para se proteger do frio. Uma fila de loureiros dispersos farfalhava na cerca, onde esta se unia à parede alta do prédio vizinho. Megan se perguntou se era possível chegar atrás deles. Ela pegou o caminho de terra cheio de lixo e espiou na folhagem.

Sim! Ela sentiu uma pontada de triunfo. Os arbustos escondiam uma grande brecha na base da cerca. Havia espaço suficiente atrás deles para passar sem ser arranhado.

Ela se enfiou atrás da folhas e encontrou um muro de plástico preto. As lixeiras sobre rodas. Esmagou alguma coisa com os pés e, então, olhou para baixo, vendo meia dúzia de seringas em volta das lixeiras. Megan olhou os fundos de uma fila de casas cujas janelas do primeiro andar davam para um lado do estacionamento. Pareciam abandonadas. Janelas sujas, sem cortinas ou com farrapos de tecido pendurados de lado.

Ela notou um movimento repentino pelo canto do olho e girou a cabeça rapidamente. Um rosto. Tinha certeza de que vira um rosto espremido em um dos buracos na cerca, olhando para ela. Ela cambaleou de volta e entrou no carro, contornando a quadra novamente. Mas não viu ninguém.

No rádio do carro, o noticiário estava chegando ao fim. Ela olhou o relógio, resmungando baixo. Devia chegar a uma reunião no centro da cidade em vinte minutos. Enquanto ganhava velocidade, viu uma mulher de botas de cano alto, minissaia e um casaquinho de pele parada em uma esquina. Meu Deus, pensou ela, ainda é muito cedo. Megan se perguntou que tipo de homem procuraria por uma prostituta às 14h10 de uma segunda-feira.

O prédio da BTV aparecia acima do canal recém-construído no centro de Birmingham. Megan quase correu para as portas giratórias da entrada principal. Estava congelando de frio e os enormes prédios de concreto criavam um túnel de vento que parecia tirar-lhe o fôlego.

Apesar do frio amargo, o centro fervilhava de compradores de Natal. O trânsito a atrasara e ela odiava se atrasar. Agora o segurança na recepção estava desperdiçando ainda mais tempo ao verificar sua identidade. Ela afundou em um dos sofás baixos. Era verde-lima e novo em folha. E também a decoração. Quanto tempo fazia desde que veio a este prédio? Deve ter uns dois anos, pensou ela.

Sim, exatamente dois anos; aquela festa de Natal medonha com a outra mulher de Tony no mesmo ambiente...

– Doutora Rhys! – Talvez fosse pelo sotaque, mas Megan pensou que o segurança tinha destacado seu título com um toque de zombaria na voz. – A Srta. Lobelo a receberá agora. Sabe o caminho?

Ele deve ser novo também. Ela não achava que o tinha visto antes. Será que ele sabe que o marido dela trabalhou neste prédio e que ela andou pelos corredores da BTV esperando por ele mais vezes do que queria se lembrar? Não seja ridícula. Como ele poderia saber?, perguntou-se.

Sem agradecer ao homem, ela correu para a escada aberta. Graças a Deus ela estava de calça. O arquiteto que projetara este prédio tinha de ser homem, pensou ela severamente. O segurança devia passar a maior parte do tempo olhando as saias das mulheres insuspeitas que iam ao prédio.

Quando Megan entrou, Delva Lobelo estava parada junto à janela. O perfil africano formava um contraste estranho com o fundo cinza gélido do canal. O vento chicoteava a água em ondas de crista branca e as pessoas que andavam pelo caminho estavam envolvidas em cachecóis, gorros e sobretudos pesados. No calor da sala, Delva parecia uma flor exótica, as pernas longas enroladas em uma saia de sarongue com um casaco na mesma seda laranja.

Megan de repente se sentiu banal. Em sua própria sala, ela se sentia produzida demais – não era difícil entre acadêmicos homens, mas aqui o terninho de linho preto e o suéter de lã creme pareciam desalinhados. E o cabelo! Mechas sopradas pelo vento fugiam da fivela de tartaruga que devia mantê-lo no lugar. Era da mesma cor do de Delva, mas a semelhança terminava aí. O cabelo de Delva tinha trancinhas que se uniam em um feixe dramático.

– Megan! Que ótimo ver você. – Delva estava em seu humor de sempre, receptiva. Tinha um jeito para deixar as pessoas imediatamente à vontade. – Vou lhe preparar alguma coisa para beber... Aposto que está congelando, não está?

– Obrigada, Delva... Posso tomar uma xícara de chá? Já tomei um galão de café hoje.

Delva preparou ela mesma o chá e levou Megan para uma sala sem janelas; uma das paredes era revestida de monitores de TV.

– Só terminamos de editar hoje de manhã. Há uma introdução bem no começo, onde fizemos imagens de você na sala e na delegacia... Vou fazer uma narração em off para acompanhar, mas ainda não tive a oportunidade de gravar. Pode ver uma transcrição se quiser. É sua história resumida: sua ascensão meteórica à fama, esse tipo de coisa.

Delva sorria enquanto Megan estremecia.

– Ah, o que é isso, não seja modesta... É tudo verdade! Quantas outras mulheres neste país chegaram à chefia de um departamento universitário aos 36 anos, para não falar de ser vulgarmente conhecida como a detetive mais sexy da Grã-Bretanha!

– Meu Deus, Delva, você não vai citar a imprensa marrom neste documentário, eu espero!

Delva tinha uma risada muito alta – do tipo que fazia as pessoas sorrirem quando tentavam ser sérias.

– Não se preocupe, eu não ia baixar a este nível. Além da introdução, mal se fala no fato de que você é mulher. Imagine, eu tive alguma dificuldade para convencer o produtor. Um verdadeiro dinossauro... Entrou para a TV depois de ser repórter de um dos tablóides na década de 1970... Ele queria imagens de você "relaxando em casa", como ele disse... O que significa que ele queria você vestida o mínimo possível, no banheiro, escovando os dentes, esse tipo de coisa.

– Está brincando. Por que isso?

– Ah, "a face humana da superdetetive". – Delva sacudiu a cabeça. – Lembrei a ele que, se você fosse homem, ele não pediria esse tipo de coisa. Ele não ficou muito satisfeito mas já foi processado por insinuações sexistas nos programas, então recuou sem lutar muito. Mas então, gostaria de ver o programa agora?

Megan passou a hora seguinte pouco à vontade, vendo imagens de si mesma em um dos monitores. Nos últimos três meses, editores e assistentes de produção desconhecidos estudaram cada movimento dela durante as sessões de filmagem no verão passado, decidindo onde cortar e que imagem de seu rosto ou de seu corpo usar. Devem ter enjoado de vê-la, pensou ela, encolhendo por dentro.

Ela se perguntou como o produtor dinossauro se sentiria se descobrisse que ela estava envolvida num caso de prostitutas. Será que ele editaria fotos de Donna e Natalie com as dela? As vítimas e a especialista profissional, como se fossem mundos separados. Ela preferia não ter concordado com isso. Mas Neil a convencera. Ele sabia como persuadi-la a fazer coisas que ela não queria fazer. Neil Richardson. A nova cara masculina do noticiário da BTV. Delva é co-apresentadora. Não surpreende que a pobre Ceri se sinta insegura.

– Não se preocupe... Você está ótima! – Delva lhe deu um tapinha no braço, interpretando mal sua expressão.

Quando os créditos começaram a rolar, Delva parou a fita e perguntou a Megan o que ela pensava.

– É ótimo – hesitou Megan.

– Você não parece muito convencida disso.

– Não... É realmente lisonjeiro. É só que me faz parecer alguém cujo trabalho é capturar criminosos, e não é isso o que faço. De vez em quando ajudo a polícia a reduzir a lista de suspeitos, mas sou pesquisadora, e não detetive.

– Você é modesta demais, Megan. – Delva sorriu enquanto abria a porta e a levava de volta pelo corredor até sua sala. – Se não fosse por você, a polícia de West Midlands nunca teria pego o estuprador do metrô!

Megan deu de ombros e sacudiu a cabeça. Sim, ela havia apontado à polícia um homem que eles já haviam interrogado mas descartaram por julgá-lo um suspeito improvável. Mas isso só porque na época ela estava fazendo pesquisa na Unidade de Violência Doméstica. Ao olhar os registros, ela se deparou com um homem de mesmo nome que tinha sido denunciado por atacar a esposa. Quando ela perguntou ao policial quem lidava com o caso, ele revelou que uma acusação anterior de estupro fora retirada quando a mulher decidiu não dar queixa. Depois disso, tudo se encaixou. Foi um golpe de sorte.

E houve outros casos. Uma série de assaltos à mão armada na Escócia; um círculo de pedofilia no sudeste. As teorias que ela desenvolvera a partir daquelas entrevistas na prisão certamente ajudaram. Mas era apenas isso. Uma teórica. Ela dava palestras para policiais, oficiais de condicional, assistentes sociais. Só raras vezes tinha a oportunidade de aplicar suas teorias. E agora, pela primeira vez, fora chamada para um caso de homicídio.

– Quando vai ao ar? – perguntou ela.

– Às 22h30, depois do dia 26. Deve ter uma grande audiência.

– Hmmm. Eu posso estar no País de Gales na hora. Não acho que a BTV chegue além da fronteira.

– Valeu a tentativa, Megan, mas você não tem como escapar... Vai ser transmitido em rede!

– Eu não devia ter feito isso – disse Megan antes de conseguir se reprimir. – Só Deus sabe quem vai ver, que malucos o programa vai incitar. – Ela pegou o casaco. Virou-se para se despedir e ficou chocada ao ver o rosto de Delva. Os olhos castanhos animados tinham perdido o brilho e uma ruga aparecera entre as sobrancelhas.

– Delva?

– Desculpe. Posso lhe pedir uma coisa? Quero dizer, eu não devia estar usando esta reunião para lhe pedir mais um favor.

Megan nunca vira Delva perturbada. A personalidade confiante e animada a abandonara.

– Andei recebendo umas cartas horríveis. – Delva olhava os barcos pela janela, as luzes penetrando o crepúsculo. Megan pensou ter visto lágrimas nos cantos dos olhos dela.

– Não dei muita importância no começo. Locutores de jornal sempre atraem malucos. Faz parte do trabalho e a maioria deles é inofensiva. Mas este cara é doente... Doente de verdade. – Ela se virou para Megan, mordendo o lábio. – Contei à polícia, mas eles não parecem muito interessados. Está me enlouquecendo.

– Tem as cartas aqui?

Delva pegou uma pasta debaixo da mesa. Ela a virou de cabeça para baixo, deixando cair um monte de cartas em um arco-íris de envelopes de cores diferentes. A única cor que faltava era o branco.

– Não quero que você leia tudo isso – disse Delva –, é para lhe dar uma idéia de quantas eu recebi.

– Pegaram impressões digitais?

– Sim... Quero dizer, a polícia tirou as impressões das primeiras que recebi, mas não havia nada.

– Então, ou ele é conhecido da polícia e é inteligente o bastante para manter as patas longe do papel, ou é um daqueles fetichistas de borracha que gosta de usar um par de luvas de látex enquanto está se masturbando.

Delva olhou para Megan atordoada.

– Como você sabe... Sobre a masturbação, quero dizer?

– Ah, é muito comum com essa gente que escreve cartas pervertidas. Lembro de ter lido sobre uma mulher que fazia o mesmo trabalho que você em uma emissora a cabo americana. Ela recebia cartas de um sujeito que dizia ejacular no aparelho de TV sempre que via o noticiário.

– Argh! – Delva sorriu contra a própria vontade.

– Eu sei. Quando você lê sobre isso acontecendo com outra pessoa, parece risível. Mas quando está acontecendo com você, é terrivelmente ameaçador.

Megan abriu um envelope rosa no alto da pilha.

– Esta é a mais recente? – Ela olhou o carimbo postal manchado.

– É... Chegou hoje de manhã.

Megan abriu a grande folha de papel branco. Era quase completamente coberta por uma foto que fora cortada de uma revista e colada ali.

A mulher estava nua, fora um corpete de correias de couro preto. Estava agachada acima da figura prostrada de um homem, mirando um jato de urina na cara dele. Sob a foto, havia uma mensagem manuscrita. Descrevia o ato de masturbação que aparentemente acontecera enquanto as palavras estavam sendo escritas e instava Delva a urinar no reservado do meio do banheiro das mulheres do primeiro andar do prédio da BTV imediatamente depois do noticiário da noite.

– Há alguma outra carta que especifique um local dentro da BTV? – perguntou Megan.

– Ah... Sim... Duas ou três. Há uma em particular em que ele me pede para me esfregar em uma das máquinas da ilha de edição. Ele escreveu realmente "Ilha A".

– Então não é difícil concluir que esse cara é alguém que esteve no prédio. Pode até ser alguém que trabalha aqui. – Megan olhou para Delva, perguntando-se se ela já teria uma idéia de quem poderia ser.

Se Delva suspeitava de alguém, não havia o menor sinal em seu rosto.

– Será que há alguém no trabalho a quem você tenha ofendido? – prosseguiu Megan. – Ou talvez alguém que tentou te paquerar e levou um fora?

– A única pessoa que ofendi conscientemente foi um segurança que me disse para estacionar em uma baia de carga... Mas ele foi embora há alguns meses. A BTV terceirizou coisas como a segurança e o fornecimento de comida, e quando a nova empresa assumiu, eles não o recontrataram.

– Hmmmm, um segurança. – Megan de imediato pensou no homem impertinente que a olhou de lado na recepção. – A caligrafia e a pontuação sugerem alguém que não teve muita instrução. Eu diria que é de alguém num cargo da produção. Mas podíamos estar lidando com alguém bem inteligente que quer que você pense que ele é um pirado semi-analfabeto.

– Mas por que ele faria isso?

– Bom... – Megan hesitou, pensando em voz alta. – E se for um colega? Alguém com quem você trabalha na redação. Talvez alguém que a convidou para sair e foi rejeitado?

Megan prendeu a respiração. Uma idéia horrível lhe ocorreu. Por favor, meu Deus, pensou ela, que não seja Neil.

Delva desviou o rosto e olhou o canal iluminado pela janela. Ocorreu a Megan que se Neil era o homem de quem Delva suspeitava, era improvável que ela dissesse. Delva sabia muito bem que Neil era cunhado de Megan. Mas se ela suspeitava dele, por que teria procurado a ajuda de Megan, para começar?

-- Não tenho certeza... – Delva parecia alguém saindo de um transe.

– Gostaria que eu conversasse com a polícia? Vou ver o detetive superintendente Leverton amanhã e ele me deve um favor. – Megan parecia mais otimista do que se sentia.

Delva franziu a testa.

– Odeio meter você em problemas... Tenho certeza de que já tem o suficiente na vida.

– Isso não é um problema. – Megan se perguntou se Delva suspeitava do envolvimento dela com casos de prostitutas. Deve ter havido especulações na redação sobre a relação entre as mortes. Ela pegou algumas cartas. – Posso ficar com estas?

– Claro. – Delva lhe abriu um sorriso de gratidão. – Vou acompanhá-la até a recepção.

Elas andaram em silêncio pelo labirinto de corredores. Ao se aproximarem da escada, Megan estacou.

– O que foi? – Delva pegou seu braço. – Parece que você viu um fantasma!

– Está tudo bem. – Megan cambaleou um pouco. Por dentro, ela virara gelo. – É ela. Clare.

Delva seguiu o olhar de Megan. Parada em um patamar abaixo delas estava uma jovem de vestido vermelho. O tecido estava esticado em sua enorme barriga.

– Ah, Megan. Eu sinto muito... Você não sabia?

Megan sacudiu a cabeça, os lábios brancos.

– Vamos voltar à minha sala. Vou preparar mais um chá para você.

– Não. – Megan engoliu em seco. – Não, obrigada... Eu estou bem, é verdade. Só um pouco chocada. – Ela não queria conversar sobre isso. Tinha jurado que não falaria neste assunto. Nem Ceri sabia por que as coisas se saíram tão mal entre ela e Tony.

Megan sabia tudo do caso dele no trabalho. Mal se surpreendera quando descobriu que ele satisfazia seus prazeres por toda parte. Tony tinha saído da BTV logo depois de ela brigar com ele. Ele pegou um emprego na BBC. Disse que precisava de um novo começo. Agora ela sabia por que isso não dera certo. Por que ele se mudou semanas depois de pedir o perdão dela. Clare estava prestes a fazer o que ela nunca fez. Tony ia ser pai.

Megan conseguiu andar até a recepção. Passou por Clare. Ela não viu se a mulher a reconheceu ou não, porque não tirou os olhos da escada. Delva seguiu em silêncio atrás dela.

– Vou ficar bem, é sério. – Megan obrigou-se a sorrir enquanto o segurança pegava de volta o crachá de visitante.

Delva olhou para ela, preocupada.

– Cuide-se, entendeu?

Megan abraçou a si mesma porque uma lufada de ar frio a esbofeteou enquanto ela passava pelas portas. Olhando para trás, pôde ver o segurança olhando Delva de soslaio enquanto ela subia a escada.

Megan se sentou no carro por alguns minutos antes de dar a partida. Por que Neil não contou sobre a gravidez de Clare? Ela se perguntou se ele tinha dito alguma coisa a Ceri. Era mais do que provável. Ela se colocou na pele de Ceri, percebendo que fardo essa informação teria sido para a irmã.

Foi por intermédio de Ceri e Neil que ela conheceu Tony. Tony e aquela cretina. Em Birmingham, depois de quatro anos de ausência, ela ficara feliz em ser atraída para a vida social frenética de Ceri. Naquele tempo Ceri, Neil e Tony eram repórteres da Rádio Heartbeat. Ela sentiu o estômago se apertar ao se lembrar da festa na casa de Neil. O que aconteceu naquela noite ficaria em sua mente até o dia em que morresse.

Mordendo o lábio, ela ligou o motor. Trabalho. Tinha trabalho a fazer. Uma análise cuidadosa dos arquivos que Leverton lhe dera. Donna e Natalie. Os rostos das garotas mortas encheram sua mente, afastando a imagem da mulher na escada. E a lembrança daquele outro rosto.

Capítulo 4

Megan estava sentada em sua sala, de caneta na mão, olhando a parede da frente. Tinha chegado cedo, antes do porteiro e do pessoal da limpeza, mas o perfil em que estava trabalhando não progredira mais do que algumas anotações rabiscadas.

Em um quadro branco ao lado da mesa, havia duas colunas relacionando tudo o que ela sabia sobre Donna e Natalie. Linhas vermelhas e verdes atravessavam as colunas, ligando semelhanças, destacando diferenças.

Ela olhou a lista de características de comportamento compilada dos assassinos. *Dois assassinos diferentes*. Megan havia sublinhado as palavras. Abaixo, ela escrevera: *O e AB – mas O fez sexo com a vítima de AB. Como? Por quê?*

Ela olhou a data em que o corpo de Natalie fora encontrado. Dia 29 de novembro. Há menos de quatro semanas. Se ela estava certa, se o assassino de Natalie era o tipo de homem de que ela suspeitava, ele provavelmente ia atacar de novo. Ela mordeu a ponta da caneta. Por quanto tempo Delva leria mais manchetes de assassinatos?

Delva. A identidade de seu admirador pervertido importunava Megan. Delva não mencionou Neil pelo nome, mas a semente de desconfiança tinha criado raízes na mente de Megan. Para o mundo, Neil parecia o arquétipo do novo homem, mas Megan sabia que ele só assumia o papel quando lhe era conveniente.

Como Ceri reagiria se ela contasse que Delva Lobelo estava recebendo cartas sexualmente explícitas de alguém que trabalhava na BTV? Megan tentou se convencer de que se Neil estava realmente tendo um caso, não era provável que fosse autor das cartas. Mas e se ele não estivesse tendo um caso? E se Ceri tivesse sentido que alguma coisa estava errada, mas interpretasse mal?

Durante anos, Megan tentou enterrar a antipatia que sentia por Neil. Precisava tentar, por Ceri. Ela nunca contou a Ceri como ele a humilhou. Como defendeu o amigo contra as alegações de Megan, recusando-se a acreditar que ele fosse capaz de uma coisa chocante como estupro.

Seus pensamentos foram interrompidos por uma batida na porta. Patrick entrou com um monte de anotações na mão.

– Você disse 11h, não foi?

Megan olhou o relógio.

– Ah, desculpe, Patrick... Perdi a hora.

– Sonhando com o verão? – Patrick apontou a foto ampliada do mar na parede diante de sua mesa. Devia dar a impressão de que ela fitava intensamente a foto.

– Onde fica isso? – perguntou ele. – Um lugar que você visitou nas férias?

– É um lugar chamado Borth, na costa do País de Gales... Não deve ter ouvido falar dele. Fica perto de Aberystwyth.

Ele estava inexpressivo.

– A família do meu pai vem de lá – prosseguiu ela. – Quando morreu, minha avó nos deixou a casa. Dá para ver na foto.

Megan apontou o pequeno chalé caiado de frente para o mar.

– Não é nenhuma maravilha... Más notícias quando se tem um fraco por sofisticação!

– Você passa os verões lá?

– Quando posso. Na verdade prefiro ir no inverno. Não tem turistas. Às vezes tenho toda a praia só para mim. E se chover, fico sentada na janela, olhando o mar. Parece um tédio, eu sei, mas eu adoro.

– Não... Não parece tédio nenhum. – Patrick sorriu, colocando a papelada na mesa enquanto puxava uma cadeira. – Talvez eu possa te visitar um dia desses. Gales é um dos lugares que quero explorar enquanto estiver por aqui.

– Ah, sim, claro. – Megan não sabia muito bem o que dizer. – Fica só a algumas horas daqui. – Ela ia acrescentar que ele podia aparecer para passar o dia, se quisesse, mas percebeu que isso parecia rude pois ela podia muito bem lhe oferecer o quarto de hóspedes para passar o fim de semana. Decidiu que era melhor deixar as coisas vagas e mudou de assunto. – Como está indo a tese? Alguma coisa em particular que queira que eu veja?

Megan estava supervisionando a tese de Patrick sobre agressores sexuais seriais. O fato de que um detetive da Holanda tirasse uma licença para estudar em Heartland era um tributo à crescente fama acadêmica de Megan.

– Terminei de compilar a lista de tipos de comportamento do grupo pedófilo hoje de manhã e comecei a digitar os dados no computador, então não posso dizer muita coisa até imprimir tudo. Mas tenho a lista, se quiser ver. Eu a tirei daquelas declarações de vítimas e fotos de cenas de crimes.

Megan olhou o arquivo que estava por cima do maço de papéis de Patrick. As anotações estavam em holandês. O rosto de uma garota de uns 9 anos sorria na página. O nome e a data de nascimento estavam impressos embaixo.

– Não vai usar só casos holandeses, vai? – Megan pegou a lista da mão estendida de Patrick.

– Não. Este está por cima só por acaso. Estou usando os casos do círculo de pedofilia belga e os assassinatos de Robert Black.

Enquanto Megan lia a lista deprimente de características de comportamento de homens que tinham estuprado, torturado e assassinado crianças, Patrick olhava a foto de Natalie Bailey que estava na mesa de Megan.

– Posso ser muito xereta e perguntar no que está trabalhando? – disse ele enquanto ela baixava a folha de papel.

Megan sentiu uma pontada de possessividade, como se quisesse proteger Natalie de expectadores curiosos. Depois se lembrou de que Patrick era um especialista no assunto, assim como ela. Se ele era um espectador, ela também não seria?

– Sim, claro – disse ela. – Na verdade estou tendo muita dificuldade com este aqui... Talvez você possa ajudar.

– Ela parece muito nova. – Era a foto de cabeça e ombros do relatório da necropsia; aquela que foi tirada antes que os hematomas aparecessem no pescoço.

– Eu sei... Tinha 16 anos. Mas dê uma olhada nisso. – Megan pegou uma segunda foto de Natalie na pasta em sua mesa.

– Ah! É aquela fugitiva que encontraram perto da via expressa há algumas semanas, não é?

– Como sabe que ela era uma fugitiva?

– Estava no noticiário da tarde; disseram que a polícia finalmente havia identificado o corpo como de uma garota que tinha fugido de um orfanato daqui de Birmingham.

– Foi o noticiário do rádio ou da TV?

– Por que a pergunta?

– Eu estava me perguntando como você a reconheceu; quero dizer, mesmo que aparecesse no noticiário da TV não devia haver foto nenhuma; pelo que eu sei, as únicas fotos que a polícia tem são da necropsia e eles não permitem que a imprensa tenha acesso a estas. O que foi, um retrato falado ou coisa assim?

– Não, quero dizer, não sei... Eu ouvi no rádio na minha sala. Não sei se vi na TV ou não.

– Então como a reconheceu?

– Eu não a reconheci, só reconheci o modo como foi morta. O caso me fez lembrar de uma das vítimas de Robert Black. O jornal disse que a polícia tinha encontrado o corpo de uma jovem embrulhada em sacos de lixo preto ao lado da M6. Dizia que ela fora estrangulada e que a polícia estava com dificuldade para identificá-la.

– Ah. – Megan pegou o arquivo novamente. – Sim... Black largou uma de suas vítimas bem perto dali. – Seria isso significativo? Ela lhe passou uma foto de Donna Fieldhouse, tirada na cena do crime em Inkerman Place. Enquanto ele examinava a foto, Megan observou seu rosto franzido de concentração. Sem nenhum motivo, ela se viu pensando em Tony; imaginando-o entrando em uma ala hospitalar cheia de novas mamães e Clare, nova e radiante, segurando o recém-nascido.

– Ela estava grávida? – A pergunta de Patrick interrompeu seus pensamentos e por uma fração de segundo Megan se perguntou se ele tinha lido sua mente. Olhando para a mesa, viu que ele pegara as anotações sobre Donna Fieldhouse na pasta.

– Estava... E acho que isso pode ser significativo. – Megan começou a lhe contar sobre as evidências forenses que ligavam os assassinatos. Chegaria ele à mesma conclusão?

– Então as duas eram de orfanatos, mas de lugares diferentes? – Patrick esfregou o queixo.

– Sim. É um tanto confuso, porque Donna fugiu de um lar em Wolverhampton, mas terminou como prostituta em Birmingham. Natalie estava em um orfanato em Birmingham, mas só fora vista abordando homens na área de Wolverhampton.

– E o método da morte? Esta aqui... Donna... Teve a garganta cortada, mas a outra foi estrangulada manualmente. – Patrick pegou a primeira foto de Donna na mesa, analisando o ferimento fundo e a cabeça pendendo do corpo na lixeira.

– Eu sei. Esta é uma das várias coisas sobre estes assassinatos que não se encaixam. Quero dizer, para mim, o assassinato de Donna parece um caso doméstico entre uma prostituta e um gigolô... Talvez uma briga pela gravidez que se descontrolou porque um deles, ou os dois, usava crack naquele instante. Ele largou o corpo no estacionamento de uma fábrica desativada, onde as prostitutas levam os clientes para fazer sexo. Há uma entrada oculta que pouca gente deve conhecer. Se ele é um gigolô, sabe que este é o tipo de lugar onde pode esconder o corpo sem ser visto.

"Mas a morte de Natalie é inteiramente diferente. O estrangulamento manual por trás, os pulsos algemados ou amarrados com fio, o sexo anal; para mim, esta é a assinatura de um assassino sexual que espanca mulheres e deliberadamente atrai suas vítimas para a morte.

Ela sentiu uma pontada de tensão, pronta para discutir se ele dissesse que ela devia estar errada.

– O que a polícia acha?

– Tenho a impressão de que o único motivo para me chamarem para ajudar o detetive superintendente Leverton é desmascarar um policial do grupo dele.

Ela achava difícil esconder seu desgosto pelos policiais. Era estranho nunca ter sentido essa hostilidade por Patrick. Talvez fosse porque eles só se conheceram no ambiente acadêmico.

– Ele quer que eu elabore um perfil do homem responsável pelas duas mortes – prosseguiu ela. – O fato de que o DNA nas amostras de sêmen vaginal é idêntico diz a ele que o homem que fez sexo com as duas garotas também matou as duas. Ele não levou em conta nenhuma outra evidência forense, mas quanto mais analiso este caso, mais fortes são os indícios de que estes assassinatos foram cometidos por dois homens diferentes.

– Então, o que vai fazer?

– Fazer o jogo de Leverton. Quero dizer, pode muito bem haver um policial corrupto envolvido nisso.

Antes que Patrick pudesse responder, o telefone tocou.

– Oi, Eric. Sim, passe a ligação.

Foi uma conversa breve; não durou mais de trinta segundos. Megan baixou o fone, o rosto afogueado, a respiração apertada.

– Era Martin Leverton. Quer que eu o encontre no necrotério em meia hora.

– Outra prostituta?

– Não... Desta vez, não. – Megan devolveu os relatórios forenses à pasta. – Já ouviu falar do ataque naquela casa em Moseley no fim de semana? Homem e mulher, os dois baleados e mortos... Que parecia doméstico?

Patrick assentiu.

– Bom, não foi. Ao que parece, primeiro ela foi estrangulada por um terceiro, que também baleou o marido e fez com que parecesse suicídio. Também há evidências de sexo anal e restrição dos movimentos.

– Parece que foi bom você não ter perdido muito tempo nesse perfil. Como é que levam dois dias para concluir que ela foi estrangulada?

– Os hematomas no pescoço levam algum tempo para aparecer, embora deva ter havido outros sinais. – Megan se levantou e foi até a porta para pegar o casaco do gancho. – Talvez eles estivessem tão convencidos de que era uma briga doméstica que não se incomodaram em procurar muito. – Ela parou antes de abrir a porta. – Desculpe por interromper tão rápido, Patrick...

– Tudo bem. Eu queria ir com você!

Ela retribuiu o largo sorriso dele com um olhar de pavor fingido.

– Não se preocupe – disse ela. – Vou lhe passar todos os detalhes sórdidos mais tarde. Concentre-se em seus pedófilos até eu voltar!

– Toma... Pega! – Patrick colocou a mão no bolso e atirou uma coisa pela sala. – Pode precisar de alguns depois!

Megan conseguiu pegar o míssil vermelho antes que chegasse ao chão.

– Um pacote de bolinhas de chocolate Malteser! Como sabe que estou tentando parar de fumar?

Patrick apontou para o papel descartado que se projetava da lata de lixo.

– Está em que nível agora? – ele sorriu. – Um pacote por dia?

– Puxa vida! Uma mulher não pode ter vícios secretos? – Ela fez uma careta para ele, sorrindo para si mesma enquanto seguia para o corredor.

O homem entrou em uma sala onde sabia que não seria perturbado.

Trancando a porta, ele tirou uma foto do bolso da calça, colocando-a com cuidado na mesa. O sigilo de seus atos foi o suficiente para lhe provocar uma ereção. Abrindo o zíper, ele se inclinou para a frente, movendo a mão para cima e para baixo.

Seus olhos estavam fixos na foto até o momento da ejaculação. Com um arfar, a cabeça tombou para trás, de encontro à cadeira.

Ele ficou sentado por alguns segundos, ofegando, antes de pegar lenços de papel no bolso para limpar as mãos. Depois, com uma pinça, pegou a foto, colocando-a em um envelope rosa-claro.

Capítulo 5

Martin Leverton esperava junto à porta do necrotério quando Megan chegou.

– Megan... que roupa maravilhosa! Parece que você saiu de uma daquelas telas pré-rafaelitas da galeria de arte!

– Obrigada. Eu... comprei nos Estados Unidos. – Megan ficou constrangida com o elogio. Leverton nunca havia feito nenhum tipo de comentário sobre a aparência dela.

Era a primeira vez que Megan realmente tinha coragem de usar o casaco. Ficou ótimo quando ela o experimentara na Bloomingdale's, mas de certa forma parecia um tanto exagerado para as ruas de Birmingham. Porém, depois de ver Clare na BTV no dia anterior, ela precisava se animar, por isso pegou o casaco do armário e o vestiu sem sequer se olhar no espelho.

Agora o vento arrastava a lã vermelha, fazendo-a ondular como um manto medieval atrás dela. Enquanto eles entravam, ela puxou o capuz para trás, o longo cabelo escuro espalhando-se pelos ombros.

– Obrigado por vir tão rápido, Megan. Eu normalmente não lhe pediria para fazer isso, mas é essencial que determinemos exatamente o que aconteceu com este casal. Não quero ter que esperar pelas fotos e, de qualquer forma, acho que é importante que nós dois vejamos os corpos.

– Ainda não os viu?

– Não. Recebi o telefonema do patologista só há uma hora. A propósito, ele é novo... Você não o conhece.

– Bom, a primeira coisa que precisamos saber é o grupo sanguíneo da amostra de sêmen anal.

– Eu sei. Os resultados ainda não tinham chegado do laboratório quando eu falei com ele, mas ele prometeu que ia procurá-los. Devem ter feito os testes agora, então é de se esperar que telefonem para cá com os resultados.

Ele bateu no painel de vidro opaco da porta, mexendo os pés com impaciência enquanto esperavam. A porta foi aberta por uma jovem de rosto coberto de espinhas, que os deixou entrar sem dizer uma palavra. O macacão tinha manchas de vários tons de marrom. Enquanto eles a seguiam pelas filas de cadáveres, Megan se perguntou o que os amigos e parentes dessa garota disseram quando ela anunciou que queria ser técnica de necrotério.

A mãe de Megan tinha sido cientista forense e os filhos costumavam contar aos amigos que ela era uma versão médica de Sherlock Holmes. Às vezes, depois da escola, Megan esperava por ela do lado de fora das portas grandes e brancas do laboratório, tentando imaginar o que estava acontecendo na área proibida lá dentro.

Quando finalmente pôde fazer uma visita guiada pelo lugar, descobriu que não era nem de perto tão horripilante quanto as imagens em sua mente. A mãe passava a maior parte do tempo olhando por um microscópio, muito distante dos corpos de onde vinham suas amostras.

Mas preferir passar a vida cercada de cadáveres – isso era uma coisa que Megan nunca fora capaz de entender. Ela olhou novamente a garota que os levava pelo necrotério. Talvez fosse uma espécie de refúgio. Se ela ficava constrangida com sua pele, este era um lugar onde podia trabalhar em paz, livre do risco de olhares cruéis ou de piedade.

– Detetive superintendente Leverton! – Uma voz de homem ribombou de trás de uma tela e a garota escapuliu rapidamente para um canto escuro da sala.

Quando o patologista surgiu, parecia ter mudado de roupa e vestido um jaleco verde limpo. Ele ajeitou o gorro antes de trocar um aperto de mão com Martin.

– Ed Horrobin. E esta é...? – Ele se virou para Megan e ela percebeu como ele era novo. Todos os patologistas que conhecera na vida tinham pelo menos 50 anos e, por saber quanto tempo era necessário para se qualificar para o cargo, ela se surpreendeu em ver alguém que podia muito bem ser confundido com um estudante de graduação.

– Esta é a Dra. Megan Rhys – interrompeu Leverton antes que ela mesma pudesse responder. – Está nos ajudando a formar um perfil dos assassinos de Natalie Bailey e Donna Fieldhouse... Se este caso tiver ligação com os outros dois, ela precisa ver as evidências forenses o mais rápido possível.

– Estive no laboratório e eles prometeram ligar com o resultado do grupo sanguíneo até as 14h. – Ele puxou o punho elástico do jaleco, olhando o relógio. – Então... Isso nos dá vinte minutos para lhes mostrar os corpos e colocá-los de volta nos trilhos!

Para alguém tão novo, ele era extraordinariamente convencido, pensou Megan. O rapaz os levou até o cadáver de um homem baixo e magro. Era praticamente impossível estimar sua idade, porque faltava a maior parte da cabeça.

– Muito bem! – Continuou o patologista no mesmo tom quase teatral que usara antes. – Este é o Sr. Dudley Jackson, 38 anos. Causa da morte, interrupção da função cerebral devido a um ferimento por arma de fogo. A arma era um rifle de cano duplo disparado na boca. Os exames realizados desde que recebemos o corpo mostram que o Sr. Jackson pode não ter estourado o próprio cérebro, porque seus braços não são tão compridos.

Horrobin se empoleirou em um banco próximo, as pernas separadas, segurando um rifle imaginário entre os joelhos.

– Estão vendo, ele só tinha 1,62m, uma constituição muito leve. Medimos o cano da arma e a única maneira de ele fazer isso seria se segurasse a arma entre os pés e puxasse o gatilho com um dedão do pé. Como estava com estas botas quando o encontramos, eu diria que é muito improvável.

Ele saiu do banco e andou pela sala até o cadáver de uma mulher, sem esperar por qualquer tipo de reação da platéia.

– É claro que não é possível que *ela* seja a assassina *dele*. Foi encontrada de bruços na cama e um tiro da arma atravessou seu corpo, entrando no colchão. O ferimento de entrada confirmou que ela foi baleada pelas costas enquanto estava deitada na cama. É claro que agora sabemos que a verdadeira causa da morte foi asfixia e que ela já estava morta quando a arma foi disparada.

– Por que levaram dois dias para deduzir isto? – Megan podia ter feito a pergunta parecer menos acusatória, mas nessas circunstâncias ela não estava inclinada a isso.

– Culpe os rapazes da balística, e não a mim – respondeu ele, imediatamente na defensiva. – Eu não tinha motivos para acreditar que isto não era um homicídio doméstico seguido de suicídio. Fiquei tão surpreso quanto todo mundo quando me disseram que ele não podia ter disparado a arma.

– E o hematoma no pescoço?

– Só apareceu hoje de manhã... Os hematomas aparecem em períodos diferentes, dependendo do tipo de pele. Este foi mais lento do que a maioria.

– Mas certamente procurou por danos na cartilagem da garganta?

– Não foi possível. – Ele puxou o lençol plástico que cobria a mulher do pescoço para baixo, revelando uma incisão que ia do queixo até o ferimento de saída na barriga. – Só fazemos uma incisão em V no tronco se houver suspeita de estrangulamento desde o início. Isto nos permite retirar a garganta para um exame completo. Mas parecia tão claramente uma morte por arma de fogo que seguimos em frente com o corte longitudinal.

Megan não conseguia acreditar nisso.

– Então qualquer evidência de pressão no pescoço foi destruída por seu bisturi.

Do canto do olho, ela viu as sobrancelhas de Martin Leverton se arquearem. Horrobin corou, aparentemente sem palavras pela primeira vez.

O toque alto do telefone o permitiu escapar de ficar mais constrangido. Embora a garota estivesse prestes a atender, ele disparou pela sala, pegando o fone da mão dela.

Megan olhou mais de perto o corpo de Tina Jackson. As marcas nos pulsos eram quase idênticas àquelas nas fotos de Natalie Bailey. Mas embora o método de assassinato fosse idêntico nos dois casos, esta mulher não podia ser mais diferente da pequena e loura Natalie. Tina Jackson tinha cabelos escuros e compridos que pareciam ser tingidos. Grande parte de sua pele estava salpicada de manchas vermelho-arroxeadas, onde o sangue tinha se acomodado depois da morte, mas a julgar pelas partes do corpo que não foram afetadas, Megan podia ver que Tina era uma mulher de pele morena.

Ela se virou para Leverton, que estava olhando as marcas de hematoma no pescoço.

– Que idade tinha Tina Jackson?

– Quarenta.

– Filhos?

– Não. O corpo foi identificado pela irmã. Vou vê-la assim que terminarmos aqui... Se importaria de vir comigo?

Antes que Megan pudesse responder, o patologista apressou-se até Leverton, acenando uma folha de papel.

– Os resultados! – anunciou ele, triunfante. – Primeiro, deixe-me falar sobre os Jackson: Dudley Jackson era do grupo O, como a esposa Tina. A amostra de sêmen no esfregaço vem de um homem com grupo sanguíneo AB, de um tipo presente em apenas 25% da população.

Leverton pegou o papel da mão dele com um brilho nos olhos. Examinando-o, murmurou alguma coisa. Depois se virou para Horrobin, fitando-o com um olhar que o alertava a não danificar mais nada.

– Muito bem... Vamos esclarecer isto. Este resultado de grupo AB veio de um esfregaço anal e não havia sêmen na vagina da mulher?

– Correto. – Horrobin tombou a cabeça de lado, encarando Leverton.

– Acho que temos o que procurávamos, Megan. – Com um agradecimento rápido, Leverton deu as costas para o homem, o braço roçando o ombro de Megan enquanto a conduzia para fora da sala.

– Que porcalhada! – Leverton sacudiu a cabeça enquanto parava no saguão, vestindo o casaco e as luvas.

– Concordo. Nunca conheci um patologista tão... bem...

– Convencido?

– É. Tão presunçoso mesmo ao saber que estava errado.

– Evidentemente esta é sua primeira semana no emprego. Acho que devemos ser solidários, de verdade. Quero dizer, deve ser bem difícil cair num caso como esse no primeiro dia.

– De qualquer forma, pelo menos conseguimos evidências positivas de uma ligação com o assassinato de Natalie Bailey. Quanto tempo para termos o resultado de DNA nesse esfregaço de sêmen?

– Amanhã à tarde.

– Tudo bem, mas até lá trabalharemos com base no pressuposto de que o mesmo homem fez sexo anal com Natalie e Tina.

– Sim. Veja como sua teoria de dois assassinos diferentes se confirmou. Mas ainda não consigo entender por que Natalie tinha sêmen do assassino de Donna na vagina, se foi morta pelo homem com quem fez sexo anal.

– Podem ter sido dois homens.

Leverton a olhou de um jeito estranho. Um misto de surpresa e confusão.

– Lembra do caso dos Estranguladores de Hillside? – Megan não deixou que ele respondesse. – Mataram dez mulheres na região de Los Angeles no final dos anos 1970?

– Sim, vagamente. Procuravam por prostitutas.

– No início, sim. Mais tarde, por qualquer jovem que pensassem que podiam raptar sem serem pegos. De qualquer modo, a questão é que eles cometeram vários assassinatos juntos, mas depois um deles começou a matar sozinho.

– Continue.

– Bom, imagine que Donna Fieldhouse foi morta por seu gigolô em uma luta direta, como dissemos antes. E se este gigolô fosse amigo... Um cliente regular que gosta de sexo pervertido a portas fechadas? E se Natalie Bailey fosse convencida a participar de uma espécie de *ménage a trois* que acabou em estupro e assassinato? Isso explicaria a presença dos dois tipos de sêmen no corpo.

– Mas e Tina Jackson? Ela só fez sexo com um deles.

– Aí é que está. Imagine que este cliente de prostitutas toma gosto por matar e decide fazer isso sozinho na vez seguinte. Talvez o tipo de garota que o gigolô procure não seja o tipo preferido do cliente. Então ele sai em busca do tipo certo de vítima.

– O que explicaria por que Tina Jackson não é nada parecida com Donna e Natalie.

– Exatamente.

Leverton olhou para Megan com curiosidade.

– Que foi? – perguntou ela, pouco à vontade sob o olhar dele.

– Cabelos compridos e escuros, pele morena, idade entre 30 e 40...

– Sim... e? – disse ela, um toque de impaciência se insinuando na voz.

– Bom, é você, não é? – disse ele, um meio sorriso no rosto. – É melhor ter cuidado, Megan.

Megan ficou paralisada. Seria possível? Não... Meu Deus, ele estava brincando!

Antes que pudesse responder a esta observação insensata, o rosto dele recuperou a expressão habitual de preocupação calculada.

– Que probabilidade pensa que há de ele, ou eles, matarem novamente?

Ela olhou para Leverton, a pulsação ainda acelerada.

– Estamos lidando com dois assassinos muito diferentes aqui. Parece que o primeiro... Vamos chamá-lo de O... Matou Donna quase por acaso. Ele pode não ter tido nenhuma participação na morte de Natalie Bailey, pode ter transado com ela antes da chegada do outro homem e depois a deixou para ele. Havia alguma fibra no corpo de Natalie, como as que você disse que foram encontradas atrás das pernas de Donna?

– Sim, eu ia telefonar para você pouco antes de receber a ligação do caso Jackson: havia uma quantidade minúscula de fibra em cada um dos saltos. Fizeram uma comparação e são idênticas às encontradas no corpo de Donna. Agora estão tentando identificar o fabricante.

Megan teve uma visão momentânea de um pequeno corpo sem vida sendo arrastado por um carpete desbotado. Talvez ela tenha passado de carro perto da casa quando aconteceu. Ela se lembrou das janelas escuras que davam para o estacionamento onde o corpo de Donna Fieldhouse foi encontrado. Se uma pessoa fosse assassinada em um daqueles prédios abandonados, será que alguém ouviria os gritos?

– Como eu estava dizendo – ela obrigou sua mente a voltar à pergunta de Leverton – é possível que O não volte a matar... Pelo menos não deliberadamente. Mas o outro cara; bom, ele é bem diferente. O que ele fez tem todas as marcas de um assassino sexual organizado que usa as mulheres como veículo para se vingar da sociedade. Este é um homem cuja violência foi incitada por algum acontecimento traumático na vida; provavelmente alguma coisa bem recente. Não vai parar de matar até que consiga ter coragem para confrontar a causa de sua raiva.

Leverton assentiu.

– Vamos ver a irmã – disse ele, abrindo a porta do carona de seu elegante BMW. Megan entrou. O cheiro de couro novo encheu suas narinas enquanto ele batia a porta. O carro era imaculado, como seu dono. Tão diferente do carro de Megan, com o painel cheio de pacotes vazios de Malteser e bilhetes de estacionamento descartados, um aromatizante de laranja mascarando o cheiro persistente de vômito que ela tentava sem sucesso limpar do estofamento depois que Emily, a sobrinha de 2 anos, enjoara em sua última viagem ao País de Gales.

Ela se perguntou quem limpava o carro de Martin Leverton. Nem conseguia imaginar que ele mesmo fizesse isso. Mas também não conseguia imaginar Leverton confiando esta fera preciosa à esposa. Talvez ele pagasse a uma daquelas empresas de lavagem de carros para fazer o trabalho.

– Dê uma olhada nisso. – Leverton puxou uma pasta de debaixo do banco e passou a ela antes de dar a partida no carro. Dentro havia um lote de fotografias que mostrava a carnificina em que fora encontrado o quarto dos Jackson. A primeira era um instantâneo de Tina Jackson de bruços na cama. – Foi assim que a encontramos depois que o pessoal arrombou a porta.

Megan mordeu o lábio. A morta podia ter sido uma peça de carne em um açougue, tendo em vista todo o horror que a fotografia lhe conferia. Estava esparramada, nua, a não ser por um sutiã de lycra branco. Perto das alças, a carne estava salpicada de preto, onde os grãos de chumbo das balas do rifle haviam chamuscado. As mãos estavam presas no ferro de armação da cama.

– Sem algemas, então?

– Não. – Leverton pegou o isqueiro e colocou a mão no bolso do paletó. – O assassino levou com ele o que usou para prendê-la. Nada que encontramos neste quarto combina com as marcas nos pulsos. Quer um? – Ele acenou com um maço de Marlboro debaixo do nariz dela.

– Não, obrigada, estou tentando parar. – Megan franziu o nariz enquanto ele acendia o cigarro. O anseio era quase insuportável. Ela se concentrou na foto. Havia um sapato preto de salto alto perto da cama e uma pequena pilha de material brilhante e escuro que parecia uma calcinha e um vestido retorcidos.

– São as roupas dela?

– São. – Leverton soprou uma nuvem de fumaça. – Era aniversário dela, coitada. De acordo com a irmã, ela estava se arrumando para sair.

– Mas não com o marido, imagino – disse Megan, abrindo a janela e tomando uma golfada de ar fresco. – Eles estavam separados?

– Estavam. Ele tinha ido morar com os pais. Tinham uma fazenda perto de Wolverhampton. O rifle era deles, evidentemente. – Ele a olhou. – Você está bem? Quer que eu jogue isso fora?

– Não, está tudo bem – mentiu ela, querendo não ter deixado o pacote de Malteser de Patrick no carro. – Então Tina Jackson estava arrumada para uma noitada com outra pessoa. Dudley apareceu na casa com um rifle. Ela foi presa e estrangulada, depois baleada pelas costas. – Ela fez uma carranca. – Sabemos que Dudley Jackson não foi o responsável pela penetração anal, mas sabemos com certeza que ele não a estrangulou nem atirou nela? Alguma impressão no corpo?

– Nada. Ele devia estar de luvas... O assassino, quero dizer. Há impressões de Dudley Jackson em toda a casa e na arma, mas nada no corpo de Tina.

– Sabemos quanto tempo depois do estrangulamento o tiro foi disparado?

– Não muito. O patologista disse que o padrão das manchas de sangue na roupa de cama mostrava que ela foi baleada quase imediatamente depois da morte. Caso contrário, o sangue teria coagulado e não haveria muito a perder.

– Acha que Dudley Jackson a pegou na cama com outro?

– Certamente é o que parece.

– Você disse ao telefone que ela não era prostituta... Como pode saber disso?

– Na verdade não posso. Só o que posso dizer é que ela parece ter sido bem respeitável. Trabalhava em uma construtora em West Bromwich.

Eles seguiram em silêncio, Megan repassando as horríveis fotos em seu colo. A luz estava começando a diminuir e a decoração de Natal piscava de forma incongruente de cada poste de luz. Megan pensou na irmã que iam visitar. A partir de agora, cada Natal seria um inferno para ela.

Quando Leverton finalmente parou, ela percebeu um carro patrulha estacionado a alguns metros na rua. Uma policial uniformizada saiu do banco do carona e andou até o carro de Leverton. Megan se perguntou como a irmã se sentiria ao ser interrogada por três pessoas.

Charlotte McGahy morava em uma casa vitoriana espaçosa que fora convertida em apartamentos. Quando ela abriu a porta, Megan de imediato viu como era atraente, apesar da ausência de qualquer maquiagem e de sua expressão vazia.

– Srta. McGahy – Leverton lhe ofereceu a mão. – Conhece a policial Cartwright, não é? E esta é a Dra. Megan Rhys... Ela é psicóloga e gostaria de conversar com a senhorita sobre a morte de sua irmã.

A mulher assentiu sem expressão e os levou a uma sala grande e fria, com uma lareira de mármore ornamentado. Havia também uma lareira elétrica produzindo uma quantidade ridiculamente inadequada de calor.

– Está meio atrasada, não é? – Ela dirigiu a pergunta a Megan.

Megan pestanejou e se voltou para Leverton, que parecia igualmente confuso.

– Como? – disse ela, ansiosa para não dizer nada que perturbasse ainda mais a mulher.

– Eu telefonei para vocês há seis semanas sobre o Dudley. Contei que ele tinha um histórico de depressão e que bateu em Tina quando eles terminaram. Eu os alertei de que ele era perigoso e que deviam prendê-lo. Psicóloga? Que utilidade tem uma maldita psicóloga agora? É tarde demais, não acha?

Ela pegou um lenço de papel rosa de dentro da manga.

A policial pôs um braço em seu ombro, mas ela o afastou, assoando o nariz e pegando outro lenço de papel na mesa de centro.

– Eu estou bem! – sussurrou ela, transferindo o olhar para a chama da lareira.

– Eu lamento, Srta. McGahy, a Dra. Rhys não está aqui para falar de seu cunhado. A senhorita deve saber que não foi Dudley que matou sua irmã.

– Como? – O olhar de Charlotte disparou da lareira para Leverton.

– Foram realizados testes no rifle encontrado no quarto de sua irmã. Dudley não podia ter disparado na própria boca. Acreditamos que outra pessoa matou Tina e Dudley. – Leverton parou, esperando que a notícia bombástica fosse absorvida.

Ela o encarou, a boca entreaberta.

– Outra pessoa? Como pode ter sido outro? Era a arma de Dudley. Eu vi na casa dos pais dele, em uma caixa na parede!

– Desculpe, sei que isto será muito difícil para a senhorita, mas precisamos saber quem mais pode ter estado na casa quando Dudley chegou com a arma. Se importa se a Dra. Rhys lhe fizer algumas perguntas?

A mulher reassumiu o olhar vago e assentiu muda, como se não houvesse mais nada que alguém pudesse dizer ou fazer para tornar sua dor pior do que já estava.

A policial foi preparar umas xícaras de chá e Leverton andou até a janela. As cortinas não tinham sido puxadas e ele ficou ali, olhando para fora. Não era possível ver muita coisa na rua, mas Megan ficou grata por seu tato. Ela se inclinou para a frente na cadeira, falando suavemente.

– A primeira coisa que preciso saber é há quanto tempo sua irmã estava separada do marido.

Charlotte parecia confusa, como se não conseguisse entender a relevância da pergunta, mas respondeu assim mesmo.

– Não muito tempo; Dudley só se mudou há algumas semanas.

– Quanto tempo eles ficaram casados?

– Dez anos. Só Deus sabe como Tina o agüentou por tanto tempo.

– A senhorita disse que ele a espancou quando eles se separaram...

– Sim, mas não foi a primeira vez. Ela costumava desculpá-lo. Não conseguia suportar a idéia dos dois se separando, dizia que não queria ser um fracasso.

– Por que ela achava que era um fracasso?

– Não sei. Ela sempre estava se depreciando. Era culpa dele. Ele a fazia se sentir assim. Sempre a criticava.

– O que finalmente a levou a se separar?

Houve uma longa pausa.

– Acho que foi quando ela começou a fazer a ronda da sopa.

Megan franziu a testa.

– Ronda da sopa?

– Ela levava sopa na zona de prostituição. Para as prostitutas e os mendigos. Ela era assim, sabe como é, voluntária. Fazia isso algumas noites por semana e Dudley não gostava. Ele era tão ciumento... Queria que ela ficasse com ele toda noite. Eles tiveram uma briga das grandes por causa disso e ele deu na cara dela. No dia seguinte, ela trocou as fechaduras da casa e procurou um promotor para mantê-lo afastado.

Megan assentiu lentamente. A zona de prostituição. Então havia uma ligação. Pelo canto do olho, ela viu que Leverton tinha virado a cabeça e ouvia com atenção. Ela esperou que ele falasse, mas ele nada disse.

– Sabe se ela estava na ronda da sopa na noite em que morreu? – Megan prendeu a respiração.

– Sim. – Charlotte fungou. – Devíamos ir a uma boate. Era aniversário dela. Nós íamos jantar primeiro, mas ela disse que não podia fazer isso antes das 22h porque ia na ronda da sopa e não havia ninguém para substituí-la. – Ela piscou. – Ela era esse tipo de pessoa. Nem sonharia em deixar alguém na mão... Nem mesmo no aniversário dela. – Ela tombou a cabeça, os ombros recurvados enquanto chorava.

Megan atravessou a sala, sentando-se no sofá diante dela. Em vez de abraçá-la, tentou encontrar palavras que a estimulasse a se abrir novamente.

– Eu lamento profundamente ter que lhe fazer todas estas perguntas. Eu mesma tenho uma irmã. Não posso fingir que entendo como está se sentindo agora. Só o que posso dizer é que se alguém matasse minha irmã, eu ia querer fazer tudo o que pudesse para colocá-lo na cadeia.

Megan parou, tentando avaliar o efeito de suas palavras.

– Por que acha que Tina trabalhava como voluntária na ronda da sopa?

– Ela disse que queria retribuir de alguma forma. – Ela murmurou as palavras no lenço. – Disse que tinha muita sorte por ter um bom emprego e uma casa bonita.

– Sabe se Tina estava saindo com alguém?

Charlotte se virou devagar para fitar Megan, com olhos que agora estavam inchados e vermelhos.

– Não, e-eu... – ela gaguejou. – Acho que não.

Megan falou lenta e delicadamente, tentando manter a urgência longe de sua voz.

– E a ronda da sopa? Tem certeza de que não havia ninguém? Um dos outros voluntários, talvez?

– Não. Tenho certeza de que ela me contaria. – Ela pegou outro lenço. – Nós somos... éramos... muito próximas.

Megan franziu os lábios, tentando outra estratégia.

– Como descreveria Tina? Fisicamente, quero dizer.

– Ela era bonita – respondeu ela, um olhar distante. – Quero dizer, tinha 40 anos, mas não parecia. Eu sou três anos mais nova do que ela, mas as pessoas sempre pensam que sou a mais velha. Ela podia muito bem passar por trinta e poucos anos.

– Há uma pergunta desagradável que tenho que lhe fazer, mas acha que Tina pode ter sido confundida com uma prostituta? O motivo para eu perguntar isso é que pensamos que a morte dela pode estar relacionada com o assassinato de uma jovem que trabalhava na zona de prostituição.

Megan pôs os braços em volta de si mesma, preparando-se para o que vinha a seguir, mas a mulher apenas sacudiu a cabeça.

– Ah, não. Ela sempre vestia o que chamava de seus trapos quando fazia a ronda da sopa. Jeans velhos e casacos com capuz... Esse tipo de coisa. Em parte era porque Dudley ficava tão desconfiado, eu acho. Ela assumia a aparência mais simples possível.

– Mesmo depois que eles se separaram?

– Sim. – Charlotte fungou. – Falei com ela por telefone pouco antes de ela sair. Ela fez piada porque teria que trocar de roupa rápido e colocar alguma maquiagem para parecer arrumada mais tarde.

– Ela disse mais alguma coisa? Mencionou com quem ia fazer a ronda?

– Não. Apenas que estava preocupada de Dudley aparecer em sua casa, por ser aniversário dela. Ele sabia que Tina pretendia sair à noite. Ela estava com medo de encontrá-lo em casa esperando por ela.

A policial apareceu com uma bandeja de chá, tentando atrapalhar o mínimo possível. Leverton deixou seu posto na janela e se sentou, julgando ser este o momento adequado para fazer algumas perguntas.

– Esta organização voluntária em que sua irmã trabalhava... Como se chama?

– Não sei bem. Acho que Tina descobriu sobre ela por intermédio de alguém do trabalho. – Charlotte pegou uma xícara de chá e a aninhou nas mãos, como se procurasse conforto com seu calor.

– Esse alguém era homem ou mulher? – insistiu Leverton.

– Mulher. O nome dela é Gail qualquer coisa. Desculpe, não sei o sobrenome.

– Vamos verificar isso logo. Sabe quantas pessoas faziam a ronda da sopa com ela?

– Teria sido ela e mais uma – disse Charlotte, encarando o vapor que subia da xícara. – Sempre andavam aos pares. Por motivo de segurança, dizia ela. – Seu queixo tremeu e uma lágrima caiu no chá.

Leverton olhou para Megan antes de se levantar.

De volta ao carro, ele apertou uns números no celular.

– Sweet Fanny Adams – rosnou ele, jogando o celular no banco.

– Não tem ninguém lá? – Megan olhou o relógio.

– A porcaria da secretária eletrônica. Provavelmente estão de folga para o Natal.

– Bom, a não ser que a tal de Gail tenha visto Tina em casa, é improvável que ela seja de muita utilidade.

Leverton franziu a testa.

– No que está pensando?

– Que quem quer que fez isso viu Tina na zona de prostituição e seguiu a van da sopa. Esperou que ela terminasse e a seguiu até em casa.

– E depois o quê? Como entrou?

– Enganando-a com algum truque – disse Megan. – Como Ted Bunty com o braço quebrado falso. Talvez ele tenha batido na porta e fingido ser alguém que precisava de ajuda. Parece que Tina seria uma boba com esse tipo de coisa.

– Então estamos procurando por um perseguidor de fala mansa que anda por aí com um gigolô e engana mulheres de cabelo escuro e desalinhadas de 40 anos? – Havia mais do que uma sugestão de sarcasmo na voz de Leverton.

– Não é exatamente o que eu colocaria no perfil. – Megan arqueou as sobrancelhas. – Mas sim, um homem charmoso e persuasivo que está familiarizado com a zona. Quanto a Tina ser desalinhada, pela descrição da irmã, parece que ela se destacava da multidão independente do que vestisse.

Leverton a olhou de lado, o que a deixou pouco à vontade. Enquanto ele dirigia pelas ruas escuras, Megan pensou em Tina. Ela ia sair naquela noite, para comemorar mais tarde e sem dúvida estava feliz por se ver livre do marido cruel. E o que aconteceu? Foi atacada por alguém ainda pior.

E Natalie. Já era ruim que ela tivesse saído, como Donna Fieldhouse, do orfanato para as ruas; já era ruim o que seus clientes habituais pediam dela e, para piorar, agora era usada por um monstro que queria compensar todo o ódio que sentia pelo mundo.

Compensar. Alguma coisa piscou em sua mente. Ele as usou como compensação para o verdadeiro objeto de seu ódio. Quem? Uma esposa? Namorada? Mãe? Chefe?

E ele usou o gigolô – o homem O – para se esconder também. O homem O conseguiu Natalie para ele. Talvez O tenha largado o corpo como parte do acordo. Um assassino se escondendo atrás de outro assassino. Ela tremeu. E eles não faziam idéia de quem eram estes homens.

Capítulo 6

Megan parou nas tábuas do quarto de Tina Jackson. Nos últimos dois dias, policiais da perícia vinham fazendo uma busca cuidadosa em toda a casa. Qualquer um que entrasse era solicitado a colocar roupas de proteção e sair de um cômodo para outro significava andar em tábuas de madeira que atravessavam o piso como seixos em um regato.

O quarto agora tinha pouca semelhança com a foto da cena do crime que Megan segurava. A cama fora desfeita, o cobertor, os lençóis, travesseiros e colchão retirados para exame forense. Só o que restava era a armação de bronze e ferro batido. Megan podia ver como teria sido fácil para o assassino algemar Tina à armação da cama.

As roupas e os sapatos na foto tinham sido retirados e havia uma grande mancha escura no carpete, onde o corpo de Dudley Jackson estivera.

Com alguma dificuldade, Megan pisou em outra tábua, o macacão volumoso limitando seus movimentos. Ela se aproximou de uma penteadeira e abriu cuidadosamente a gaveta de cima. Dentro havia uma variedade de roupas íntimas cuidadosamente dobradas. Uma coisa dura e brilhante se projetava por baixo da pilha e Megan afastou as roupas para ver o que era.

As faces sorridentes de Dudley e Tina Jackson olharam para ela. Era uma foto de casamento, escondida da mesma forma que Megan escondia a dela.

Charlotte McGahy estava certa sobre a irmã. Ela era linda. Lembrava Penelope Cruz a Megan. Tinha o mesmo jeito um tanto vulnerável.

– O que você encontrou? Alguma coisa interessante? – Leverton apareceu na soleira da porta, passando pelas tábuas com aparente facilidade.

– Não... Só uma foto de casamento. Alguma novidade sobre a amiga?

– Ela estava com Tina na ronda da sopa. Disse que Tina foi para casa de carro do lugar em que elas cozinharam.

– Nada de suspeito?

– Não que ela se lembre. Disse que era uma noite tranqüila.

– Onde fica a sede deles?

– Numa casa na Cheddar Road. De propriedade da mulher que criou a instituição. É um negócio só de mulheres.

– E esta Gail não tem nenhuma idéia? Nenhum namorado de que não sabemos?

– Não. – Leverton franziu a testa. – Vamos ter que dar uma coletiva em breve: alguém deixou vazar o relatório do patologista aos jornais. Alguma chance de você ter algum horário, digamos, amanhã na hora do almoço?

Megan parou antes de responder. Uma coletiva? Era essa a idéia de Leverton? Não podia ser. Não havia como ele tornar públicas suas suspeitas se houvesse alguma pista de corrupção policial. Ou ele estava fazendo um jogo que Megan não conseguia entender ou outra pessoa fora responsável pelo vazamento.

– Vou ver o que posso fazer. – Ela avançou. – Vamos rever o que aconteceu aqui, passo a passo; depois de ver todas as evidências na cena do crime, posso formar uma descrição mais detalhada deste assassino antes de começar a trabalhar em um perfil do sujeito que assassinou Donna.

– Tudo bem, foi isso que a perícia conseguiu até agora: nenhum sinal de arrombamento... As janelas todas fechadas e intactas e as duas portas trancadas; uma pegada parcial de sangue no patamar da escada que não combina com nenhum calçado pertencente a Dudley ou a Tina Jackson; uma pegada clara do mesmo sapato na terra ao lado do caminho que leva à porta dos fundos. A parte do dedão estava voltada para a casa.

– Então parece que ele entrou pelos fundos?

– Sim.

– Tudo bem – disse Megan. – Acho que aconteceu o seguinte. Ela volta da ronda da sopa e sobe para trocar de roupa... Daí a roupa nova que encontramos no chão do quarto. Ele a segue até a casa e fica observando. Talvez ele pegue um vislumbre dela através das cortinas do quarto e fique ainda mais excitado. Ele toca a campainha e inventa uma história qualquer. Talvez diga a ela que o carro quebrou e peça para usar o telefone. De qualquer forma, ele entra na casa. – Ela olha pela porta. – Tem algum banheiro no térreo?

– Não. Por quê?

– Porque ele precisa de um jeito de levá-la para o segundo andar. Se ele a arrastou, e ela chutou e gritou, haveria evidências. Marcas de arranhões ou desgaste no papel de parede, até vestígios de sangue.

Megan foi para o patamar da escada.

– Ele usa o telefone e depois pergunta se pode usar o banheiro. Ela lhe mostra onde fica. – Megan agita o braço na direção da porta azul do banheiro. – Em vez de entrar, ele a pega e a atira no quarto, lançando-a na cama. Ele a vira de bruços e pega os pulsos dela. Coloca as algemas ou o fio ou o que quer que tenha no bolso e prende o objeto na grade da cama e depois os pulsos dela. Ele a penetra analmente e a estrangula. Quando termina, ele desamarra os pulsos e está prestes a sair quando chega o marido maluco.

Leverton esfregou o queixo.

– Como Dudley conseguiu entrar? Tina trocara as fechaduras e estava tudo trancado quando meu pessoal apareceu, porque eles tiveram que arrombar a porta da frente para poder entrar.

– Ela pode ter deixado a porta destrancada quando deixou AB entrar. Não teria esperado que ele ficasse mais de alguns minutos.

Leverton assentiu.

– Vamos supor que Dudley tenha trancado a porta depois de entrar porque não quer que Tina saia correndo porta afora. Ele ronda a casa tentando descobrir em que cômodo ela está. AB ouve alguém entrando. Seja lá quem for, precisa se livrar dele. Ele se esconde atrás da porta e espera.

Megan volta ao quarto.

– Há um espelho na parede oposta, então ele pode ver Dudley antes que ele entre no quarto. Ele o agarra por trás e arranca a arma da mão dele. Depois o joga no chão e atira na boca de Dudley. Ele atira nas costas de Tina para dar a impressão de que Dudley fez isso.

"Sai o mas rápido possível porque percebe que as pessoas terão ouvido os tiros. Sai pela porta dos fundos, que se tranca automaticamente, a não ser que a tranca tenha sido deixada levantada. Ele passa pelo quintal e pelo beco atrás das casas e foge sem que nenhum dos vizinhos o veja.

– Por que ele se incomodou em atirar em Tina? – disse Leverton.

– Faz parte do jogo – disse Megan, sem alterar a voz.

– Como assim?

Ah, o que é isso Martin, pensou ela, está levando essa história de ponto de vista independente meio longe demais, não é? Se acha que vou entrar no seu papo e dizer que é um policial, trate de pensar melhor.

– O que eu quero dizer – disse ela –, é que ele deliberadamente deixou pistas no jardim porque gosta disso. Quando a mídia retratou este caso como assassinato doméstico seguido de suicídio, para ele foi uma revelação o fato de que ele enganou a imprensa, a polícia... A todos.

– O que a faz pensar assim?

– Bom, como eu disse antes, o modo como Natalie e Tina foram mortas sugere um homem que quer se vingar de algum acontecimento traumático na vida dele. Em geral os assassinos gostam de sentir que o mundo os despreza. Quaisquer mulheres que eles ataquem são veículos para a raiva que sentem, mas enganar a polícia e o público daria a esse tipo de assassino uma satisfação ainda maior.

– Como dar uma banana para a sociedade, quer dizer?

– Exatamente. Ah, e há outra coisa que você deve perguntar à irmã de Tina.

– O que é?

-- Troféus... Sabe que os assassinos seriais gostam de levar lembranças de suas vítimas.

– Quer dizer roupas e partes do corpo?

– Sim; sabemos que o corpo de Tina não foi mutilado de nenhuma maneira, mas sabemos se o assassino levou alguma coisa que ela estivesse vestindo?

– Achamos calcinha, calça, sutiã, vestido e sapatos no chão, então tenho certeza de que ele não levou nenhuma das roupas dela.

– E jóias?

Leverton pegou uma folha de papel na pasta que tinha na mão.

– De acordo com a perícia, ela usava dois anéis na mão direita e um par de brincos de ouro.

– Nenhum colar nem pulseira?

– Não... Mais nada.

– Acho que, se ela estava vestida para uma noite especial, havia uma boa possibilidade de estar usando mais jóias do que isso.

– Tem razão. E imagino que Charlotte saberia se alguma coisa estivesse faltando na caixa de jóias de Tina... Elas pareciam muito íntimas.

Megan assentiu. Como todo o resto, era um tiro no escuro, mas se o assassino levou alguma coisa e o objeto fosse descrito na coletiva, havia uma probabilidade de aparecer alguém que o reconhecesse.

Sabia-se que os assassinos seriais dão de presente às esposas ou filhos quinquilharias tiradas de suas vítimas. Dava-lhes uma espécie de emoção rever a cena do crime ou ver o assassinato descrito na TV.

Ela se perguntou o que Leverton faria com esta informação. Ela agora percebia que ele não tinha certeza da identidade do assassino de Tina Jackson. No dia anterior, na sala dele, Megan tivera a impressão de que ele suspeitava que alguém de sua própria força policial – alguém em particular – estava envolvido nos assassinatos das prostitutas. Mas o caso Jackson parecia ter abalado a confiança de Leverton. O que estava se passando pela cabeça dele? Será que de repente lhe ocorreu que ele podia estar entendendo tudo errado?

Ela abriu a bolsa, procurando pelas chaves do carro, e viu o maço de envelopes em tom pastel que pegara com Delva.

– Martin – começou ela –, é a minha vez de lhe pedir um favor. – Assim que as palavras foram pronunciadas, ela se arrependeu. Odiava a idéia de dever alguma coisa a ele.

Leverton ergueu as sobrancelhas.

– É sobre Delva Lobelo... A locutora da BTV. Ela vem recebendo cartas muito desagradáveis. – Com os dentes trincados, ela passou uma das cartas a ele.

Ele a tirou do envelope, olhou a foto da mulher agachada e grunhiu. Megan viu a insinuação de um sorriso no rosto dele.

– Isto é sério. Ela recebeu dezenas iguais.

Ele deu de ombros.

– Tem muita gente esquisita por aí e muitos assistem televisão.

Megan sentiu o calor subindo do pescoço para o rosto.

– Pelo conteúdo das cartas, acho que deve ser alguém que trabalha com ela. – Ela o olhou nos olhos. – Já vi muitos casos parecidos com esse, Martin. Pode pensar que é inofensivo, mas sei aonde isso pode levar.

Ele soltou um suspiro pesado.

– Tudo bem, tudo bem. Vou mandar um policial uniformizado para lá amanhã.

– Ela já procurou seu pessoal e eles não se interessaram.

– Bom, a aparição de um rapaz de azul no prédio pode conseguir alguma pista, se for um colega de trabalho dela.

Ela fez uma carranca. Leverton estava sendo condescendente.

Megan mordeu a língua, percebendo que não havia muito mais que pudesse fazer.

Quando chegou em casa, Megan acendeu a luz do corredor e pendurou o casaco. Enquanto fazia isso, uma coisa atraiu sua atenção. Na prateleira acima do radiador do hall, havia um mostruário de conchas comprado em Borth. Ela os arrumara em grupos de três, cada um com um pedaço de madeira por trás. Mas alguém os havia arrumado de novo: as conchas estavam todas juntas em uma ponta da prateleira e os três pedaços de madeira na outra.

Será que Emily fez isso? Megan franziu o cenho. Já fazia mais de uma semana desde a última visita da sobrinha. Será que não teria percebido antes? Ela arrumou apressada as conchas e a madeira de novo, sentindo-se um tanto inquieta. Tony era a única pessoa, além dela, que tinha uma chave. Teria ele entrado enquanto ela estava no trabalho? Ela não conseguia imaginar por quê. Ele havia tirado todas as suas coisas meses antes. Talvez estivesse na hora de trocar a fechadura. A imagem de Tina Jackson no necrotério saltou em sua mente e ela estremeceu.

Delva Lobelo não gostou muito do jantar. Sempre que estava no turno da noite, tinha que decidir entre se aventurar no centro da cidade para comer em um restaurante ou ir na cantina da BTV.

De qualquer forma, ela sempre terminava comendo sozinha, então era uma escolha direta entre uma boa comida consumida em público ou uma comida vagabunda consumida em ambiente privativo. Em geral ia à cantina porque era um lugar menos concorrido. Ser olhada por espectadores curiosos a fazia se sentir um animal num zoológico.

Nesta noite, o cardápio da cantina tinha piorado ainda mais. O prato principal de lasanha de vegetais parecia um pneu de bicicleta e o cheesecake tinha gosto de pasta de dente.

Delva pegou o elevador de volta à redação. Sua barriga estava pesada e a cintura, desagradavelmente apertada. O dia fora um pesadelo e ela se viu querendo ir embora nas três horas seguintes, ansiando pela casa e pela cama.

Antes de chegar à sua mesa, viu algo que lhe deu náuseas. Era outro envelope em tom pastel. Alguém deve ter colocado na mesa enquanto ela estava na cantina. Ela girou o corpo, os olhos percorrendo as fileira de mesas vazias. A única pessoa na sala era a subeditora da noite. Delva foi até a mesa da outra mulher.

– Jane... Você colocou isto na minha mesa?

– Não... O que é? Outra carta do pervertido?

– Parece que sim. – Os olhos de Delva ardiam enquanto ela abria o envelope. – Ai, meu Deus... Olhe só isso!

– Puxa vida, Delva, isso é apavorante. Quer dizer, é outra coisa, não é? É uma foto de polaróide... Não é nada que ele tenha recortado de uma revista.

– Viu alguém entrar aqui enquanto eu estava na cantina?

– Não. Dei uma saidinha para comer um sanduíche, mas só fiquei fora uns dez minutos.

Delva desceu a escada até a recepção.

– Deixou alguém que não fosse da equipe entrar no prédio na última hora?

O segurança era um idoso esquelético e Delva cresceu diante dele. Suas maneiras rudes o pegaram de surpresa e ele olhou para ela confuso por um momento antes de ver o livro de visitantes diante de si.

– Não. Não desde as 18h35.

– Quem entrou nesse horário?

– Um convidado para o programa, Stuart Booth. Sabe quem é... A senhora o entrevistou, sobre os ladrões de peru.

Delva suspirou, impaciente.

– Eu sei quem ele é. Olha, seu chefe ainda está no prédio?

– Acho que não, não está. Devo verificar?

Delva respirou fundo, tentando não perder a calma.

– Sim, se não for muito incômodo. – Ela ladrou as palavras e o homem apalpou o walkie-talkie, desviando o rosto do olhar fulminante de Delva.

– Alô, Frank? Dave Simon foi para casa? – O walkie-talkie emitiu uma resposta e o segurança virou-se para Delva num tom de desculpas. – Lamento, ele foi embora. Mas pode telefonar para ele, se for alguma coisa urgente. O número está na parede da cabine de segurança dos fundos... Está bem?

– Obrigada. – Delva cuspiu a palavra por entre os dentes trincados, cobrindo a distância entre a recepção e a entrada dos fundos do prédio em questão de segundos. Este dito chefe de segurança ia levar uma bronca daquelas.

Enquanto se aproximava da cabine de segurança, ela pôde ver que a porta estava entreaberta. Dois homens estavam sentados lá dentro, olhando e rindo para alguma coisa no jornal. Ela reduziu o passo, esgueirando-se como um gato pelo corredor. A manchete do jornal os denunciava. Da soleira da porta, Delva viu o que eles estavam olhando antes que eles dessem pela presença dela.

Ela entrou na cabine e pegou o telefone da parede, e ao mesmo tempo os dois homens pularam em suas cadeiras, confusos.

– Qual é o problema, Srta. Lobelo? – O mais velho colocou a mão no braço dela, mas Delva se afastou.

Dez minutos depois, o chefe de segurança apareceu.

– Qual é o problema, Srta. Lobelo? – David Simon olhou de Delva para os seguranças com um ar preocupado.

– Vou lhe dizer qual é o problema – explodiu Delva. – Eu desci aqui para dizer a esses sujeitinhos que recebi outra carta nojenta e o que eles estavam fazendo? – Ela arrancou o jornal da mesa e o atirou na cara dele. – Está vendo? Exatamente o tipo de lixo que cria os malditos pervertidos!

– Sim, entendi. – David Simon olhou carrancudo para os seguranças. Amassou o jornal numa bola e o atirou na lixeira. – Só posso me desculpar e lhe prometer que não vai acontecer novamente. Não é, colegas? – Ele os olhou com rigor.

Os homens olharam para ele timidamente.

– Não, Sr. Simon.

– Agora, e a carta? – Ele olhou para Delva. – Onde a encontrou?

Ela explicou o que aconteceu.

– O que diz ela?

Delva hesitou, sem disposição para entrar em uma descrição detalhada do conteúdo na frente dos dois seguranças.

– É uma foto muito perturbadora – disse ela. – De uma mulher.

Simon assentiu.

– Parecida com o tipo de coisa que ele mandou antes?

– Bom, é parecida, sim... Mas muito pior.

– Acho que um de seus colegas está lhe fazendo uma pegadinha, Srta. Lobelo. Uma pegadinha muito suja, é verdade, mas não acho que deva deixar que a atinja.

– É só o que pode dizer? – Delva virou-se para ele. – Gostaria que sua esposa ou namorada ou o que quer que seja recebesse coisas dessas pelo correio?

– Entendo como deve estar se sentindo, acredite em mim.

– Duvido!

– Olha, vou ver se colocamos uma câmera de circuito interno na redação. Isso deve parar com as cartas.

– E quanto tempo vai levar?

– Se tivermos permissão, pode ser instalada até o ano-novo.

Mas que ótimo, pensou Delva. Ia ter que ligar para Megan.

Capítulo 7

Megan se serviu de um uísque duplo e o levou para o banheiro. Ficou nervosa a noite toda. Não só pelos corpos e fotos que tinha visto. Eram aquelas conchas. Ridículo, pensou ela. Deve ter sido Emily. Era o tipo de coisa que ela faria. Mas a inquietação recusava-se a abandoná-la.

Enquanto esperava que a banheira enchesse, ela acendeu as velas no candelabro de ferro batido no consolo da lareira. Depois começou a mexer no papel de parede junto à janela. A sala precisava ser redecorada e ela pretendia terminar depois do Natal. Mas havia ali um pedaço solto da borda do papel apontando para fora e isso a irritava há séculos. Ela tentou colocar novamente, mas a condensação o soltava de novo. Enquanto o puxava, uma tira inteira de papel de parede saiu do lugar. A parede por baixo tinha uma cor de terracota mosqueada: uma mistura de reboco antigo, pintura e cola de papel de parede seca. À luz do candelabro, a parede nua tinha um certo encanto.

Ela puxou outro pedaço, pensando nos perfis em que estava trabalhando. AB devia ter uma ligação com a polícia. Quem quer que tenha matado Tina sabia demais sobre análise forense. Um sujeito com um conhecimento desses estaria no arquivo, sem nenhuma dúvida. Então, quem? Ela pensou em Rob Donalsen. Leverton já o considerava um suspeito. Poderia ser ele? Certamente ele não se encaixava no perfil.

Megan havia arrancado quase todo o papel de uma das paredes quando percebeu que a banheira estava a ponto de transbordar. Ela pôs a mão dentro da banheira para puxar a tampa. A água estava morna porque o calor tinha se dissipado.

– Droga! – disse ela, vestindo o roupão.

Não havia sentido esperar que a água ficasse quente outra vez. Ela podia muito bem ir direto para a cama.

Megan acendeu a luz. Virando-se para pegar um frasco de loção de limpeza no armário, ela viu a parede desnuda. Uma bagunça completa. O clima romântico de uma casa de fazenda simples na Toscana dera lugar a algo que lembrava um apartamento de pobre atacado por vândalos. Felizmente ninguém, a não ser a família, a visitava no Natal.

Estava escovando os dentes quando o telefone tocou. Ela cuspiu apressada e enxugou a boca nas costas da mão enquanto pegava o telefone no chão.

– Megan, é Neil. – Ele parecia sem fôlego.

– O que aconteceu?

– Tivemos que levar Joe ao hospital.

– Ah, meu Deus! O que foi?

– Não se preocupe, ele está bem. Ele começou a vomitar em toda parte. Chamam de vômito em projétil ou coisa assim. Vão ter que operar, mas não é grave.

– Tem certeza?

– Tenho. O médico disse que é por isso que ele grita o tempo todo. A cirurgia deve dar um jeito nisso.

– Onde está a Emily?

– No hospital com Ceri... Eu vou para lá agora, para rendê-la. Ceri vai passar a noite com Joe. Eles vão operar de manhã cedo.

– Quer que eu vá para lá?

– Não, está tudo bem. Não há nada que você possa fazer no hospital... Eles só permitem que os pais fiquem... E posso cuidar da Emily. Amanhã e quinta-feira estarei de folga.

– Tem certeza? Quero dizer, se quiser ficar no hospital também, eu posso ficar com a Emily.

– Não. Obrigado pela oferta, mas eles não deixam que nós dois fiquemos lá. Olha, vou telefonar para você de manhã assim que Ceri me ligar, está bem?

Ele desligou, obviamente com pressa para chegar ao hospital. Megan ficou parada por um momento olhando a banheira enquanto o que restava da água gorgolejava no ralo. Ela estremeceu e correu para pular na cama.

Sentada encolhida sob as cobertas, ela se sentia frustrada e inútil. O corpo pequeno do sobrinho, de apenas dois meses, estava prestes a entrar na faca. Ela queria poder estar com Ceri para ajudá-la a passar por isso. Como se já não tivesse problemas suficientes.

Megan estava caindo no sono quando o telefone tocou novamente.

– Megan? – A voz era quase um sussurro.

– Delva, o que foi? O que aconteceu?

– Me desculpe por te telefonar tão tarde, mas recebi uma foto horrível... – Delva interrompeu a fala e Megan a ouviu tomar fôlego, como se tentasse evitar as lágrimas.

– Que foto? Ele mandou outro daqueles recortes de revista?

– Não. Esta é uma fotografia real, que ele mesmo tirou. Quero dizer, foi entregue em mãos. Tem uma pobre mulher deitada em uma cama e ela parece drogada, inconsciente ou algo assim. Acho que a polícia devia ver, mas eu queria que você desse uma olhada primeiro.

– É claro. – Um monte de possibilidades passou pela cabeça de Megan. A voz de Delva estava tão diferente, como a de alguém que está prestes a entrar em colapso. Havia um toque de paranóia naquele sussurro que mal era audível. Megan se perguntou se esta foto podia realmente ser mais perturbadora do que os recortes que vira na sala de Delva.

– Onde você está agora?

– Estou em casa.

– Estou indo para aí.

Megan nunca vira Delva sem maquiagem. Em geral os olhos castanhos e amendoados estavam delineados com lápis preto, as pálpebras e sobrancelhas realçadas em ocre ou sombra terracota.

Mas agora ela estava de cara limpa. Havia depressões escuras sob os olhos e, embora ela fosse vários centímetros mais alta do que Megan, parecia ter encolhido. Toda a alegria e brilho que eram tão naturais na TV haviam desaparecido. Ela estava tremendo na porta, frágil como os pedaços de folhas congelados no chão, sob os pés de Megan.

– Entre.

Megan entrou na sala de estar, feliz por ver o fogo aceso na lareira emoldurada de mármore. Dois sofás cor de mel, grandes, ficavam em lados opostos da lareira. Na mesa de centro entre eles, havia uma tigela de frutas apoiando um envelope cor-de-rosa.

– Mostrou isso a mais alguém? – Megan pegou o envelope com a mão enluvada, abrindo a dobra com o maior cuidado possível.

– É, mostrei... Isso importa? – Delva pareceu preocupada e confusa enquanto afundava em um dos sofás.

– Só se não foi tocado. Pode haver digitais, entendeu? Só porque ele não deixou nenhuma até agora não quer dizer que possamos eliminar essa possibilidade.

– Ah... Eu não havia pensado nisso. – Delva dava a impressão de que podia explodir em lágrimas. – Eu mostrei a Jane. Ela estava no turno da noite na redação. Ela não tocou nele, não acho que tenha tocado. Não consigo me lembrar...

– Mais alguém? – Megan se sentou ao lado de Delva no sofá, puxando delicadamente a fotografia de dentro do envelope.

Antes que Delva pudesse responder, Megan arfou.

– É chocante, não é? – Delva olhou a foto e rapidamente desviou os olhos. Mas não sabia exatamente que detalhe na foto havia feito Megan perder o fôlego.

A fotografia mostrava uma mulher, magra e de expressão confusa, deitada em uma cama. A cabeça e a parte superior do corpo, nua, quase enchiam o enquadramento. Havia uma tatuagem no formato de borboleta acima do seio esquerdo e a cabeça estava tombada de lado, os fios compridos de cabelo escuro escondendo a maior parte da face. Mas foram os braços que sobressaltaram Megan. Estavam esticados acima da cabeça da mulher, os antebraços cruzados, e havia alguma coisa cinza e brilhante no canto superior esquerdo da foto, no ponto onde estariam os pulsos da mulher. A câmera estivera perto demais da modelo para pegar os pulsos, mas a impressão imediata de Megan era de uma mulher algemada a uma cama.

– Você... Você não acha que pode estar morta, acha? – A voz de Delva tremia.

– Não sei. Acho que a polícia precisa ver isso o mais rápido possível. – Megan não tinha a intenção de perturbar ainda mais Delva, dizendo-lhe o que se passava em sua mente. – Além da mulher com quem você trabalhou ontem à noite, mais alguém soube disso?

– Sim. – O rosto de Delva se tensionou ao falar. – Fiquei furiosa quando encontrei isso na minha mesa. Eu tinha acabado de vir da cantina e não consegui suportar a idéia de que este pervertido podia realmente entrar na redação sem ser visto. Tive que procurar o pessoal da segurança.

– O que eles disseram?

– Foi um desastre. Peguei dois deles babando por um anúncio de uma garota de programa no jornal. Eles não me ouviram chegar e tentaram esconder, mas era tarde demais... Eu já havia visto. Fiquei tão irritada que chamei o chefe deles. Ele foi um pouco mais humano. Deu-lhes uma bronca e prometeu que não aconteceria de novo. Mas não acho que ele tenha levado a carta a sério. – Ela franziu os lábios. – Ele disse que deve ser um de meus colegas fazendo uma pegadinha. Apenas sugeriu a possibilidade de instalar uma câmera de circuito interno na redação... Mas só no ano-novo.

– Grande coisa. O que você disse?

– Não muito. Tinha que ler o boletim das 22h30, então tentei me acalmar e terminar meu turno.

Megan devolveu a foto ao envelope.

– Esses seguranças... Eles manusearam a foto?

– Não. Eu nem mostrei a eles. Ia mostrar; quero dizer, eu estava segurando o envelope, mas quando os vi olhando aquele jornal, fiquei desnorteada. Quando o chefe chegou, eu disse a ele que tinha recebido outra carta nojenta e depois comecei a discutir sobre pornografia.

– Então as únicas impressões que tem são as suas e possivelmente as de sua colega?

– Sim. Posso verificar com Jane se ela realmente tocou na foto. Ela estará comigo amanhã de novo.

– Tem certeza de que está bem para trabalhar agora? Isto deve ter te abalado muito.

– Sim, eu vou ficar bem, sinceramente. Eu me sinto melhor saindo para trabalhar... Me distrai.

– Mas e se receber outra carta?

– Vou telefonar para você de imediato... Se não houver problema para você.

– É claro que não há. Isso é muito mais sério do que um fã doente lhe dizendo o que gostaria que fizesse com ele. A pessoa que tirou essa foto provavelmente cometeu um crime grave.

Megan parou, esperando que Delva não somasse dois e dois. Não tinha certeza do que ia dizer se Delva levantasse a possibilidade de uma ligação entre a mulher na foto e os assassinatos de Donna, Natalie e Tina.

O que quer que Delva estivesse pensando, ela continuou em silêncio enquanto Megan se levantava para sair.

– Vou levar isto ao detetive superintendente Leverton – disse Megan. – Falei de suas cartas com ele. Vou pedir para procurar digitais nesta aqui.

Porém, pensou ela com melancolia, ele não demonstrou o menor interesse, mas acho que agora vai se interessar. Ela se perguntou se Delva percebeu o quanto ela estava menosprezando a história toda. Qualquer um que trabalhasse em uma redação tendia a saber o bastante sobre assassinatos para fazer uma ligação com uma foto como essa. Talvez ela só estivesse abalada demais para colocar em palavras suas desconfianças.

Megan colocou o envelope em uma pasta de plástico transparente que trouxera e a pôs na bolsa.

A experiência que tinha indicava que a busca por digitais seria uma perda de tempo, mas quando ficou olhando a fotografia no sofá, a luz bruxuleante da lareira levou sua atenção a um pormenor que estragava a superfície brilhante. Uma análise mais detalhada revelou uma bolha pequena, branca e cristalina no canto inferior direito. A não ser que Megan estivesse muito equivocada, essa bolha seria a evidência mais importante para Martin Leverton até agora.

– Bom dia, Dra. Rhys!

A voz estridente de Eric era tudo que Megan precisava. Ela assentiu para ele e correu para a cabine da recepção, reprimindo um bocejo. Só dormira quatro horas e Leverton não atendia ao celular. Ninguém na delegacia parecia saber onde ele estava.

Ela pegou um café antes mesmo de olhar a correspondência. Havia três cartões de Natal no alto da pilha de cartas dentro de seu escaninho. Enquanto as enfiava debaixo do braço, não pôde deixar de perceber a caixa de correio de Patrick. Ficava ao lado da dela e estava lotada de envelopes de todos os tamanhos e cores.

Megan se perguntou de quem poderiam ser. A maioria dos estudantes havia mandado seus cartões de Natal aos professores na semana anterior, quando saíram para os feriados. Talvez fossem de gente da Holanda – mas por que seriam mandados para cá, e não para a casa dele?

Ela resistiu à tentação de vasculhar a pilha para ver os selos e os carimbos postais; por que diabos importaria de quem Patrick recebia cartões?

No minuto em que se sentou à mesa, houve uma batida à porta.

– Posso entrar por um minuto? Estou aqui em busca dos detalhes sórdidos. Uma troca justa pelo pacote de Malteser, não acha? – Os olhos de Patrick brilhavam e a carranca desapareceu do rosto de Megan.

– Desculpe, vou sair daqui a pouco. – Ela hesitou, feliz por vê-lo.

Ele sorriu.

– Achei que ia me ajudar a comemorar.

Megan fitou seus olhos tristes, um sorriso confuso no rosto.

– O que quer dizer?

– É meu aniversário. Gostaria de sair para jantar comigo esta noite? – Megan ficou surpresa ao ver que ele estava realmente corando. – Não se preocupe se não puder. Sei que estou convidando em cima da hora. Você já deve ter compromisso. Festas de Natal e essas coisas...

– Ah, eu...

– Tudo bem – interrompeu ele. – Achei que a resposta seria não mesmo.

– Não! Quero dizer, eu não planejei nada, além de escrever algumas dezenas de cartões de Natal. Só estou surpresa por ter me convidado.

– Por quê?

– Bom, é de se imaginar que você ia comemorar com os alunos.

– Está brincando! Não tenho mais energia para uma rave a noite toda!

– Leve uma delas para jantar, então.

– Que diabos eu conversaria com uma estudante em todo um jantar? – Ele sorriu e baixou a caneca na mesa. – Elas só estão interessadas em sexo e drogas.

Megan quase engasgou com o café.

– O quê?

– Ficam me perguntando o que se pode comprar em sex shops em Amsterdã e se os policiais fumam maconha nos cafés... Esse tipo de coisa.

– Enquanto eu, ao contrário, só estou interessada em sexo e violência. – O sorriso de Megan se alargou. – Tem certeza de que quer a minha companhia no jantar?

– Desde que prometa que não vai falar em vibradores de três velocidades ou maconha libanesa.

Megan riu, sacudindo a cabeça.

– Onde está pensando em comer?

– Em um dos restaurantes indianos em Sparkhill... Tudo bem para você?

– Ótimo. Eu posso te pegar, se quiser. Depois não terá que se preocupar em dirigir.

– Tem certeza?

– Tenho. É meio triste não poder tomar uns drinques no dia do próprio aniversário.

– Sempre se pode pegar um táxi.

– Não, tudo bem. Ultimamente não ando bebendo muito. – Não era uma mentira: era mais uma desculpa conveniente. Oferecer a carona era a maneira dela de ter o controle, mas ela não queria que Patrick soubesse disso. Mudando de assunto antes que ele pudesse insistir na idéia do táxi, ela perguntou o que achava do caso Jackson.

– Bom, fiquei intrigado com este suicídio forjado – respondeu ele. – Se você já não tivesse falado dessa história de corrupção, eu teria pensado que era um ex-policial.

– Por quê?

– Alguém que banca a polícia precisa saber de alguma coisa sobre o modo como a polícia trabalha. Você disse que o cara nunca deixou digitais nem tinha amostra de sangue ou saliva, não é?

– É verdade.

– Então ele não deve ter esse conhecimento simplesmente por ter sido preso algumas vezes, o que significa que provavelmente teve contato com a polícia em outro contexto. Seja o que for, deixou-o rancoroso em relação aos policiais.

– Foi exatamente o que eu pensei. Quero dizer, tudo aponta para um policial corrupto ou um ex-policial. Ontem à noite tive a distinta impressão de que Martin Leverton ficou desequilibrado com este último caso. Parecia uma coisa bem diferente das duas prostitutas mortas e acho que ele estava muito menos confiante do que na manhã de ontem.

– Como é esse Leverton? – perguntou Patrick, recostando-se na cadeira. – Ele já havia trabalhado diretamente com nosso departamento?

– Na verdade, não. Eu o conheci há alguns anos, em um inquérito de estupro da cidade. Ele parecia muito legal... Sabe como é, uma abordagem esclarecida das vítimas de estupro e essas coisas. – Ela parou, o bom humor desaparecendo. – Mas desde então só tive que lidar com ele quando solicitei acesso aos registros da polícia, ou o trouxe aqui como palestrante convidado. Não trabalhamos em nenhum caso juntos.

– O que a faz pensar que ele está tentando te usar para pegar alguém da polícia?

– Bom, na verdade foram várias coisas. Primeiro, não consegui entender por que eles chamaram uma analista de perfil para o assassinato de duas prostitutas. Segundo, sei que Martin Leverton não gosta de perfis. Acha que a psicologia é desnecessária e que qualquer detetive digno não devia precisar de um acadêmico para lhe dizer para onde olhar.

– Ele disse isso?

– Ah, não, não com tantas palavras. Sei pelas coisas que ele disse nas conferências. Ele sempre foi incrivelmente educado comigo, mas tenho certeza de que não me considera tanto assim, a não ser pela pesquisa acadêmica produzida por este departamento.

Megan tomou o café e olhou pela janela. Minúsculos flocos de neve tinham se depositado nos carros como açúcar de confeiteiro. Nuvens cinzentas e volumosas assomavam no céu como peneiras prontas para sacudir.

– Há outra coisa que ele disse ontem que me deixou desconfiada dos motivos dele.

– O quê? – Patrick colocou a caneca vazia na mesa e olhou para Megan. Ela ainda estava olhando pela janela.

– Ele fez questão de trazer dois policiais da Delegacia de Costumes para conversar comigo sobre as prostitutas assassinadas. Eles não me disseram nada que o próprio Leverton não pudesse me contar, e depois que eles foram embora ele disse que os dois seriam transferidos para outros postos no ano-novo. Também me disse que o primeiro deles... O sargento... Seria demitido porque se envolvera com uma das mulheres em sua área de trabalho.

– Parece um tanto confuso – disse Patrick. – Se esse é o suspeito dele, por que ia querer deixar tão óbvio?

– Foi o que eu pensei – respondeu Megan, girando a cadeira para olhar Patrick. – Parece uma espécie de blefe duplo. Minha maior aposta é a de que Leverton pensou que um gigolô tenha assassinado Donna Fieldhouse e Natalie Bailey, e alguém da Delegacia de Costumes... Provavelmente este Rob Donalsen... sabia, mas estava sendo chantageado pelo gigolô para ficar em silêncio.

– E ele ligou para você para assustar o cara?

– Alguma coisa assim. A idiotice disso é que só com base nas evidências dos assassinatos das prostitutas eu não teria necessariamente apontado um policial como suspeito. Foi o caso Jackson que sugeriu uma ligação com a polícia, o que tornou a atitude de Leverton ainda mais estranha.

– Ele ainda quer um perfil?

– Quer. Vão dar uma coletiva. – Ela olhou o relógio. – Daqui a meia hora.

Patrick olhou para ela, incrédulo.

– Uma coletiva? De quem foi essa idéia?

– Boa pergunta. De acordo com Leverton, alguém vazou aos jornais o relatório do patologista sobre o caso Jackson. Eles precisam dizer alguma coisa, então a trouxa aqui foi solicitada a aparecer com as provas.

– E vai dar a ele?

– Bom, tenho três perfis... Um para a imprensa e dois para consumo particular de Leverton. – Ela lhe passou um maço de papéis e ele os leu enquanto ela terminava o café.

– Acha que quem matou Donna Fieldhouse pode ser um gigolô da cidade. E a conexão entre ele e outro cara?

– Acho que o cara AB está dominando a personalidade de O de alguma maneira. Aposto nesse tipo de controle por achar que O não seja um verdadeiro assassino serial. Donna Fieldhouse parecia a vítima de uma discussão doméstica que foi longe demais. Não acho que O necessariamente tenha matado de novo, se não fosse pelo envolvimento do outro cara.

– Acredita que ele está chantageando O?

– Pode ser, se ele soubesse sobre a morte de Donna antes que Natalie fosse assassinada.

– Mas esse policial... O sargento da Delegacia de Costumes de que falou... Ele não podia chantagear um gigolô se este soubesse que ele era suspeito, podia?

– Não, provavelmente não. – Megan colocou a caneca vazia na mesa, os olhos semicerrados enquanto via um trecho de mar na foto da parede. – Mas eu nunca disse que concordava com Leverton, disse? Acho que o assassino AB tem alguma ligação com a polícia, mas ele pode ser só um cliente comum de prostitutas que conhece bem O e por acaso estava ali quando Donna foi assassinada. Por outro lado, ele pode ser um traficante de drogas que abastece o cara O. Sabemos que Donna era viciada em crack e que Natalie tinha vestígios de crack no sangue. Suponha que O também esteja nessa e deva dinheiro ao traficante?

Patrick franziu a testa, pesando cada uma das probabilidades.

– O que eu sei – Megan olhou para o maço de papéis na mão de Patrick – é que deixei muita coisa de fora destes perfis.

– Como assim?

Ela deu de ombros.

– Não posso chegar nem perto da verdade enquanto Leverton agir de forma tão cautelosa, então estou disposta a fazer o jogo dele. – Ela olhou para ele, perguntando-se se podia confiar em Patrick. Meu Deus, pensou ela, você acaba de concordar em jantar com o cara... Está ficando paranóica. – Aconteceu uma coisa ontem à noite. – Ela lhe contou sobre a foto de Delva. – Posso estar enganada, mas parecia muito com o que aconteceu com Natalie e Tina.

– Acha que o cara AB tem mandado essas cartas a Delva?

– Não. AB, não. O.

– O? O gigolô?

– Parece loucura, não é? É por isso que não vou dizer a Leverton o que realmente penso. Não pode ser AB porque é ele que domina... Ele não é *dominado*, como sugerem todas as outras cartas de Delva. Tenho certeza de que há uma ligação, mas não trabalhei nisso ainda. Preciso saber se a mancha na foto é sêmen, e se for, qual é o tipo sanguíneo.

– E se for de O?

– Vamos fazer um teste de DNA. Para ver se combina com os esfregaços de Donna Fieldhouse.

Patrick assentiu lentamente.

Megan olhou o relógio.

– Tenho de ir – disse ela. – Preciso pegar Leverton quando ele sair da coletiva.

– Eu te acompanho até o carro. – Patrick manteve a porta aberta enquanto ela pegava o casaco. – Este sargento da Delegacia de Costumes... Qual é o nome dele mesmo?

– Rob Donalsen.

– Alguma possibilidade de ele ser o assassino AB?

– Uma possibilidade, sim... Mas não é muito provável.

– E por que não?

– Pelo comportamento dele. Não poderia invadir nem um saco de papel, que dirá a casa de uma mulher.

Patrick riu.

– Acha que foi isso que confundiu Leverton?

– Deve ter sido. Mas o que me intriga é esta história do grupo sanguíneo. – Ela abriu as portas de vidro laminado. Uma neve fina foi esmagada por seus pés enquanto eles andavam até o estacionamento. – Até ontem, Leverton estava concentrado nas amostras tipo O encontradas em Donna e Natalie, mas agora ele sabe que o assassino de Tina tinha sangue AB. Se ele suspeita de Donalsen, pode muito bem conseguir os registros médicos e verificar seu grupo sanguíneo. Na verdade, pensando bem, ele pode ter verificado bem antes da necropsia de Tina Jackson.

– Como?

– Bom, Leverton disse que encontrou uma digital no corpo de Natalie Bailey, mas não combinava com nada que tinha no arquivo... Ele poderia muito bem ter visto se combinava com a de Donalsen. O fato é que ele recebeu o relatório forense sobre Natalie antes de me chamar para o caso.

– Então a digital não pode ter sido de Donalsen, não é? – disse Patrick. – Caso contrário, por que ele se incomodaria em chamar você?

– Exatamente – respondeu Megan. – Então qual é o jogo dele?

Megan pegou a chave do carro. Enquanto abria a porta, seu celular tocou.

– Alô? Neil! Como foi? Ah, que notícia ótima!

Patrick ergueu a mão em uma despedida rápida. Megan assentiu para ele, distraída demais para perceber que ele se afastava com os perfis na mão.

Capítulo 8

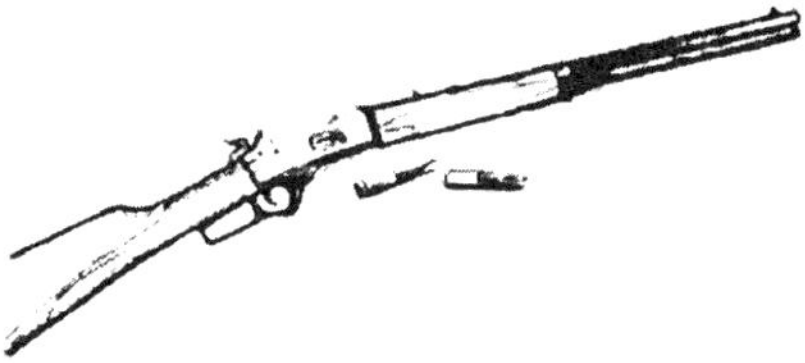

Quando Megan chegou, o saguão da polícia estava lotado de fotógrafos, cinegrafistas e jornalistas. A coletiva havia acabado naquele momento e eles se atropelavam na pressa de transmitir as últimas notícias.

Um repórter de televisão era filmado por uma câmera do lado de fora da entrada principal. Aquele rosto lhe pareceu familiar e Megan localizou o logo da BTV na lateral da câmera. Ela puxou o capuz de lã macia do casaco para mais perto do rosto, sem querer ser reconhecida.

Leverton parecia ansioso para não revelar qualquer envolvimento dela à imprensa. Ela pensou novamente nas observações que ele fez sobre sua semelhança com Tina Jackson. Seria uma tentativa de mantê-la longe dos refletores ou um ato de cavalheirismo da parte dele? Ela duvidava disso, suspeitando de que o verdadeiro motivo tinha mais a ver com o egoísmo de Leverton.

Ela se perguntou se ele tinha enfrentado alguma pergunta difícil sobre o assassinato de Donna Fieldhouse. A mídia nunca foi informada sobre a ligação forense entre o corpo de Donna e o de Natalie Bailey. A estratégia de Leverton para a coletiva foi simplesmente dizer que Tina e Dudley Jackson tinham sido assassinados por um terceiro. Se indagado sobre uma ligação com Natalie Bailey, ele simplesmente diria que a polícia não estava considerando essa hipótese.

Ela se acomodou para esperar na sala de Leverton, perguntando-se como ele reagiria à foto que tinha na bolsa.

– Oi, Megan. O que aconteceu? – Ele entrou rapidamente na sala, parecendo não ter se deixado perturbar pelo interrogatório que sem dúvida tivera na coletiva.

– Há uma coisa aqui que acho que devia ver. – Megan colocou a pasta de plástico na mesa dele. – Não abra ainda; se for o que eu penso, vai precisar ir para o laboratório forense.

– Vou pedir que alguém leve lá. – Leverton pegou o telefone. – Vai me dizer o que é?... O suspense está me matando!

– Desculpe! – Megan sorriu. Ela esperou enquanto ele falava com a secretária e, quando ele baixou o fone, ela começou a contar a visita que fez a Delva e a foto dentro do envelope.

Ele a encarou.

– O pervertido de Delva Lobelo é nosso assassino AB?

Ela hesitou, sem querer responder diretamente.

– A primeira coisa que me fez pensar numa ligação deste pervertido com o assassino de Tina Jackson é o modo como a mulher da foto está deitada – disse ela. – Os braços estão torcidos de uma forma nada natural; como se alguém a tivesse algemado na cama enquanto ela se deitava de frente, e depois a virou de costas. Também percebi uma manchinha no canto da foto. Não disse nada a Delva, obviamente, mas tenho quase certeza de que é sêmen.

Megan abriu a pasta de plástico, revelando a frente do envelope.

– Isto foi entregue em mãos. Tinha o nome dela e o endereço da BTV, mas não tinha selo nem carimbo postal. Como eu disse antes, parece que é de alguém que trabalha lá.

Leverton puxou a pasta plástica para ele, olhando a letra no envelope.

– O caso é que – prosseguiu Megan – ninguém consegue entrar nem sair do prédio sem ser visto pelos seguranças na recepção ou da cabine dos fundos. A não ser que se tenha um compromisso com alguém, não é possível qualquer um entrar no prédio.

O olhar de Leverton passou do envelope para os olhos de Megan, uma expressão de surpresa.

– Então acha que o cara que matou Tina Jackson trabalha na BTV?

Ela hesitou. Precisava fazer esse jogo com muito cuidado.

– Bom, certamente eu direi que existe uma ligação, não concorda?

Antes que ele pudesse responder, houve uma batida na porta. Um policial uniformizado trazia luvas, pinça e um saco de coleta de evidências. Leverton colocou as luvas e pegou a pinça. Abriu a pasta e retirou o envelope.

Megan analisou seu rosto enquanto ele tirava a foto de dentro do envelope com a pinça.

– Meu Deus! – Leverton sacudiu a cabeça ao ver a imagem da mulher nua na cama. – Tem razão! Ele a colocou nessa posição para tirar a foto, não foi?

– Não há outra explicação para isso.

– Não que eu consiga pensar. – Ele aproximou a imagem do rosto. – Isso é um pedaço de algema!

– Pode ser, não é?

– Onde está o sêmen que você viu?

Megan se levantou e andou até a cadeira de Leverton. Curvando-se sobre o ombro dele, ela apontou para a pequena bolha no canto inferior direito. Leverton moveu a foto devagar, para colocá-la onde havia mais luz.

– Ah, sim! Estou vendo! – Ele virou a foto inclinado o lado fosco, com a pinça, em direção à luz. – Olhe só isso!

De repente Megan pôde ver uma mancha ainda maior da mesma substância cristalina que tinha localizado na imagem da mulher.

– Muito bem! – Leverton devolveu a foto ao envelope. – Precisamos fazer um exame de DNA nisso o mais rápido possível. Nesse meio-tempo, porém, preciso falar com a Srta. Lobelo. Alguém na BTV sabe que ela deu esta foto a você?

– Acho que não. Por quê?

– Bom, se o sujeito que está mandando essas cartas a ela realmente é nosso homem AB, precisamos tratar disso com muito cuidado. Não queremos que ele saiba que a polícia foi chamada.

Megan assentiu.

– Pelo que eu sei, ela não contou a ninguém sobre meu envolvimento. Acho que algumas pessoas sabem que estivemos trabalhando juntas em um documentário, mas não há motivo para que alguém pense que ela anda conversando comigo sobre as cartas. – Ela parou, franzindo a testa.

– Que foi?

– O policial uniformizado que disse que ia mandar para lá... É melhor chamá-lo de volta.

– Ah, sim. – Leverton se remexeu na cadeira.

Cretino, pensou Megan, tratou esse assunto com desprezo.

– Pode ligar para a Srta. Lobelo agora e perguntar se eu posso passar na casa dela mais tarde? – Ele empurrou o telefone por sobre a mesa.

Sim, senhor – agora mesmo. Megan discou para a telefonista da BTV. Podia ouvir o burburinho da redação enquanto a funcionária na recepção passava a ligação.

– Delva, é Megan. Posso conservar com você sem que seja ouvida?

Delva parou por um momento antes de responder.

– Não, na verdade não. Espere um minuto...

Megan esperou enquanto ela transferia a chamada para outra sala. Delva parecia sem fôlego quando pegou o fone.

– Desculpe por isso. Tive que vir para a ilha de edição... É o único lugar que conheço onde não serei perturbada. O que aconteceu?

– O detetive superintendente Leverton quer conversar com você sobre as cartas, mas é importante que ninguém na BTV saiba que a polícia está envolvida. Que horas estará em casa?

– Só vou terminar às 22h45 da noite, mas posso escapulir por meia hora depois do noticiário das 17h.

– Então a que horas estará em casa... Lá pelas 17h30?

Megan olhou para Leverton, que assentiu.

– Sim. Está tudo bem? – O alívio na voz de Delva era evidente. Coitada, pensou Megan. Foi preciso uma coisa desta magnitude para conseguir que a polícia a levasse a sério. Antes que pudesse responder, Delva falou novamente: – Megan, há outra coisa. Eu ia telefonar para você agora.

– Não é outra foto, é? – Megan trocou olhares com Leverton.

– Não, é uma carta. Ele quer me encontrar.

– O quê?

A voz de Delva tremia novamente ao falar.

– Ele me pede para encontrar com ele em um bar no centro amanhã à noite.

Leverton estava olhando interrogativamente para Megan e ela escreveu o essencial do que Delva havia dito no bloco dele enquanto continuava a conversa.

– Não se preocupe, Delva. Apenas leve a carta para casa esta noite e a polícia vai cuidar de tudo, está bem?

– Bom, o que deduz disso? – disse Leverton enquanto Megan baixava o fone.

Megan tentou pensar, mas havia possibilidades demais.

– Não sei. Pode ser uma espécie de truque. Quero dizer, será que ele é idiota o bastante para aparecer?

– Eu devia dizer que é muito improvável. Se ele fosse um doido completo, eu estaria otimista. Mas esse cara não é um idiota medíocre, é? Um sujeito desses, que tem todo esse trabalho para manter as patas longe das cartas e fotos, não ia estragar tudo aparecendo em público.

Megan sustentou o olhar de Leverton por uma fração de segundo, perguntando-se que tipo de imagem do assassino estava se formando na mente dele.

– Martin – disse ela devagar –, há uma coisa que preciso perguntar a você antes de seguirmos adiante.

– O que é? – Ele se acomodou na cadeira.

– Naqueles perfis extra-oficiais que lhe mandei por fax hoje de manhã, deixei muito claro que o assassino AB tinha uma espécie de ligação com a polícia e expliquei por quê. À luz desta nova ligação com a BTV, eu diria que o mais provável é que ele é um ex-policial, possivelmente alguém que saiu da polícia nos últimos anos. Preciso ter acesso aos registros médicos para verificar se alguém se encaixa na descrição de tipo sanguíneo AB.

Ela observou o rosto de Leverton, desejando saber qual seria a reação dele. Ele suspirou e passou os dedos no canto da pasta de plástico na mesa.

– Acho que agora não será possível, Megan. Quando recebi os perfis hoje de manhã, a primeira coisa que fiz foi olhar os arquivos de nosso pessoal. Eu pretendia procurar em toda a força de trabalho masculina... Policiais de serviço atualmente e qualquer um que tenha saído nos últimos cinco anos... Mas ao que parece o disco está corrompido. Absolutamente nada na tela. Chamamos alguém para vir esta tarde dar uma olhada nisso.

– Ah... – Megan perdeu o equilíbrio. – Acha que foi sabotagem?

– Espero que não. Quero dizer, estou esperando que amanhã a essa hora isso esteja resolvido. Assim que tudo estiver funcionando novamente, eu mesmo vou olhar e você pode se juntar a mim.

– Então, nesse meio-tempo – perguntou ela –, o que vai fazer a respeito de Delva Lobelo?

– Vou tentar convencê-la a ir ao encontro, só por garantia. – Leverton captou o olhar de alarme em Megan. – Não se preocupe, vamos nos certificar de que o lugar esteja cheio de policiais à paisana. Pode ir comigo ver a Srta. Lobelo esta noite?

Megan disse sim automaticamente. Depois se lembrou da promessa que fizera a Patrick.

– O que foi? Algum problema?

– Não, acho que não. É só que marquei de pegar uma pessoa às 20h30. Vamos jantar. Mas não vamos ficar muito tempo na casa de Delva, não é?

– Não. Eu não a manteria falando por mais de meia hora. Ela mora longe, essa sua amiga?

Megan hesitou antes de responder.

– Na verdade é um homem. É um colega de trabalho que veio da Holanda. Ele não conhece muita gente por aqui... – Megan se interrompeu, perguntando-se por que estava tentando justificar seu encontro com Patrick para Martin Leverton.

– Puxa! Que sorte a minha! Eu pretendia convidar você para tomar um drinque depois que terminássemos.

Leverton encobriu seu constrangimento rindo de si mesmo. Ela murmurou alguma coisa sobre ver a agenda quando voltasse à sua sala, mas ele mudou de assunto habilidosamente, perguntando pelo endereço de Delva Lobelo e a que horas Megan podia se encontrar com ele em frente à casa dela.

Enquanto seguia para casa de carro, Megan pensou sobre o disco de computador corrompido. Parecia coincidência demais que os arquivos de pessoal fossem apagados no mesmo dia em que os registros médicos precisavam ser vistos. Foi sabotagem mesmo, ou Leverton simplesmente mentiu?

E quanto ao convite dele para tomar um drinque? Qual seria o motivo desse convite? Pelo que ela sabia, ele ainda era casado com uma policial que trabalhava na Unidade de Prevenção ao Crime. Não havia fotos dela na sala de Leverton, nem dos filhos que eles podem ter tido, mas isso não significava que eles não estavam mais juntos. Por que, pensou Megan, ela teve a impressão de que ele estava exagerando na simpatia?

Ela tentou sem sucesso espremer o carro na vaga estreita entre outros que estavam estacionados na frente de sua casa. Estacionar em uma rua de casas com varanda era um pesadelo constante, mas era o preço que ela e Tony se prepararam para pagar por morar na linda casa vitoriana primorosamente restaurada com sua escada entalhada e pé-direito alto.

Nos últimos meses, ela se surpreendera com freqüência pensando em procurar um lugar menor. Mas não podia enfrentar a simples idéia de se mudar. As lembranças de sua vida com Tony estavam enterradas há muito pouco tempo para serem perturbadas.

Megan queria poder dormir e acordar descobrindo que o Natal já havia passado. A única coisa que o tornava suportável era a idéia de ir para o chalé em Borth no dia 26. Longe de toda a falsa bonomia da temporada de festas, ela poderia se aconchegar diante de uma lareira na véspera de ano-novo.

O irmão falou em se juntar a ela, mas ela esperava que ele mudasse de idéia. Gareth provavelmente insistiria em arrastá-la até um pub local para beber nas primeiras horas do ano com parentes distantes da vovó Rhys. Embora ela o amasse muito, estava decidida a evitar essas tentativas equivocadas de animá-la.

Assim que tirou o casaco, ela olhou as conchas.

– Idiota! – disse ela em voz alta, irritada consigo mesma por pensar nisso. Estavam exatamente como Megan as havia deixado. Ela ficou parada ali por um momento, ouvindo um barulho que vinha do segundo andar. Um barulho de arranhão, como unhas no vidro. Ela subiu a escada lentamente, o coração aos saltos. Vinha do banheiro. Ela empurrou a porta e acendeu a luz. Nada. Sua cama, ainda desfeita. As roupas da véspera empilhadas na cadeira. As cortinas ainda puxadas. Tudo como havia deixado. Megan pôs a mão na cabeça. Estava ficando louca? Ouvindo coisas? Não – percebeu o ruído de novo. Atrás das cortinas. Ela atravessou o quarto e as abriu. A janela estava aberta e batia por causa do vento, os galhos sem folhas de uma árvore arranhando o vidro.

Megan fechou a janela e passou o trinco. Tinha certeza de não ter aberto a janela na noite anterior. Não com todo aquele frio. Ela estremeceu. Será que fizera isso dormindo?

Ela foi preparar uma bebida quente. Enquanto seguia para a cozinha, percebeu uma pilha de cartões de Natal em branco posicionados acusadoramente em cima da mesa. Ela olhou o relógio. Em três horas deveria ir para a casa de Delva. Megan fez um pacto consigo mesma de escrever o máximo de cartões que pudesse em uma hora e meia e depois tomar um longo banho de banheira como recompensa.

Ela se sentou à mesa da cozinha e tentou se concentrar nos cartões. Perguntou-se como Ceri estava se saindo no hospital com Joe, desejando ter permissão para visitá-los. Ela esperava que Neil telefonasse logo. Tinha se esquecido de dizer a ele que ia sair esta noite.

De repente, imagens de Neil lampejaram em sua mente: Neil tirando aquela foto; Neil mandando as cartas. Afinal, pensou ela, ele uma vez fora considerado estuprador entre os amigos dele. Seria capaz disso?

– Não seja idiota! – disse ela em voz alta. É claro que era idiotice. Neil podia não ser o marido perfeito, mas ela nunca o vira fazer nada que pudesse ser descrito como violento. Ele nem acreditava em bater em crianças. E no entanto – uma voz persistente em sua cabeça lembrou a ela dos fatos: idade de Neil: 32 anos; o casamento sob tensão considerável com a sugestão de um caso extraconjugal; trabalha na BTV na mesma sala de Delva Lobelo...

Ela disse a si mesma repetidamente que não podia ser ele. Mas a vozinha a atormentava com uma lista de nomes: *Ted Bundy*; *John Cannan*; *Jeremy Bamber*; *Denis Nielsen*... Todos homens charmosos e convincentes, assim como Neil Richardson.

Megan levou o telefone quando subiu para tomar banho. Ainda incapaz de relaxar, deitou-se na água quente e vaporosa. Quando o celular tocou, ela deu um pulo, jogando água pelas laterais da banheira.

– Megan... É o Neil. Só estou ligando para dizer como o Joe está.

– Está tudo bem?

– Está, ele vai bem. Não posso falar por muito tempo... Acabei de voltar do hospital e Emily está faminta. Vou ter que dar comida a ela antes de fazer qualquer outra coisa.

– Ah, sim, é claro. Olha, vou ter que sair mais tarde. Pode me ligar de manhã?

– Sim, claro. Boa noite!

Megan desligou o telefone sentindo-se envergonhada. Como podia ter pensado tão mal de Neil enquanto ele estava correndo de um lado para outro, do hospital para casa, fazendo o máximo para cuidar da filha sozinho?

Apesar de seu interesse nos filhos ter sido inconstante no passado, refletiu Megan, ele parecia estar compensando isso agora. Afinal, Neil podia muito bem ter aceitado a oferta dela para cuidar de Emily, mas preferiu arcar ele mesmo com a responsabilidade. Ela olhou o relógio e concluiu que era melhor começar a se arrumar.

Vasculhando a bolsa de maquiagem, ela pegou uma sombra para os olhos que não usava há séculos. Continha tons de bronze e cinza e ela passou alguns minutos a mais do que o normal aplicando-a, acrescentando lápis nas laterais dos cílios.

Havia um vidro solitário de perfume na penteadeira e ela o pegou, borrifando pequenas quantidades nos pulsos. Embora lhe trouxesse lembranças confusas, elevava sua auto-estima. Safari era o único perfume que ela usava. Ceri sempre comprava um para ela no Natal e um vidro em geral durava o ano todo, porque ela raramente o usava durante o dia. Este ano, percebeu ela com um sorriso severo, ainda restava muito dele.

Pegando uma saia comprida e preta no armário, Megan olhou os cabides em busca de uma blusa adequada. Ela escolheu um suéter de chenille verde, vestindo-o antes de olhar no espelho para trocar o piercing do nariz. Depois remexeu na caixa de jóias procurando por um bar de brincos de esmeralda para combinar com a roupa.

O carro de Martin Leverton já estava estacionado na frente da casa de Delva quando Megan chegou. Enquanto ia na direção dele, ele se inclinou para a abrir a porta do carona.

– Hmmm, que cheiro bom! – disse ele enquanto ela entrava. – Entre aí... Há algumas coisas que quero lhe dizer antes de entrarmos.

Megan se sentou no banco do carona, tentando impedir que a fenda da saia revelasse sua coxa. Houve um movimento rápido de lycra preta enquanto ela puxava a saia pelo joelho e ela sabia, sem precisar ver, que Leverton estava olhando suas pernas.

– Sei que você precisa correr depois – disse ele, olhando pelo pára-brisa enquanto ela virava a cabeça para ele –, então preciso ter um papinho rápido com você antes de entrarmos na casa da Srta. Lobelo.

– O que aconteceu?

– Nada de inesperado, na verdade. É o resultado de DNA da amostra de sêmen de Tina Jackson: combina com aquele retirado de Natalie Bailey.

– Bom... Mas que surpresa.

– Eu sei. É uma pena que não tivéssemos os resultados antes da coletiva, mas é isso aí.

– O que mais você ia dizer? – Megan fitou Leverton, que ainda olhava para a frente. – Você disse que havia algumas coisas que queria me falar.

Leverton girou a cabeça de repente; como se saísse de um devaneio.

– Ah, sim, desculpe. Só estava pensando naquela foto. Acho que vou pedir à Delegacia de Costumes para dar uma olhada nela. Pode ser uma prostituta, não é?

– Sim, acho que há uma boa chance disso. – Megan podia ver, pelo olhar de Leverton, que ele não estava ouvindo. Ruminava sobre alguma coisa e ela se perguntou o que seria.

– O caso é que não consigo deduzir se ela está morta ou não. – Leverton virou-se para olhar Megan, como se ela pudesse ter a resposta. – Se a mulher na foto for outra das vítimas do assassino, por que ninguém acusou seu desaparecimento?

– Ninguém acusou o desaparecimento de Donna Fieldhouse, nem de Natalie Bailey – Megan o lembrou.

– Eu sei, mas elas eram garotas foragidas. Esta parece ser muito mais velha. Eu lhe daria uns vinte e tantos anos.

Megan invocou a imagem da mulher com a tatuagem de borboleta.

– É difícil de dizer, porque parte do rosto estava encoberto pelo cabelo.

Leverton assentiu.

– Vou lhe dizer o que me ocorreu depois que foi embora. Ela é muito parecida com Tina Jackson, não achou?

Megan pensou por um momento.

– Acho que parece um pouco – disse ela devagar. – Embora a mulher da foto pareça ser mestiça, e Tina era branca.

– Sim, mas Tina tinha a pele bem morena... Como de uma européia do Sul.

Megan assentiu.

– O que sustenta ainda mais a teoria de que o cara que tirou a foto é o assassino de Tina. O pessoal da perícia já pôde dar uma olhada?

– Já. Esta é outra coisa que eu ia lhe dizer: a boa notícia é que aquilo que você percebeu é sem dúvida sêmen.

– E a má notícia...

– Eles não vão poder nos dar o resultado do DNA antes do Natal.

– Como é?

– Eu sei... É um pesadelo. Acredite em mim, eu tentei de tudo para apressar as coisas. O problema é que há uma fila de amostras esperando para serem examinadas neste momento. O tempo de espera atual é de oito semanas para testes que não são urgentes. Tivemos que pagar 2 mil libras para conseguir que testassem a amostra de Tina Jackson rapidamente, mas mesmo que paguemos essa quantia novamente, não teremos o resultado antes do dia 27 de dezembro.

Megan olhou para ele, incrédula.

– Mas isso é na quarta-feira que vem. Como podemos esperar uma semana inteira para descobrir se esse cara é o assassino?

– Não temos alternativa. Quando o pessoal forense pegou a foto esta tarde, disse que o laboratório de DNA está sem pessoal suficiente no momento por causa de uma gripe e de qualquer forma ficará fechado no Natal e no dia 26, então o máximo que podemos conseguir será a manhã de quarta-feira.

– E como fica a investigação?

– Bom, devemos ter uma tipagem sanguínea do sêmen nos próximos dias – respondeu Leverton. – Isso nos dirá se estamos no caminho certo. Mas até lá, acho que muita coisa vai depender da Srta. Lobelo. – Ele olhou o relógio. – Já passou meia hora. Devemos entrar?

– A propósito – perguntou Megan enquanto eles seguiam pela entrada – alguma novidade sobre o disco rígido?

– Ah, ficou pior ainda. – Leverton sacudiu a cabeça. – Todo o arquivo foi apagado.

– Não tem nenhuma cópia de segurança? Cartões, nem nada disso?

– Nada. Vamos ter que pegar as informações de todos do zero. Só Deus sabe quanto tempo vai levar.

Mas que coisa conveniente, pensou Megan.

Ela estava prestes a tocar a campaninha quando o celular de Leverton tocou. Ela viu os olhos dele cintilarem na luz da rua enquanto ele ouvia.

– Bom, bom. – Ele colocou o celular no bolso. – O assassino de Tina Jackson levou um pingente de ouro no formato de um trevo do corpo dela.

Megan ergueu as sobrancelhas.

– Charlotte?

– É. Pedimos que ela desse uma olhada na caixa de jóias de Tina. Não faltava nada, a não ser o pingente que Charlotte dera a ela de presente de aniversário. – Leverton franziu os lábios. – Então ele leva troféus. Quais são as probabilidades de uma senhora de sorte encontrar esse colar nos presentes de Natal?

Delva estava mais calma do que quando Megan a vira pela última vez, mas Megan sentiu que era só fachada. Ela estava sentada, composta, enquanto Leverton conversava com ela. Ele perguntou exatamente as coisas que Megan já havia perguntado. Delva repetiu as respostas que dera antes. Não, disse ela, não havia ninguém trabalhando na BTV de que ela suspeitasse. Ninguém que ela pudesse pensar que pudesse guardar rancor.

Quando chegou a hora de eles saírem, Megan viu o jeito nervoso e assombrado voltar aos olhos dela.

– Não se preocupe, eu vou ficar bem – disse Delva enquanto os acompanhava até a porta. – Jane vai chegar daqui a meia hora. Ela vai passar a noite aqui.

Megan fez uma carranca.

– Tem certeza de que quer passar por essa situação amanhã à noite?

– Tenho. E vou ligar para você se esse nojento mandar mais alguma coisa nesse meio-tempo.

Havia nevado novamente enquanto eles estavam dentro da casa. Leverton insistiu em pegar o braço de Megan e andar com ela até o carro.

– Acho que ela precisa de proteção – disse Megan. – Pode conseguir que alguém vigie a casa esta noite?

– Não se preocupe, eu cuido disso. Tchau, Megan. Tenha uma boa noite.

Ela o viu piscar. Imbecil, pensou ela.

As ruas principais estavam cobertas de areia, mas Megan quase derrapou ao entrar no beco sem saída onde Patrick morava. Ela buzinou e viu a luz se apagar enquanto ele descia a escada.

– Desculpe pelo atraso – disse ela quando ele se sentou ao lado. – Tive que sair para uma entrevista com Martin Leverton e demorou mais do que eu esperava.

– Está tudo bem. – Patrick sorriu. – A mesa foi reservada para as 21h, então vamos chegar no horário.

O lugar que Patrick escolhera era um dos mais sofisticados, em uma parte de Birmingham famosa por seus restaurantes indianos. Todos os garçons estavam com trajes tradicionais, e pinturas feitas em batik emolduradas de elefantes, hipopótamos e tigres decoravam as paredes.

Ao serem conduzidos à mesa, Megan e Patrick passaram por um carrinho de carne fumegante numa bandeja de prata. O cheiro teve um efeito quase mágico no estado de espírito de Megan, arrancando-a temporariamente da melancolia que se alojara enquanto ela ouvia Delva e Martin Leverton.

Ela olhou para Patrick por sobre o cardápio. Ele parecia feliz e relaxado e ela fez um esforço para conseguir que ele falasse de si mesmo em vez de se lançar às últimas novidades de trabalho. Enquanto comiam, ela lhe perguntou sobre o lado irlandês da família dele.

– Eu morei na Irlanda até os 10 anos – explicou ele entre garfadas de camarão e balti de espinafre. – A empresa em que meu pai trabalhava tinha uma fábrica em Dublin, meus avós tinham uma hospedaria e ele se mudou para lá, e conheceu minha mãe.

– Parece muito romântico.

– Na verdade não foi. – Patrick riu. – Quando ele a viu pela primeira vez, ela abriu a porta com uma toalha enrolada na cabeça. Ela ficou bem irritada porque teve que sair do banho para que ele entrasse e ele a achou uma baranga. Não acho que tenha sido amor à primeira vista!

– Seus pais ainda estão vivos?

– Ah, sim. Meu pai se aposentou no ano passado e eles estão pensando em se mudar para a Irlanda de novo. Eles têm um pequeno chalé na costa oeste, eu acho.

– Parece lindo. Nunca fui à Irlanda.

– Gostaria de ir?

– Sim. Sempre penso em passar um fim de semana em Dublin; há vôos do aeroporto de Birmingham.

– Bom, se decidir ir enquanto eu estiver por aqui, terá de me prometer que vai me mostrar seu canto.

– Está falando sério? – Megan o olhou de lado enquanto cortava um mamão papaia em pedaços.

– Claro que sim! – disse ele, os olhos arregalados. – Tenho um monte de parentes lá e posso te levar aos melhores pubs.

Megan queria dizer que sim, ela adoraria aceitar a oferta dele. Seria muito mais divertido do que ir para Dublin sozinha. Mas a experiência a tornara cautelosa. Ela amenizou a situação, transformando-a numa piada.

– Não é uma troca muito justa, hein? Você me mostra Dublin e eu te mostro Borth. Não é exatamente fervilhante de vida noturna, sabe como é.

Patrick riu e enfiou o garfo em uma tigela de legumes ao curry.

– Hmmm! Prove isso! – Antes que Megan pudesse protestar, ele se inclinou para ela, segurando o garfo em direção aos seus lábios. Ela hesitou por um momento antes de abrir a boca. Havia algo de muito sensual no modo como ele colocou a comida gentilmente em sua boca. Ele a olhava nos olhos o tempo todo e Megan se sentiu lutando para reprimir um súbito jorro de desejo que ameaçava dominá-la.

Por instinto, ela começou a falar do trabalho, contando a ele sobre o encontro que o pervertido queria ter com Delva.

– Se esse cara for o assassino O... Aquele que você acha que pode ser um gigolô... Que idade acredita que ele tem?

– Mais velho do que AB. – Ela colocou mais uma colherada de picles no prato. – No início pensei que ele era mais novo, por causa da história da dominação. Mas depois pensei no carro em que Natalie Bailey foi vista saindo da zona de prostituição em Wolverhampton. As outras prostitutas disseram que era um Ford Sierra velho. Não é o tipo de carro de um jovem gigolô bem-sucedido. Em geral eles usam BMWs pretos e novos com sistemas de som de última geração berrando por aí. – Ela quebrou um pedaço de peshwari e o mergulhou no balti. – Acho que este cara é mais velho. Eu lhe daria entre 35 e 45 anos.

– Acha que ele vai tentar alguma proeza enquanto estiverem vigiando o bar?

– Eu não me surpreenderia com isso. A questão é, o quê?

Eles ainda estavam falando dos assassinatos quando saíram do restaurante.

– O que Leverton disse sobre os registros médicos? – perguntou Patrick.

– Ah, isso é bem estranho. Não sei qual é jogo dele, mas ele apareceu com uma história sobre o disco corrompido do computador. Ele calcula que perderam todos os registros e os funcionários da polícia terão que dar as informações médicas de novo.

– Parece bem improvável... Quero dizer, eles devem ter algum tipo de cópia de segurança.

– Foi o que eu pensei. Ah, isso me lembra uma coisa – disse ela com um sorriso –, o que estava fazendo quando saiu com meus perfis hoje de manhã? Quando me dei conta de que tinham sumido, você desapareceu para algum lugar e eu não consegui pegá-los de volta!

– Ah... Eu fiz isso? – murmurou Patrick. – Eu não percebi.

– Está tudo bem, não tem importância! – Ela riu do constrangimento dele. – Eu imprimi outra cópia. Pode ficar com eles, se quiser... Desde que não deixe que fiquem por aí, à vista dos estudantes ou de qualquer outra pessoa.

O carro subiu na calçada do prédio de Patrick. Megan manteve o motor ligado.

– Obrigada pelo jantar – disse ela. – Foi um presente e tanto.

– Obrigado a você por ir. – Ele se inclinou, deu-lhe um beijo no rosto e saiu do carro antes que ela tivesse tempo de registrar o que aconteceu. Ele se virou e deu um aceno rápido, depois desapareceu pela porta da frente.

Megan arrancou, sentindo-se vagamente desconcertada. O que esperava?, refletiu ela, enquanto dirigia para casa pelas ruas cobertas de neve. Um convite para um café no apartamento dele? Uma tentativa de sedução?

Seus pensamentos tomaram outro rumo, de repente sua mente foi assaltada por imagens perturbadoras que ela tentava manter sepultadas. Ninguém mais teria a chance de usá-la desse jeito de novo.

Em casa, ela ligou a chaleira e foi até a geladeira para pegar leite. Ao abrir a porta, ela viu um leve movimento.

– Argh! – recuou de pavor. Uma galinha meio devorada na prateleira do meio estava cheia de vermes. – Ah, meu Deus! – Ela cambaleou até a pia, vomitando. Havia comprado o frango cozido no domingo e vinha comendo os restos nas últimas noites. Como é possível que tenha ficado assim?

Ela colocou luvas de borracha e pegou um saco de lixo do rolo debaixo da pia. Andando até a geladeira, depositou o frango, com prato e tudo, no saco de lixo e correu para a lixeira do jardim.

De volta à cozinha, ela estremeceu de nojo. Vermes? Em pleno inverno? Enquanto pegava um desinfetante e uma esponja, a sensação de inquietação que a invadira na noite anterior voltou com ímpeto. *Alguém entrou aqui*, sussurrava a voz em sua cabeça. *Alguém está tentando assustar você*. Mas quem? Ninguém, além de Tony e da irmã, tinha as chaves. Por que Tony ia querer fazer isso com ela? Talvez, se *ela* tivesse tendo um caso...

E se for ele? Aquela voz de novo. *E se AB souber que você está envolvida e resolveu virar o feitiço contra o feiticeiro? Querendo apavorá-la? E se ele for policial? Donalsen? É fácil para um policial invadir uma casa...*

– Está sendo uma idiota – disse ela em voz alta, tentando se convencer. Não devia ter jogado fora a carcaça do frango. Devia ter levado ao supermercado e se queixado. Talvez estivesse com a validade vencida.

Com as mãos trêmulas, ela pegou outro saco de lixo e tirou tudo, exceto o leite, das prateleiras da geladeira. Depois usou o desinfetante, esfregando com a esponja. Esfregando sem parar, como se o esforço a livrasse do pânico que sentia.

Capítulo 9

O estacionamento da BTV estava deserto quando David Simon passou pela cancela erguida. Ele encostou junto ao portão de segurança dos fundos.

– Boa noite, Adrian. – Acenou para o segurança ao passar pela janela a caminho do prédio.

– Boa noite, Dave – disse o guarda. – Pensei que tivesse ido para casa.

– Não. Outra porcaria de coquetel. A festa de Natal da gerência.

– E você ainda reclama? – Adrian riu.

– Bom, a gente enjoa disso. Ontem à noite foi do pessoal da técnica e amanhã tem a festa da redação. Provavelmente aquela maldita mulher vai ficar fungando no meu cangote de novo! – Ele deu de ombros, soltando uma risada curta e rosnada. – Não é o que você precisa quando se sente em uma ressaca permanente.

– Você precisa é de um copo de leite. Tem que forrar o estômago. Entre aqui um minutinho. – Ele empurrou uma cadeira e apertou um botão no walkie-talkie. – Frank – disse ele, aumentando o tom de voz. – Pode pegar outra caixa de leite na geladeira?

Cinco minutos depois, apareceu outro segurança na porta.

– Obrigado, colega. – Adrian pegou a caixa de leite, servindo um copo grande e passando ao chefe. – Quer um café, Frank?

– disse ele, virando-se para o homem, que ainda estava parado à porta. – Tenho uma coisa aqui para dar uma encorpada nele! – Ele se abaixou, pegando uma garrafa de uísque em um armário perto dos pés. – Mas não para você, Dave. – Ele riu. – Você precisa se controlar!

Meia hora depois, David Simon ainda estava sentado na cabine de segurança.

– Muito bem, vou nessa. – Ele tomou um gole da garrafa de uísque e se levantou, um tanto desequilibrado. – E lembre-se... Guarde seus hábitos sujos para si mesmo enquanto estiver de serviço. É, Frank, eu disse isso a você! – David olhou de um jeito ameaçador para o segurança e depois deu uma piscadela. – Não dou a mínima para o que você apronta na privacidade da sua casa, mas não deixe que Dildo Labia pegue você de novo... Entendeu?

Enquanto ele se virava para ir embora, um carro parou ao lado da cabine. Ele olhou pela janela do motorista.

– Boa noite, Neil. Também vai na festa da gerência?

– De jeito nenhum! – Neil sorriu para ele. – Só vim para pegar uma coisa em que estou trabalhando... Só vou ficar uns 5 minutos.

Simon viu um movimento no banco traseiro do carro. Era uma garotinha. Estava dormindo e acordou com um gemido.

– É sua filha? – Simon sorriu. – Não se parece nada com a mãe!

Neil grunhiu uma risada. Com um aceno rápido, foi para o estacionamento.

– Emily? O papai está aí? – Megan não ouviu nada do outro lado do telefone. Ela esperou o que pareceu ser uma eternidade, perguntando-se o que fazer. Não tinha sentido desligar o fone e discar outra vez; a sobrinha de 2 anos criara o hábito de atender ao telefone e depois sair para ficar com seus brinquedos.

– Emily! – gritou ela, esperando que a criança estivesse ao alcance de sua voz e lembrando-se de que o telefone estava fora do gancho. Por fim ela ouviu um grito fraco de "Papai!" e o som de passos aproximando-se do telefone.

– Neil... É a Megan. Alguma notícia do hospital?

A voz dele estava áspera, como se tivesse acabado de acordar.

– Sim... Desculpe. Eu ia ligar para você... – Ele se interrompeu. Megan o achou estranho. Como se não quisesse realmente falar com ela. Talvez fosse só estresse. – Desculpe – disse ele depois de uma longa pausa. – Devo ter cochilado depois que Ceri telefonou. Tive uma noite difícil com a Emily. Ela ficou acordando a toda hora, perguntando pela mãe.

– Como está o Joe? Ainda está bem?

– É, ele está bem... Não se preocupe. A cirurgia foi um sucesso. Ceri vai passar a noite com ele hoje e amanhã, mas estão esperando que a alta seja no sábado.

– Ah, isso é maravilhoso! Pensei que podiam mantê-lo lá no Natal.

– Não, acho que não. Ceri manda lembranças e perguntou se tem algum problema fazer o jantar de Natal na nossa casa em vez de na sua, tudo bem? Acho que ela está preocupada em sair com Joe depois que ele voltar para casa.

– É claro que está tudo bem... Diga a ela para não se preocupar. Vou comprar todas as cosias e levar no domingo à noite. Na verdade, eu podia ir no sábado, se vocês quiserem... Se você e a Ceri precisarem colocar o sono em dia, eu posso ficar com o Joe.

– Obrigado. Na verdade, eu ia perguntar se pode ficar com a Emily hoje à noite.

Megan hesitou por um momento, lembrando-se do compromisso de Delva no bar e perguntando-se se Leverton ia querer que ela estivesse lá.

Neil continuou, como quem se desculpa.

– Eu lamento muito ter que pedir a você...

– Não, está tudo bem. – Ela se sentia dividida entre o trabalho e a família. Se fosse ao bar, podia ver o assassino. Mas seria esta uma possibilidade muito remota? E se ele *fosse mesmo* alguém da BTV e a reconhecesse, não ia estragar toda a operação?

– Vou ter que dar uma olhada na minha agenda, mas acho que posso fazer isso – disse ela a Neil. – Vamos fazer o seguinte: eu ligo para você daqui a uma hora, se não puder. A que horas quer que eu vá?

– Ah, só lá pelas 20h30. E não vou demorar. Só vou sair por algumas horas.

Megan desligou o telefone, ainda dividida. Deveria deixar Delva com a polícia? Quase de imediato, o telefone tocou.

– Doutora Rhys... Recado para a senhora, do Sr. Van Zeller. Ele me pediu para avisar à senhora que não vem hoje porque terá que entrevistar alguém no presídio de Long Lartin.

– Ah, tudo bem. Obrigada por me avisar, Eric. – Megan franziu a testa e pegou a bolsa na mesa. Dela retirou a agenda, abrindo na página de 21 de dezembro. Estava em branco.

Patrick em geral lhe comunicava das visitas à prisão com pelo menos um dia de antecedência, e ela podia jurar que o presidiário que ele queria entrevistar em Long Lartin havia se recusado a recebê-lo. Deve ter mudado de idéia na última hora. Que coisa estranha ele não ter tocado no assunto no restaurante.

Ela olhou o relógio. Discando o número de Leverton, ela se perguntou se Delva recuaria da idéia de ir ao bar quando chegasse a hora. Na noite passada, ela concordara em ir, mas será que mudaria de idéia mais tarde?

– Martin? É Megan.

– Ah, fico feliz por ter telefonado. Acabo de falar com Delva Lobelo.

– Ela não deu para trás, não é?

– Eu estava preocupado com isso, então mandei um dos meus homens para a casa dela de manhã para informar o que pretendemos fazer. Acabei de conversar com ela sobre o trajeto que ela fará quando sair do bar.

– Por quê? Acha que ele pode segui-la?

– É possível, sim. Para mim, o encontro é uma pista falsa. Imagino que ele vá ficar sentado no carro em algum lugar por perto e esperar que ela vá embora; depois ele a seguirá e descobrirá onde ela mora. Isso se ele já não souber, é claro.

– Acha que ele sabe? Não seria difícil descobrir.

– Em especial se você tiver razão sobre ele trabalhar na BTV. De qualquer modo, ele não terá nenhuma chance. Vamos manter a casa sob vigilância e nos certificar de que ela chegou e saiu do bar.

– E se ele planejar invadir a casa enquanto ela estiver no bar e esperar que ela volte?

– Não se preocupe... Vamos vigiar a casa a noite toda.

– Qual será a acusação, se vocês o pegarem?

– Depende de onde o pegarmos. Tecnicamente, se ele a seguir até em casa, isso implica assédio, então podemos prendê-lo. Até agora só o que podemos fazer é pegá-lo por mandar material obsceno pelo correio, então tudo depende do que ele fizer hoje à noite.

– Para você, quais são as chances de ele aparecer no bar ou na casa dela?

Leverton fez uma pausa.

– Não são boas. Se esse cara é um dos assassinos, ele terá que ter um parafuso frouxo para se arriscar a uma proeza dessas.

Megan pensou nisso antes de tomar sua decisão.

– Não vai precisar de mim lá, não é, Martin?

– Não se você não quiser ir. – Ele pareceu surpreso e um tanto decepcionado.

Megan deu o número do telefone da irmã a Leverton para o caso de ele não conseguir falar com ela pelo celular. De repente lhe ocorreu que ele devia saber da ligação dela com Neil.

– Martin, eu devia ter contado a você antes. Meu cunhado trabalha na BTV. Ele é co-apresentador do noticiário da tarde, com Delva Lobelo.

Houve um momento de silêncio do outro lado da linha, enquanto Leverton absorvia a informação.

– Neil Richardson... Ele é seu cunhado? – O tom de voz dele era um misto de surpresa e curiosidade. Ele parou novamente e disse: – Delva sabe disso?

– Sabe.

– Me perdoe por dizer isso, Megan, mas imagino que você tenha considerado qualquer possibilidade de ele estar envolvido.

Megan podia ouvir o constrangimento na voz dele. É claro que ele precisava perguntar e ela devia lhe dar uma resposta. De repente ela percebeu que com algumas palavras cuidadosamente escolhidas podia desvendar exatamente o que Neil estava aprontando: segui-lo e descobrir que os temores de Ceri sobre ele ter um caso tinham fundamento. Seria tão fácil. A mais leve sugestão de que o comportamento de Neil dera motivos de preocupação à irmã colocaria

Leverton no rastro dele como uma raposa atrás de um coelho. Era tão tentador.

Megan formou uma imagem da mãe em sua mente. O que ela teria feito numa situação dessas?

– Sim, é claro que eu não o excluí – ela se ouviu dizendo.

Quando Megan chegou, Emily estava sentada, vendo desenho animado. Ela saltou da cadeira e puxou a manga do casaco de Megan.

– Flintstones! – balbuciou. – Ele jogou o gato pela janela!

Neil pôs a cabeça na porta, a camisa desabotoada e o cabelo ainda molhado do banho.

– Tchau, Megan... Não vou chegar tarde. Sirva-se de comida e tudo mais. – Ele deu um beijo na cabeça de Emily e saiu, batendo a porta da frente.

– O papai vai na Elizabeth – informou Emily a Megan, os olhos ainda grudados na televisão.

– Ah – disse Megan, tomada de surpresa. Quando falou novamente, ela tentou parecer despreocupada. – Como é a Elizabeth? Você já a viu?

Emily se virou devagar para Megan, olhando para ela como se tivesse dito alguma coisa errada.

Megan tentou novamente.

– A mamãe conhece a Elizabeth? Você já foi na Elizabeth com ela?

– Claro! – respondeu Emily, com a mesma expressão que Ceri fazia quando ouvia uma pergunta idiota. – Olha! O Dino mordeu a bunda do Fred! – Ela deu uma gargalhada e Megan percebeu que era inútil interrogar uma menina de 2 anos.

Delva Lobelo estava sentada a uma mesa no bar apinhado olhando o copo meio vazio diante de si. Pelo canto do olho, podia ver dois policiais à paisana batendo papo junto a uma garrafa de vinho. Fora de vista, do outro lado do salão, havia pelo menos uma dezena de outros policiais, todos fingindo ser fregueses curtindo um drinque antes do Natal.

Delva nunca se sentiu tão só. Ela olhou o relógio. Tinha chegado ao bar às 20h e agora eram 20h35. Ela estava ciente dos olhares curiosos das pessoas da mesa ao lado. Sabia que tinha sido reconhecida e isso tornava tudo ainda pior. Ela sentiu o rosto arder. Quanto tempo mais ia ter que esperar?

Megan conseguiu atrair Emily para longe da TV com a promessa de uma história na hora de dormir. Eram quase 22h quando a criança finalmente fechou os olhos. Megan ficou sentada olhando para ela por um bom tempo. Será que todas as crianças pareciam tão angelicais quando dormiam? Ela pensou no bebê de Tony e se perguntou quando nasceria. Pela barriga da namorada, não ia demorar muito. Ela se perguntou se Ceri sabia. Havia tanta coisa que queria conversar com Ceri.

Ela desceu e ligou a televisão. Queria ver o noticiário local. Não que houvesse alguma chance de o perseguidor de Delva ser preso no bar.

"Os principais destaques da BTV esta noite..." Megan reconheceu o locutor. Era o repórter que vira na coletiva do dia anterior, na delegacia. Depois dos primeiros 30 segundos, ela relaxou. Se alguma coisa tivesse acontecido, teria sido mencionada nas manchetes.

Mas houve algo mais adiante no noticiário, relegado a algumas linhas de texto. Era sobre o caso Jackson, em que se declarou simplesmente que a polícia estava longe de descobrir quem foi o assassino. Na realidade, não era bem uma matéria.

"E por hoje é só. Elizabeth Dawson lhes dará o próximo noticiário da BTV às 5h50..."

Megan se sentou ereta. *Elizabeth de quê?* Ela não conseguia se lembrar de Neil ter mencionado uma Elizabeth que trabalhasse na redação. Porém, raciocinou ela, a BTV era famosa por seus contratos curtos e alta rotatividade da equipe. Ela não teria reconhecido o cara que leu o noticiário se não o tivesse visto na coletiva.

Sua mente disparava. O que devia fazer quando Neil chegasse em casa? Perguntar diretamente se tinha passado a noite na cama com uma das colegas?

A seqüência de pensamentos de Megan se perdeu com a visão súbita do próprio rosto enchendo a tela da TV. Ela olhou, boquiaberta, completamente surpresa até que a voz do narrador apareceu.

Era um trailer do documentário que a BTV exibiria na semana que vem. Muito esperto da parte deles mostrar isso logo depois do noticiário. Alguém na redação obviamente suspeitava de que ela estava envolvida no caso Tina Jackson.

Aquelas palavras astutas de Leverton de repente voltaram a seu cérebro: *Cabelos compridos e escuros, pele morena, entre 30 e 40 anos... Esta é você, Megan. É melhor ter cuidado.*

Uma imagem apavorante estava se formando em sua cabeça: o assassino, sentado em um sofá vendo televisão, saboreando o noticiário e vendo o rosto dela segundos depois.

– Pare com isso! – disse ela em voz alta. – Pare de ser tão paranóica! – A lembrança do frango cheio de vermes inundou sua mente e ela começou a entrar em pânico com a idéia de ir para casa. Podia ficar aqui, não podia? Não. Ela não devia se curvar. Não devia deixar que este caso a sobrepujasse.

O homem lutava. Os dedos estavam quase entorpecidos de frio. Aquela era grande. Mais alta do que esta aqui. Mais alta do que as outras e mais pesada também. Ele a deitou na neve. Estava rígida feito uma tábua. A única coisa que ainda estava macia era o cabelo. Espalhava-se pelo chão como teias de aranha sujas enquanto ele a puxava.

A mala do carro estava aberta, para receber a carga. Ofegando pelo esforço, ele a empurrou para dentro. Meu Deus, ela era tão comprida! As pernas apontavam pelo menos 15 centímetros para fora.

Xingando, ele a arrastou de volta ao telheiro. Não ia levar muito tempo para encontrar o machado, mas ele parou na soleira, escondendo-se e se certificando de que não podia ser visto. Ele disse a si mesmo para não ser tão idiota. Quem diabos podia estar vendo?

Quando chegou ao lugar da desova, ele estava muito mais quente. Os golpes tinham descongelado seus dedos e o aquecimento do carro atenuara a rigidez das pernas. Ele abriu a porta do carro. Do outro lado do muro, podia ouvir farristas de Natal saindo de um pub. Pensou na garrafa de uísque que o esperava no armário da cozinha de sua casa. Acabe logo com isso, pensou ele. Pelo menos não havia nenhum sangue; desta vez, não.

Megan deu um pulo quando ouviu a porta se abrir.

– Oi, Meg! Desculpe, eu te acordei? – Neil estava ruborizado e seus olhos brilhavam mais do que o normal.

– Está tudo bem. – Megan olhou o relógio. Havia sentado de olhos fechados, pensando em Delva. Não tivera a intenção de cochilar.

– Desculpe pelo atraso... Durou mais do que eu esperava.

– Aonde você foi? – Ela tentou fazer com que a voz parecesse casual.

– Ah, umas coisas do trabalho. – Ele se afastou dela enquanto falava, voltando ao hall para pendurar o casaco. – Eu não queria ir, mas era preciso – disse ele do armário. – Política interna... Sabe como é.

Quando voltou, estava carregando o casaco e o cachecol de Megan.

– Eu esperava dar as caras e ir embora rápido – ele sorriu –, mas o diretor de atualidades me segurou lá... Que chatice! Pelo menos a comida estava boa.

Megan pegou o casaco, desconcertada com as maneiras francas e fáceis de Neil. Precisava de tempo para pensar antes de fazer as acusações que vinha guardando para a volta dele.

– Conseguiu colocar Emily para dormir?

– Ah, sim, ela foi ótima. – *Ela me disse que você ia para a Elizabeth.* As palavras martelavam dentro da cabeça de Megan, mas ela não se permitiu pronunciá-las. – A propósito, quem vai cuidar dela amanhã? Vai voltar a trabalhar?

– Não. Me deram mais um dia de folga... Uma licença... Então vou poder cuidar dela.

Neil ficou parado à porta acenando enquanto ela ia embora. O relógio digital do painel do carro piscava meia-noite. Aonde ele foi? Ela deslizou pelas ruas desertas para a M54, contornando Wolverhampton a caminho de casa. Mesmo com a neve, só levaria 45 minutos. Se ele tivesse feito o mesmo trajeto, podia ter passado quase duas horas em Birmingham antes de ir embora.

Ela ficou irritada consigo mesma por não enfrentá-lo. Ele se livrara dela com aquele jeito encantador de sempre. Sempre tão plausível, tão convincente.

Ela pensou em Delva. Se Neil estava envolvido com alguém da BTV, será que não podia ser ele o remetente das cartas? Ela parou no acostamento e digitou o número de Leverton no celular. Precisava saber o que aconteceu.

– Martin... Alguma novidade?

– Nada. – Ele parecia cansado.

– Onde você está?

– Em frente à casa da Srta. Lobelo. Ela foi dormir.

– Nenhum sinal de ninguém?

– Nem um passarinho. Seguimos a Srta. Lobelo até em casa e vamos mantê-la sob vigilância pelas próximas 24 horas. Ela vai trabalhar normalmente amanhã e vamos ficar de olho nas coisas por lá.

Megan ficou sentada pensando no que ele disse. Se o pervertido não apareceu, que sentido tinha isso? Só um trote idiota ou alguma coisa mais sinistra? O que ele estava fazendo enquanto todos esses policiais vigiavam Delva?

Ela deu a partida no motor. Enormes flocos de neve caíam no pára-brisa e ela ligou o limpador. Enquanto saía do acostamento, os faróis de um carro lampejaram no retrovisor. Megan franziu a testa. Devia estar estacionado atrás dela. Era difícil distinguir qualquer coisa na neve. Ela nem podia dizer se havia alguém no banco do carona.

Ela saiu da Hagley Road e rumou para a Harborne. O carro a seguiu. Que carro era? Um BMW? Semicerrou os olhos no escuro, mas era impossível distinguir. Controle-se, pensou, deve ser um casal que encostou para uma rapidinha.

Seus dedos se apertaram no volante. AB era dado a seguir as mulheres. Alguém que estava passando pela zona de meretrício na noite em que Tina fazia a ronda da sopa. Ele a seguira até em casa.

Ele seguia as mulheres. Meu Deus, pensou ela, e se ele estiver me seguindo?

Ela girou para a esquerda sem ligar a seta, entrando na rua antes da dela. Seu carro derrapou um pouco. Ela olhou o retrovisor e soltou um suspiro de alívio ao ver o outro carro descendo a Harborne High Street.

Assim que entrou, fez uma ronda de verificação pela casa. As conchas, a geladeira, a janela do quarto. Tudo como havia deixado. Ela preparou uma caneca de chocolate quente e acrescentou uma dose de uísque. O que precisava era de uma boa noite de sono.

Megan estava na cama quando o carro voltou. Ela não ouviu o som do motor enquanto ele encostava a alguns metros da casa.

O motorista ficou sentado por um tempo, olhando a janela do quarto. Depois saiu e andou pela neve suja até a porta da frente. Tirando uma coisa do bolso do casaco, ele estendeu a mão. Mas parou. Mudando de idéia, recolocou o objeto no bolso e voltou ao carro.

Capítulo 10

O sargento Donalsen estava tomando o café-da-manhã quando o telefone tocou. Ele depositou o sanduíche de bacon mordido na mesa e pegou o fone.

– Rob?

Era Martin Leverton. A mão gordurosa de Donalsen se fechou e o fone pulou como um peixe escorregadio, caindo no chão com um baque.

– Desculpe, senhor – murmurou ele, desta vez pegando o fone com as duas mãos. – O telefone escorregou.

– Vou descer para pegar a lista. Está pronta?

– Sim, senhor. Acabei de passar pela fotocopiadora.

– Muito bem. Estarei aí embaixo em alguns minutos.

Donalsen xingou enquanto vasculhava o compartimento. Ele pegou uma lista de nomes, manchando-a com a digital do polegar gorduroso.

Quando Leverton passou pela porta, Donalsen estava enfiando os restos do café-da-manhã na boca. A cópia da lista estava na mesa, mas Leverton não olhou para ela. Em vez disso, enfiou alguma coisa embaixo do nariz de Donalsen. Ele deu uma olhada e quase engasgou.

Leverton deixou a foto cair na mesa. A imagem da mulher nua com a tatuagem de borboleta no seio estava acusadoramente diante dos olhos de Donalsen. Leverton analisava sua reação.

– Uma das suas, é?

Donalsen engoliu em seco e olhou para a mesa, desesperado para evitar os olhos de Leverton. Era como se ele soubesse. O modo como pronunciou a pergunta – teria sido intencional?

Ele começou a mexer na mesa para encobrir a confusão.

– Pode ser, senhor – disse ele, tentando fazer com que a voz parecesse despreocupada. – Se me der meia hora, vou olhar os arquivos e verificar. No que ela se meteu... Drogas, não é?

– Ah, não – zombou Leverton. – É uma coisa muito mais grave do que isso... E se não tivermos a identidade dela esta tarde, vou ter que cancelar sua licença de Natal!

Ele pegou a lista de nomes debaixo do cotovelo de Donalsen.

– São os gigolôs?

– Sim, senhor – respondeu Donalsen pelos dentes trincados.

– Condenados ou suspeitos?

– Os que estão acima da linha preta são condenados; os demais, são casos em que as acusações foram retiradas antes de irem a julgamento. – Donalsen dirigiu estas informações à lâmpada fluorescente do teto, ainda se recusando a enfrentar o olhar acusador de Leverton.

– Não seja insolente comigo, Rob. – A voz de Leverton se transformou em um resmungo que mal podia ser ouvido. – Pode estar de licença deste trabalho no ano-novo, mas nos próximos dez dias você ainda é chefe da Costumes. Então veja os malditos arquivos. Levante sua bunda gorda até a área e descubra quem é esta coitada, está bem?

– Sim, senhor. – Donalsen encarava a mesa, imóvel. Depois se lembrou de uma coisa. – PC Costello está de volta esta tarde, senhor, ele vai saber logo se ela é uma das nossas. – Seus olhos dispararam para Leverton, esperando convencê-lo, mas o olhar que encontrou o fuzilava.

– Não seja preguiçoso, Rob, ou posso começar a ficar irritado *de verdade*. – Leverton saiu da sala, batendo a porta depois de passar.

David Simon gemeu e enterrou a cara no travesseiro. Ainda estava escuro lá fora.

– Mãe, são só 7h – disse ele, ouvindo o barulho enquanto ela colocava uma xícara de chá na mesa de cabeceira.

– Eu sei. – Ela acendeu a luz. – Você precisa acordar cedo. O trânsito estará horrível se tivermos que sair depois das 7h30.

– Mas eu não pretendia ir a Birmingham hoje. – Ele se sentou, esfregando os olhos. – A maior parte da equipe da BTV saiu para o Natal ontem. O lugar pode ficar sem ninguém. De qualquer forma... – Ele estendeu a mão para o chá. – pensei que ia fazer as compras de Natal.

– Já fiz. A maior parte. – Ela se olhou no espelho, ajeitando o cabelo. – Mas quero uma coisa bonita para vestir no dia de Natal. – Ela abriu o armário dele, puxando roupas e atirando-as na cama. – E ainda vou ter que comprar alguma coisa para Franco. Não podemos recebê-lo para jantar e não dar um presente a ele.

– Não pense que ele vai reparar – murmurou ele, pegando a camisa de seda, as calças e o suéter que a mãe escolhera.

– É claro que vai reparar. De qualquer modo, quero que me leve para almoçar naquele lugar bonito na Corporation Street.

– Aquele que cobra dez pratas por um sanduíche de pepino e um copo de água gelada?

A mãe olhou para ele.

– Como se atreve a reclamar por me levar para almoçar quando fica andando com aquela gente da televisão o dia todo? Não acha que mereço um pouco de glamour na minha vida também?

Quando chegaram ao centro de Birmingham, estava nevando novamente. O Mercedes saiu da Broad Street e entrou no canal, passando pelos barcos estreitos que balançavam em seus mantos brancos.

O estacionamento da BTV estava deserto. Sua mãe franziu a testa enquanto eles passaram por filas de vagas vazias.

– Aonde está indo?

– Até os fundos. Há uma área de carga coberta ali. Não quer voltar e encontrar o carro debaixo de um metro de neve, não é?

Ela pegou um batom e um pó compacto da bolsa, examinando a maquiagem enquanto ele estacionava.

– Podemos cortar caminho pelo prédio até as lojas? Meus sapatos ficarão arruinados se eu tiver que andar de volta por essa neve.

– Sim, mãe. Agora pode sair e me guiar para dentro? Não se preocupe, não vai molhar seus pés!

Com cuidado, ela abriu a porta do carro, saindo para o asfalto da área de carga. Uma lufada repentina de vento jogou flocos de neve em espiral do teto para seu rosto. Virando a cabeça, ela viu uma coisa que a deteve. Então gritou.

David Simon saltou do carro enquanto a mãe cambaleava.

Ela apontou para uma caçamba entalada entre a borda externa da área de carga e o muro do estacionamento. A primeira coisa que ele viu foram as pernas, ou o que restava delas. Dos tocos decepados da panturrilha, seus olhos percorreram o corpo nu. Deitada de costas entre pedaços quebrados de concreto, a cabeça da mulher estava pendurada na beira da caçamba. Cabelos pretos e compridos se moviam frouxamente na brisa e a neve caía como confete no rosto e nos seios.

Incapaz de se reprimir, ele se aproximou. O esmagar dos sapatos na neve parecia ensurdecedor. Agora ele podia ver o rosto dela.

– David!

Ele girou. A mãe, lívida, tombava sobre a mala do carro.

Megan colocava um grande peru congelado em um carrinho de compras quando o celular tocou. Ela empurrou o carrinho para um lugar relativamente reservado atrás de um mostruário de biscoitos de Natal antes de atender.

– Alô? – Ela teve que gritar por cima do barulho das hordas de outros clientes que se amontoavam a cada lado dos corredores.

– Megan? É Martin. Onde está?

– Na Safeway! Desculpe, consegue me ouvir?

– Um pouco. Há outro corpo... Foi encontrado de manhã cedo no estacionamento da BTV. O canalha decepou os pés dela!

– Como é? – Megan ofegou. – Quem é ela?

– Ainda não sabemos. O chefe de segurança a encontrou deitada em uma caçamba quase coberta de neve. Olha, pode me encontrar no necrotério? Estou indo para lá agora.

– Sim, claro. – Megan olhou o relógio. – Mas vou levar uma meia hora.

– Não tem pressa. Só vão conseguir começar a necropsia quando o corpo descongelar.

Meu Deus, pensou Megan, espremendo-se pelo estacionamento, foi isso que aconteceu durante a vigilância no bar?

Ela foi conduzida para o necrotério pela mesma garota que tinha visto da última vez, mas a figura parada ao lado de Leverton definitivamente não era o arrogante Ed Horrobin. Mais alto, mais gordo e com o cabelo quase todo branco, era o patologista que ela conhecera nos inquéritos dos estupros do metrô.

Leverton avançou quando a viu entrar na sala.

– Megan, conhece o Dr. Jefferson, não é?

– Sim. – Ela trocou um aperto de mãos em lugar de qualquer outra amabilidade; dizer "é um prazer vê-lo novamente" parecia totalmente inadequado nas circunstâncias.

– Você foi rápida – disse Leverton. – Tive que pegar o trânsito do centro da cidade. Compradores de Natal! Pensei que a neve os refrearia.

– Martin – disse Megan quando o patologista desapareceu para vestir o jaleco. – Delva viu o corpo?

– Não. Meu pessoal soube disso antes que ela chegasse ao prédio. O chefe da segurança deve ter chegado literalmente minutos antes que os policiais que seguiam Delva encostassem. Eles ouviram gritos e quando chegaram aos fundos, encontraram a mãe do cara da segurança ao lado da caçamba, onde o corpo foi encontrado. Evidentemente ele a havia levado para fazer as compras de Natal. Ela estava péssima.

– Onde Delva está agora?

– Não se preocupe... Ela está bem. Ficou bastante trêmula quando soube, mas está sendo amparada por uma das outras mulheres que trabalham na redação. Temos que agir com muito cuidado porque não queremos que ninguém da BTV perceba por que chegamos ao local tão rápido, logo depois de o corpo ser descoberto. De qualquer forma, a colega dela a levou para casa e vai colocá-la num trem com destino a Londres. Ela ia passar o Natal lá mesmo, na casa de sua mãe.

– Não acha que existe o risco de ela ser seguida até Londres?

– Acho. É por isso que estou mandando alguns policiais à paisana no trem também.

– Eu andei pensando. Precisamos de uma lista de quem estava no prédio da BTV na noite em que Delva encontrou aquela foto na mesa. Lembra quando fomos até a casa dela e Delva nos informou que quem colocou a foto ali só podia ter feito isso durante o intervalo de dez minutos em que a subeditora da noite saiu para comer um sanduíche?

– Sim, eu sei. Estamos trabalhando nisso neste momento. Infelizmente, o lugar estava cheio naquela noite. Havia uma festa de Natal para todo o pessoal da área técnica, então, na hora em que o envelope foi deixado ali, havia umas sessenta pessoas no prédio.

– Ah, que bom – Megan suspirou. – Mais uma coisa. Já recebeu o grupo sanguíneo da amostra de sêmen da foto?

– Não. Estão tendo problemas para coletar uma quantidade suficiente para fazer o exame.

Megan olhou para Leverton. Deve ter passado metade da noite em claro, mas ela não adivinharia isso pela aparência dele.

– Há alguma chance de quem quer que tenha deixado o corpo ali ter sido gravado no vídeo da segurança?

– É o que pensamos a princípio. A primeira coisa que pedimos quando entramos no prédio foram as fitas da noite passada. Mas para a nossa surpresa, estava faltando uma; teria coberto o período das 21h até as 24h.

– Então quem largou o corpo roubou a fita?

– Exatamente. Todos que estavam no prédio na noite passada terão de ser interrogados.

Um carrinho entrou sendo empurrado porta adentro e atrás dele vinha o patologista. A morta ainda estava fechada no saco de cadáveres usado para transportar o corpo do estacionamento da BTV.

Martin e Megan observaram enquanto era aberta a camada externa e opaca do saco, revelando um plástico por sobre o rosto da mulher. Era de esperar que seus traços fossem claramente visíveis, mas o interior do plástico estava repleto de neve derretida. Enquanto o zíper interno era puxado e o plástico se separava, Megan perdeu o fôlego.

Leverton também percebeu.

– Meu Deus! É ela, não é?

Os dois estavam olhando para o seio esquerdo da mulher. A neve que cobria o torso na cena do crime tinha derretido e revelava uma tatuagem de borboleta. Um olhar para o rosto confirmou tudo – embora o cabelo estivesse embaraçado e a pele congelada, definitivamente era a mulher da fotografia.

O patologista olhou para eles, surpreso.

– Vocês a conhecem?

– Não sabemos o nome dela – disse Leverton –, mas temos uma foto. Ela pode ser uma prostituta local. Um de meus homens está verificando.

Ele contou ao patologista sobre a origem da fotografia.

– A Dra. Rhys acha que o homem que mandou devia estar envolvido nos assassinatos das outras duas prostitutas e dos Jackson. A mulher na foto parecia ter sido presa pelos pulsos da mesma maneira que Natalie Bailey e Tina Jackson; os braços estavam retorcidos acima da cabeça e ela estava deitada na cama. Se esta for a mesma mulher... e tenho certeza disso... ela deve ter marcas nos pulsos.

– Bem, não vou poder fazer a necropsia nas próximas horas... O corpo ainda está parcialmente congelado. Mas podemos ver alguma coisa nos pulsos... – Ele afastou as beiradas do saco plástico e o técnico ajeitou o corpo na bancada. Megan estremeceu ao ver as pernas com os tocos brancos e rudes de osso.

– Estou vendo alguma coisa aqui – disse o patologista, aninhando a mão direita da mulher na dele. – Há um contorno na pele por dentro do pulso que é coerente com algo fino e rígido, como algemas.

– Qual foi a causa da morte? – perguntou Leverton. – Ela foi estrangulada?

– Ainda não posso dizer. O cabelo congelou no pescoço em lugares que podem esconder hematomas.

– Há quanto tempo está morta?

– É difícil dizer sem abri-la. As extremidades estão totalmente congeladas. Ela pode ter morrido vários dias antes e ter sido deixada ao relento.

Ele examinou o cabelo, separando alguns fios embaraçados.

– Há fragmentos de folhas mortas no cabelo. Não vi nenhum lixo orgânico naquela caçamba, então, como conjectura preliminar, diria que ela foi arrastada por um jardim ou um parque. Quando esfriou? Foi na noite de domingo, não é?

Megan olhou para Leverton e os dois assentiram.

– Então ela pode ter sido morta há muito tempo, no fim de semana passado. – Jefferson endireitou o corpo e se virou para fitar Megan e Leverton. – O estado dos órgãos internos nos dará uma idéia melhor. É improvável que tenham congelado... Ela teria de ter sido colocada em um gelo profundo para que o frio penetrasse ali. O nível de decomposição nos dará uma idéia razoável de há quanto tempo está morta.

Megan ficou esperando que Leverton terminasse de interrogar o patologista antes de fazer alguma pergunta.

– O que acha das pernas? Não vimos mutilação em nenhuma das outras vítimas.

– Os pés foram decepados depois da morte. É claro que não posso dizer o que foi usado antes de realizar um exame adequado, mas a ausência de perda de sangue no ferimento sugere que a mulher estava morta há algum tempo quando isso aconteceu.

– Por que cortar os pés? – refletiu Leverton. – Estamos procurando por um fetichista bizarro ou o quê?

– Pode ser por um motivo mais comum. – Jefferson se empoleirou numa banqueta ao lado do corpo. – De acordo com minha experiência, a explicação mais provável para membros decepados é a facilidade de dispor do corpo.

Megan franziu o cenho.

– Então acha que ele fez isso porque ela não entrava no carro, ou no furgão, ou coisa assim?

– Eu diria que é muito provável, sim. Vamos conseguir um quadro mais claro se houver alguma fibra presa no corpo. Se ela foi transportada na mala de um carro, é possível que alguma coisa do chão tenha grudado no corpo. Em geral o laboratório pode distinguir entre carpete doméstico e o que reveste os carros.

– E vestígios de sêmen? Terão sido preservados? – perguntou Leverton. – Quero dizer, há alguma possibilidade de conseguir o bastante para um exame de DNA?

Jefferson coçou o queixo, pensando por um momento antes de responder.

– Se ela foi atacada sexualmente, a presença de sêmen dependerá de quanto tempo o corpo levou para congelar depois do ataque. Se aconteceu algumas horas depois, há uma boa probabilidade de restar sêmen no corpo. Teremos de esperar que o corpo descongele antes que eu possa coletar amostras.

Leverton perguntou a Megan se ela o acompanharia de volta à delegacia. Era frustrante ter de esperar que a necropsia fosse realizada, mas havia pouca coisa que o patologista pudesse dizer até que fosse feita. Megan se sentia nauseada, perguntando-se quanto tempo a mulher levaria para descongelar.

David Simon estava sentado na sala de espera da delegacia. Havia duas xícaras de café vazias ao lado dele. Ele se levantou e andou com impaciência. Levaram sua mãe para o hospital. Sofria de choque, segundo disseram. Não era nenhuma surpresa, pensou. Ele estava irritado. Irritado com o que viu e irritado por ter que esperar tanto para ser interrogado.

– Sr. Simon? – Um policial uniformizado apareceu junto à porta. – Não deve demorar.

Ele não gostou da cara do policial. Era condescendente, típica do jeito que os policiais agiam quando lidavam com seguranças. A experiência lhe dizia que sempre desconfiavam de gente como ele, sem ter certeza se eram ex-vigaristas ou ex-policiais.

Ele se perguntou quem o interrogaria. Talvez fosse aquele que vira na televisão no dia anterior. Qual era mesmo o nome dele? Leverton. Três corpos em uma semana. As coisas deviam estar bem quentes por aqui, pensou. Eles podiam até recorrer àquela Dra. Megan Rhys.

– A primeira coisa que quero fazer é deter Rob Donalsen – disse Leverton enquanto a conduzia à sala. – Lembra do que eu disse sobre ele ser um risco?

Megan assentiu, olhando a expressão de Leverton. A menção do nome do sargento da Delegacia de Costumes a gelava. Desde a horrível descoberta em sua geladeira, ela ficou dizendo a si mesma que não podia ser ele. Que ele não se encaixava no perfil de AB. Mas ele estava sob suspeita desde o começo. Sabia que ela estava envolvida. E ele transava com prostitutas. *E se ela estivesse errada?*

– Mostrei a ele a foto esta manhã só para ver a expressão dele – continuou Leverton. – Ele ficou branco feito cera. Tenho certeza de que é uma garota com que ele se envolveu no passado, mas ele fingiu que não a reconhecia. De qualquer forma, eu disse a ele que queria um nome esta tarde. – Ele olhou o relógio e deu um sorriso severo. – Já são 12h10... Podemos ir? – Leverton se levantou e abriu a porta.

Enquanto eles desciam a escada para o térreo, Megan pôde ver PC Costello na soleira da porta. Vestia um casaco com capuz e a boca estava coberta por um cachecol de lã grosso de modo que a parte do rosto que podia ser vista eram seus olhos castanhos hipnóticos. Havia neve no capuz do casaco e ela estava começando a pingar em sua testa. Ele a enxugou com a mão enluvada e sorriu ao ver Megan e Leverton passarem.

– Boa tarde, senhor. Senhora – disse ele.

– Ah, Costello... Já começou seu turno? – perguntou Leverton.

– Sim, senhor. Estou de folga desde terça, mas termino no fim de semana.

– Hmmmmm – disse Leverton. – Podia ter feito alguma coisa com você esta manhã. Deixa pra lá.

Costello seguiu sem dizer nada enquanto Leverton descia o corredor, conduzindo Megan por uma saída de incêndio. Ao chegarem à sala da Delegacia de Costumes, Megan quase se chocou com Donalsen, que corria pela porta diante dela. Ele estava horrível: os olhos, inchados e o rosto, vermelho. Ela recuou um passo.

– Vai a algum lugar, Rob? – perguntou Leverton num tom de voz que Megan nunca o ouvira usar.

– Err... Não, senhor. Só um chamado da natureza, senhor.

– Bom, terá de esperar! Quero aquele nome!

Donalsen olhou timidamente para ele.

– Eu tentei, chefe, de verdade. Quero dizer, dificilmente há alguém na zona de manhã. Não consegui encontrar ninguém para perguntar. Vi todos os arquivos e nenhuma das fotos parecia com ela! – Havia um toque de desespero no modo como ele disse isso, como se quisesse muito que Leverton acreditasse nele.

Leverton fitou o sargento de um jeito penetrante antes de passar por ele e entrar na sala.

– Bom, talvez PC Costello possa lançar um pouco de luz na questão. – Ele passou a Costello uma cópia da foto. Ele a analisou por um instante, o capuz e o cachecol escondendo sua expressão. Depois olhou para Donalsen, mas o sargento desviou os olhos.

– É difícil dizer por causa do cabelo no rosto – disse Costello. – Mas pode ser uma das nossas – ele hesitou. – Mas a tatuagem... Isso parece familiar... Embora borboletas sejam tatuagens bem populares. Se ela estava em nosso arquivo, esta tatuagem não apareceria porque é baixa demais. Elas aparecem naquelas camisetas de decote baixo, mas só fazemos foto da cabeça e dos ombros.

Costello tirou o casaco e o cachecol e foi até o arquivo, pegando uma foto depois de uma busca que pareceu levar segundos.

– Tem essa garota, senhor – disse ele, mostrando a foto a Leverton. – O que acha?

Leverton se virou para que Megan também pudesse ver. Para ela, não havia absolutamente nenhuma dúvida de que era a mesma mulher. A expressão severa que ela usou com o fotógrafo da polícia não escondia os malares altos e os lábios grossos. A pele era de uma cor bronzeada... Um tom mais escuro do que na outra foto... E o cabelo emoldurava o rosto, brilhando como algodão-doce preto.

Leverton leu o nome no alto da ficha.

– Maria Fellowes. Idade, 27. Hmmm, presa pela ultima vez há seis meses. – Ele se virou para Costello. – Tem certeza de que esta aqui ainda está na zona?

O policial coçou a cabeça, olhando novamente para Donalsen antes de responder. Donalsen se jogou na cadeira, a cabeça baixa.

– Talvez eu devesse ter feito a pergunta a *você*, Rob – disse Leverton.

– Eu lhe disse, não tenho a menor idéia de quem ela é. Senhor. – As palavras foram pronunciadas num tom monótono e ele acrescentou o título de Leverton depois de pensar melhor.

– É isso mesmo? – continuou Leverton com o mesmo sarcasmo ácido. – Neste caso, provavelmente não vai lhe interessar saber que acabamos de encontrá-la em uma caçamba com os pés decepados.

Com três pares de olhos fixos nele, Donalsen se levantou da cadeira. Seu rosto estava arroxeado. Ele murmurou uma desculpa para sair da sala e seguiu para a porta sem esperar por uma resposta.

Leverton olhou para Megan. A expressão dele dizia tudo. Ela ergueu as sobrancelhas, mas seu semblante era neutro. Além do fraco pelas mulheres que devia prender, tudo em Donalsen estava errado. Suas reações eram tão previsíveis, os sentimentos tão transparentes.

– Muito bem! – Leverton virou-se para Costello. – Quero falar com os parentes de Maria Fellowes... Isto é, se ela tiver algum. Pode conseguir isso? Não acho que vamos tirar muita coisa dele... – Ele gesticulou na direção que Donalsen tomara quando saiu da sala.

Megan observou Leverton ladrar instruções a Costello. Ela se sentia irritada, frustrada. Ele devia estar concentrando seus recursos no interrogatório do pessoal da BTV. Identificando as pessoas que estavam no prédio na noite em que Delva recebeu aquela foto. Ela franziu o cenho. Se ele realmente suspeitava de Donalsen, devia interrogá-lo, fazer um exame de DNA. Não seria isso mais crucial do que interrogar familiares da morta?

Mais uma vez ela teve a sensação de estar sendo usada como garantia em um enigma que não conseguia decifrar. Donna, Natalie, Tina e agora Maria. Quantas outras mulheres iam morrer antes de Leverton começar a levá-la a sério?

Estava começando a escurecer quando Megan voltou ao necrotério. Ao subir a escada, viu um carro-patrulha parar no estacionamento. Uma mulher de cabelo louro com permanente saiu. Parecia ter uns 50 anos e levava uma criança pequena nos braços.

Megan atravessou o saguão. Leverton a esperava e a levou por outra porta. No final de um corredor, ela podia ver uma sala onde o patologista estava sentado, escrevendo, em sua mesa.

– O Dr. Jefferson tem um relatório para nós antes de a mãe chegar – disse ele.

– Acho que ela já está aqui – respondeu Megan. – Sabe se trouxe uma criança?

Leverton grunhiu.

– Coitadinha! Acho que é de Maria. Que idade tem?

– É um bebê, eu acho. Estava nos braços dela, dormindo.

O Dr. Jefferson olhou para cima quando os ouviu se aproximar da sala.

– Muito bem, vou informá-los do que conseguimos desde esta manhã. – Pegou uma folha de papel da pasta diante dele. – A falecida é mestiça de africanos e caucasianos, idade entre 23 e 30 anos. A causa da morte parece ser estrangulamento manual e ela foi atacada por trás. As marcas no pulso, você já sabem. E... Hora da morte... Só o que podemos dizer neste momento é que ela foi morta há mais de 48 horas. Precisamos fazer exames nos órgãos internos para ter uma avaliação mais precisa.

– Conseguiu coletar alguma amostra? – perguntou Leverton.

– Sim. Coletamos amostras de todos os orifícios e podemos conseguir a tipagem sanguínea amanhã. Acho que sabe sobre a fila no laboratório de DNA?

Leverton assentiu.

– Acho que teremos que esperar até o final da semana que vem para ter qualquer coisa conclusiva neste sentido.

O som de passos no corredor fez Leverton e Megan virarem a cabeça. Uma policial uniformizada se aproximava e Leverton foi até ela.

– Desculpe interromper, senhor, mas a Sra. Fellowes está aqui para identificar o corpo.

– Sim, eu soube que ela chegou – respondeu Leverton. – Há uma criança com ela?

– Sim, senhor. É o neto. Está dormindo agora. Sugeri que eu poderia ficar com a criança enquanto ela fosse olhar o corpo.

– Muito bem. É melhor acabarmos logo com isso.

O garotinho estava embrulhado contra o frio em um casaco xadrez com pele falsa no capuz. Cachos pretos emolduravam seu rosto e os longos cílios pretos tocavam as bochechas. Megan não conseguiu deixar de pensar em Emily. Da última vez em que a vira, ela estava exatamente no mesmo estado desta criança: desligada de qualquer desastre iminente que a vida estaria lhe reservando.

– Sra. Fellowes? – Leverton se aproximou da mulher e pôs a mão no ombro dela. Mais de perto, Megan podia ver raízes escuras nos cabelos, por baixo do permanente. As rugas fundas em volta da boca sugeriam uma vida de cigarros e havia um olhar distante nos olhos azul-claros. Ela se levantou, passando a criança adormecida para a policial. Sem dizer uma só palavra, deixou-se ser guiada para a porta atrás da qual estava a filha morta.

Quando ela retornou, Leverton indicou um assento e ofereceu chá e cigarros.

– Sra. Fellowes, preciso lhe fazer algumas perguntas. Posso fazer aqui mesmo, se estiver preparada ou, se preferir, posso ir até a sua casa depois e faremos isso lá.

– Está tudo bem, querido – sussurrou ela, soprando um véu de fumaça. – O quanto antes melhor, enquanto o bebê estiver dormindo. – As lágrimas encheram seus olhos com a menção ao menino. Misturadas com a maquiagem, escorriam em dois rios pretos pelo rosto.

– Consegue se lembrar da última vez em que viu sua filha?

A mulher tragou outra vez o cigarro.

– Foi na tarde de segunda passada. Eu levei Wesley à cidade para ver o Papai Noel. Maria estava trabalhando, sabe. – Ela parou, olhando para o chão. Ao se voltar para o detetive, sua expressão mudara para resignação. – Sabe o que eu quero dizer.

Leverton assentiu.

– Maria morava na sua casa, não é?

– Sim.

– Então não ficou preocupada quando ela não foi para casa naquela noite?

– Na verdade, não. Às vezes ela precisava, sabe, desaparecer.

– O que quer dizer?

– Bom, se houvesse uma batida policial na zona, ela podia ser presa algumas vezes na mesma semana, o que significaria umas cem libras de multa, então, quando isso acontecia, ela costumava pegar o trem para Bristol. Ela podia trabalhar numa casa de massagem de lá por alguns dias seguidos e ganhar dinheiro suficiente para cobrir a multa, além de ficar com um extra. Não havia risco de ser presa, porque a polícia de lá faz vista grossa para as casas de massagem.

– Ela deixava um bilhete quando fazia uma coisa dessas?

– Nem sempre. Uma vez ela teve que ir a pé para a estação de trem só com as roupas que vestia. O homem dela a procurava e ela estava fugindo dele.

As sobrancelhas de Leverton se arquearam.

– Maria tinha namorado?

– Se quiser chamar desse jeito, sim, tinha. O cretino costumava aparecer e tirar dinheiro dela.

– O que quer dizer com *costumava*?

A mulher apagou o cigarro e de imediato acendeu outro.

– Não o vemos há algumas semanas. Eu esperava encontrá-lo aqui dentro.

– Por quê? Maria deu queixa dele?

– Deve estar brincando! Ele daria uma surra nela se ela fizesse isso! De qualquer forma, ela disse que o amava. Ele é o pai de Wesley, entendeu?

Leverton parou por um momento antes de mudar de estratégia.

– Então, no domingo passado, quando a senhora a viu... A que horas normalmente esperava que ela voltasse?

– Dependia de quanto ela ganhasse. O clima afeta muito isso. Se estiver frio, não se consegue muitos clientes.

– Bom, vamos colocar desta forma: qual era o horário mais tarde em que ela normalmente voltava?

– Isso variava. Nunca antes da meia-noite. O homem dela costumava aparecer lá pelas 2h para tirar dinheiro dela. Ele costumava bater nela se ela não ganhasse o bastante. Eu os ouvia gritar em algumas noites. Na manhã seguinte, ela estava com o olho roxo.

– Nunca tentou telefonar para nós... Para impedi-lo, quero dizer?

A mulher virou a cabeça de lado, soprando uma nuvem de fumaça.

– Não sabe como ele é. Ele tem amigos em toda parte. Uma vez disse a nossa Maria que se ela tentasse tirar Wesley dele, ele ia atrás dela.

– Eles discutiram recentemente?

– Não que eu soubesse. Como eu disse, ele não aparece em nossa casa há algumas semanas.

– Maria disse por que achava que ele ia parar de aparecer?

– Não. Ele sempre estava se mudando. Imagino que tenha se envolvido com drogas. No final, desisti de perguntar sobre ele.

– Qual é o nome dele? – perguntou Leverton. A mulher olhou para ele com os olhos assustados. – Não se preocupe, Sra. Fellowes, vamos nos certificar de que ele não chegue perto da senhora nem de Wesley.

Ela não estava convencida.

– Como pode ter tanta certeza? Como eu disse, ele tem todos aqueles amigos...

– Podemos transferir a senhora e o menino para uma casa segura até que ele seja preso. Podemos transferir a senhora para outra parte do país, se quiser. Começar uma vida nova. Há organizações que ajudam mulheres a escapar de homens violentos.

– Disse que iam prendê-lo? Acha que foi ele que fez isso com Maria?

– Ainda não sabemos, Sra. Fellowes, mas pelas evidências que a senhora acaba de nos dar, podemos prendê-lo por viver de ganhos imorais. Depois que ele estiver atrás das grades, podemos descobrir o que mais ele pode ter feito.

A mulher pestanejou, as lágrimas ameaçando cair no canto dos olhos. Ela ainda não dizia nada.

Leverton tentou novamente.

– Sra. Fellowes, há mais alguma pessoa que quisesse machucar sua filha?

– Não.

– Então, por Maria, nos diga o nome do namorado, por favor.

Houve um momento de silêncio na sala enfumaçada antes que a mulher finalmente falasse.

– Tyrone.

– Tyrone – repetiu Leverton, parecendo aliviado. – Mas, este é o nome ou o sobrenome?

– O nome. Não sei o sobrenome dele. Wesley tem Fellowes na certidão de nascimento, como a mãe.

– Tem alguma foto dele?

– Maria tem uma no quarto dela. – Os dedos amarelados tocaram os próprios olhos e todo seu corpo começou a tremer. Seu choro ecoou no corredor, acordando o bebê, que gritou quando viu o rosto desconhecido da policial a centímetros do seu.

Ele ainda estava chorando quando a avó o levou para o carro-patrulha. Leverton ficou na escada do lado de fora do necrotério observando as luzes traseiras vermelhas desaparecerem na escuridão.

– O que deduz disso tudo, então?

Megan tremeu com a corrente de ar frio que a seguiu pela porta.

– Pode ser o gigolô que estamos procurando, mas não acho que tenha matado Maria.

– Porque ela foi estrangulada e algemada?

– Sim.

Leverton olhou para ela intensamente. Quando falou, era como se estivesse pensando em voz alta.

– Mas Maria podia ser uma das mulheres que trabalhavam para ele: até mesmo Donna Fieldhouse e Natalie Bailey...

Megan estava sentada na sala de Leverton quando PC Costello chegou com a foto.

– Entre... Sente-se. – Leverton parecia cansado. Eles examinaram a lista de gigolôs dada pelo sargento Donalsen, mas não havia ninguém de nome Tyrone.

– Alguma descoberta, senhor? – Costello lhe passou a foto.

– Não. Você o reconhece?

– Não, senhor.

– Muito bem. Gostaria que mostrasse isso aos caras do Esquadrão de Drogas.

– Sim, senhor.

– Importa-se se eu der uma olhada antes?

Megan pegou a foto da mão estendida de Leverton, franzindo a testa enquanto analisava as caras sorridentes de Maria Fellowes e o namorado. Ela a entregou a Costello, que desapareceu pela porta.

Leverton percebeu sua expressão confusa.

– O que foi?

– Ele é novo demais.

– Como assim, novo demais?

– Acho que o gigolô de Donna e Natalie tem entre 35 e 45 anos. O namorado de Maria Fellowes não parece ter passado da adolescência.

– Pode ser uma foto antiga – respondeu Leverton. Ele se levantou. – Vamos, Megan, vou lhe pagar um café e vamos pegar um para Costello. Mal posso esperar para descobrir quem é esse canalha!

Capítulo 11

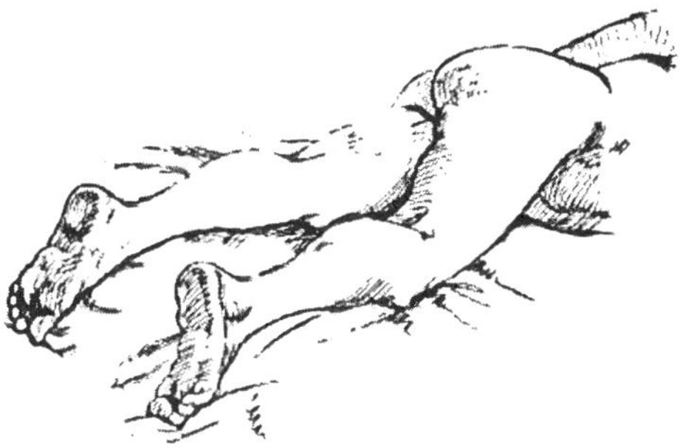

Leverton viu a expressão pensativa de Megan enquanto eles subiam a escada para a cantina da polícia.

– Quase dá para ouvir as engrenagens rangendo – ele riu. – No que está pensando agora?

– Bom – Megan se interrompeu enquanto eles chegavam às portas duplas –, vamos supor por ora que este Tyrone seja o homem O. Ele precisaria estar agindo com alguém que trabalha na BTV... – Megan olhou para Leverton. Não podia lhe dizer no que estava pensando realmente. Não até que entregassem o resultado do grupo sanguíneo na foto de Maria.

Leverton assentiu.

– E...?

– E eles têm a audácia de largar a última vítima bem do lado de fora do prédio. Eles deviam saber o efeito que teria. Quero dizer, o que trabalha ali deve perceber que acabaria sendo interrogado. – Ele tinha certeza disso, pensou ela sombriamente.

– Então está se perguntando por que eles fizeram isso?

– Simplesmente não faz sentido – disse Megan –, a não ser que eles tenham se desentendido.

Leverton olhou para ela.

– Quer dizer que um dos caras decidiu largar o outro?

Ela assentiu. Leverton abriu as portas para a cantina. Estava deserta, além da mulher atrás do balcão. Ele pegou três cafés em uma bandeja e Megan manteve a porta aberta para ele.

– Há outra coisa que não faz sentido – disse ela. – Por que Tyrone permitiria que AB fizesse isso com Maria? Não estou sugerindo que houvesse algum tipo de afeto por parte dele, mas ela lhe proporcionava uma renda regular e era mãe do seu filho.

Leverton franziu a testa.

– Talvez ele não tivesse alternativa. Se ele estivesse sendo chantageado ou coisa assim.

Antes que pudesse responder, Megan viu PC Costello saindo de uma porta no meio do corredor. Ele andou até os dois, acenando com uma folha de papel.

– Consegui, senhor! – disse ele, ansioso.

– Que rapidez. Fomos pegar um café para você – disse Leverton. – Qual é o nome dele?

– Tyrone Campbell, senhor. Foi preso há duas semanas, acusado de traficar crack e cocaína.

– Muito bem! Onde está agora?

– Essa é a má notícia, senhor. Ele teve a fiança negada e está em prisão preventiva em Winson Green.

– Droga! – Leverton olhou a ficha que Costello segurava. – Então é impossível que ele tenha matado Maria Fellowes, e não pode ter nada a ver com as mortes de Tina Jackson e o marido. E provavelmente estava fora quando Donna Fieldhouse e Natalie Bailey foram assassinadas. – Virou-se para Costello. – Verifique isso e entre em contato com a Winson Green: quero interrogar este sujeito o mais rápido possível.

– Sim, senhor. – Costello pegou o café e desapareceu no corredor.

Leverton voltou-se para Megan.

– O que acha disso?

– É possível – concordou Megan. – Ele pode ter matado Donna Fieldhouse e depois assassinado Natalie junto com o outro cara. A morte de Maria pode até ter sido uma espécie de vingança por parte do cúmplice.

– Como é, quer dizer se Campbell o tivesse decepcionado de alguma forma?

– Como eu disse, é possível.

– Mas não está convencida?

Megan pegou o café da bandeja que Leverton segurava e tomou um gole.

– É só que eu não consigo ver um gigolô como Campbell deixando-se dominar desta forma. Quero dizer, pelo modo como a mãe de Maria o descreveu, ele parece um grande traficante com mulheres à vontade, um carro novo e um monte de amigos que cuidam uns dos outros. Só não consigo ver alguém assim sendo chantageado por um cliente de prostitutas... A não ser, é claro, que o cliente tenha ligações muito fortes com a polícia.

Ela olhou para Leverton, que estava de cenho franzido. Quaisquer que fossem seus pensamentos, ele obviamente não ia verbalizá-los. *Touché*, pensou ela.

– Além do mais – continuou Megan –, há a descrição do carro do qual as duas prostitutas de Wolverhampton viram Natalie Bailey sair. Um Ford Sierra velho, foi o que elas disseram. Para mim, isso não combina com o que ouvimos sobre Tyrone Campbell.

– Hmmm. Esse pode ter sido o carro do cliente, é claro: aquelas mulheres só estavam conjecturando quando disseram que achavam ser o namorado dela. – Ele se virou e caminhou em direção à escada. – Venha, vamos voltar para minha sala. Vou pedir aos detetives que procurem a Sra. Fellowes e que descubram que carro Tyrone Campbell dirige. Se for um Ford Sierra, você me deve uma cerveja!

Eles subiram a escada em silêncio. Enquanto passavam por uma janela, Megan viu a calçada embaixo. Na luz dos postes, a superfície de gelo brilhava como um rio laranja. Megan olhou o relógio. Eram quase 18h. Ela se perguntou se Leverton pretendia visitar a cadeia de Winson Green logo e de repente se lembrou de toda a comida de Natal na mala do carro. Ela estremeceu, pensando no frango cheio de vermes. Pelo menos não era provável que o peru descongelasse.

Leverton pegou uma folha de papel enquanto se sentava à mesa.

– O quê! – Ele arfou, lendo o bilhete curto da secretária.

– O que foi? – perguntou Megan.

Leverton empurrou o papel pela mesa na direção dela.

– O laboratório forense ligou para dizer que conseguiram fazer um teste no sêmen da foto. É do grupo sanguíneo O!

Megan leu o recado e o recolocou na mesa, franzindo a testa.

– Que interessante – murmurou ela para si mesma.

– Interessante? – Leverton a olhou boquiaberto. – É claro que isso acaba com toda a sua teoria sobre o pervertido da BTV ser o assassino!

– Não necessariamente – respondeu Megan, retribuindo o olhar dele, sem conseguir reprimir a empolgação.

– Mas o cara que matou Tina e Natalie... O estuprador anal... *Sabemos* que ele é do grupo AB – disse Leverton, exasperado.

– Eu sei – respondeu Megan calmamente. – Quando lhe dei a foto, eu disse que a pessoa que a tirou devia ser o assassino de Tina e Natalie. Mantenho o que disse.

– Então como considera esta amostra de sêmen do grupo O? – Leverton obviamente se esforçava para não perder a paciência.

– Quem mandou a foto pode não ser a pessoa que a tirou.

– Como?

– É possível que o homem que algemou e matou Maria Fellowes tire fotografias de polaróide de sua obra. Talvez tire várias. Talvez ele dê uma ao parceiro de crime ou deixe a foto na casa do cúmplice, se foi ali que ocorreu o assassinato. O cúmplice viu a foto e decidiu mandar a Delva Lobelo.

– Espere um minuto, vamos esclarecer isso. Você agora está dizendo que o cara do grupo sanguíneo O... Aquele que estamos chamando de gigolô... É o autor de cartas pervertido que trabalha na BTV? – Ele olhou para ela, incrédulo. – Pensei que estivesse convencida de que era o outro cara... aquele com o sangue AB... que fosse o pervertido.

– Admito que parecia provável – disse Megan, ainda o fitando nos olhos. – Mas com essa nova evidência forense, o assassino de *Donna* obviamente trabalha na BTV.

– Está falando sério?

– Sim, claro que estou. – Ela tentou reprimir a frustração que sentia.

– Desculpe, Megan – disse ele, sacudindo a cabeça. – Mas se eu entendi o que disse, você acha que o homem a que nos referimos como gigolô é empregado da BTV?

Megan assentiu.

Leverton sacudiu a cabeça de novo.

– E qual seria o cargo dele?

Megan respirou fundo.

– Olha, Martin, pode soar estranho, mas sei de fonte segura que a BTV emprega muitos trabalhadores temporários e de meio expediente. Delva Lobelo me disse que só esta semana vários serviços auxiliares foram terceirizados: alimentação e segurança, por exemplo...

– Ah, entendi – interrompeu Leverton. – Então nosso homem tira o chapéu de chef depois de servir as refeições da noite na cantina da BTV e sai para dar uma de gigolô? – Ele se levantou. – Desculpe, Megan. Essa eu não posso engolir. Agora, se me der licença – disse ele rispidamente –, vou a Winson Green.

Megan não pretendia voltar à universidade, mas percebeu que tinha dirigido para lá automaticamente. Ficou sentada no estacionamento, ainda furiosa por causa da reunião com Leverton. Como ele podia ser tão cabeça-dura?, pensou ela. Enquanto ele se preocupava com aquele gigolô preso em Winson Green, os verdadeiros assassinos ainda estavam soltos. Ele devia estar na BTV, passando um pente fino nos registros dos funcionários.

– Ah, um cigarro – gemeu ela, inclinando-se para o porta-luvas. Ela discou o número da irmã, mastigando meia dúzia de pastilhas Malteser antes de ouvir a voz de Neil.

– Oi. É a Megan. Como está o Joe?

– Oi, ele está bem. Acabo de voltar do hospital. – Megan notou que ele parecia tenso de novo.

– Falaram alguma coisa sobre quando ele vai ter alta?

– Sim, amanhã à tarde. Ah, a propósito, contei a Ceri que você falou sobre ficar com a gente no sábado à noite e ela disse que sim, se ainda estiver tudo bem para você. Ela disse que está morrendo de vontade de te ver e manda lembranças.

– Ótimo! – Megan ficou animada de imediato com a perspectiva de ver Ceri. – Vejo todos vocês amanhã... Lá pelas 18h, está bem?

Megan estava prestes a dar a partida no motor novamente quando percebeu uma luz acesa em uma das janelas do prédio. Era a sala de Patrick. O que ele estava fazendo no departamento a essa hora da noite? Decidiu sair do carro.

O saguão estava escuro, os feixes finos das luzes de segurança lançavam um brilho sinistro na cabine vazia da recepção. Ela olhou o escaninho ao passar e percebeu alguns cartões de Natal. Enfiou-os na bolsa e foi para o elevador.

O primeiro andar estava ainda mais escuro do que o saguão. Enquanto caminhava para a sala de Patrick, a porta se abriu.

– Megan! Que bom que peguei você aqui. Pensei que tinha sumido para o Natal sem me dar a oportunidade de me despedir.

Megan ficou confusa.

– Eu... Tive que ir de casa direto para o necrotério hoje de manhã e fiquei com a polícia o dia todo. Quando foi que voltou de Long Lartin?

– Só ontem de madrugada. Consegui uma entrevista ótima... Deve ter ouvido falar. Eu já tinha perdido as esperanças, mas telefonaram para a minha casa ontem de manhã dizendo que ele tinha mudado de idéia. Me informaram que seria transferido para Parkhurst, então pensei que era melhor ir logo a Long Lartin. Não tinha certeza se minhas despesas podiam se estender a uma viagem à ilha de Wight.

– Quando vai para casa... Para a Holanda, quero dizer?

– Amanhã à tarde. Só estava pegando uns papéis para levar comigo. Aceita um drinque de Natal?

– Agora?

– É, por que não? – Patrick riu. – A não ser que prefira amanhã às 11h.

Megan não sabia o que dizer. Sentia-se exausta e tinha certeza de que sua aparência estava horrível. O que realmente queria era ir para casa e tomar um longo banho na banheira, de preferência com uma boa dose de uísque equilibrada na saboneteira.

– Ah, vamos – disse Patrick –, parece que você precisa de um drinque. Disse que foi ao necrotério de novo?

A expressão de Megan a entregou.

– Ei, qual é o problema? – perguntou Patrick. – Parece que você andou vendo cadáveres demais.

– Não, não é isso. – Ela suspirou. – O detetive superintendente Leverton e eu tivemos uma discordância sobre os perfis que dei a ele. De agora em diante, não estou mais no caso. – Patrick franziu a testa. – Está tudo bem – disse Megan –, só não estou com muita vontade de sair, é só isso.

– Bom, não vou deixar você se livrar dessa com tanta facilidade. – Ele voltou à sala e pegou alguma coisa em uma mochila. Reapareceu segurando uma garrafa de uísque em uma das mãos e uma caixa grande de chocolates belgas na outra.

– Na sua casa ou na minha? – Ele sorriu. – Devo avisá-la de que só tenho dois copos e em um deles está minha escova de dentes.

Megan riu, contra a própria vontade.

– Ah, sem essa, seu estudante pobre! – disse ela. – Pode ir para minha casa. Mas posso te obrigar a embrulhar presentes de Natal ou tirar os miúdos do peru. Acha que é capaz disso?

Enquanto seguia para Winson Green, Martin Leverton decidiu parar na BTV. Alguns detetives passaram o dia interrogando funcionários, mas estavam longe de localizar a fita desaparecida.

Uma sala de investigação temporária foi montada no térreo do prédio. Um dos detetives examinava a lista de nomes e um homem que Leverton reconheceu como chefe de segurança estava sentado ao seu lado.

– Boa noite, senhor – disse o detetive, olhando para ele. – Já conhece o Sr. Simon?

Leverton estendeu a mão ao homem.

– É uma experiência horrível, ver uma coisa dessas. Como está a sua mãe?

– Ah, melhorando, obrigado – respondeu ele. – Ela foi para a casa de uma amiga... Não quero que fique em casa sozinha.

– Entendo. Obrigado por voltar aqui.... Nós agradecemos. É essencial que se descubra o que aconteceu com aquela fita.

– Eu sei. Não entendo o que possa ter ocorrido. Brian O'Malley estava de serviço das 19h às 7h. Ele ainda estava aqui quando eu cheguei e, sabe, encontrei o... corpo. Ele disse que tinha terminado o turno e ia para a cantina tomar o café-da-manhã. Dois dos outros rapazes já haviam chegado para trabalhar quando ele voltou à sala da segurança. Os nomes são Henry Fletcher e Gary Widdowson. Os dois são totalmente confiáveis. Quero dizer, eu confio minha vida a eles. Não acredito que um deles possa ser responsável pelo desaparecimento da fita.

– E as fitas são guardadas em um armário trancado no fundo da sala de segurança?

– Sim.

– A sala fica vazia em algum momento?

– Só quando os rapazes precisam ir ao banheiro – respondeu Simon. – Mas são intervalos de cinco minutos, no máximo.

– E quem tem uma cópia da chave do armário?

– Bom, todos os meus homens têm uma, além da diretoria da BTV, que têm chaves mestras.

– Esta é uma lista da equipe de segurança? – perguntou Leverton, pegando a folha de papel presa na prancheta do detetive.

– Sim. Alguns saíram de folga para o Natal, então não sei se conseguirá falar com todos da lista.

– Quem são eles?

– Os que estão com um "F" ao lado do nome. O único que sei que viajou com toda certeza foi Adrian Barber. Dei uma carona a ele ao aeroporto ontem na hora do almoço. Ele foi para o Tenerife, o sortudo.

– Muito bem – disse Leverton. – Então restam 26 homens, inclusive os três que estavam aqui de manhã. Parece muita gente para um prédio desse tamanho. Algum deles trabalha em meio expediente ou com contrato temporário?

– Nenhum deles trabalha em tempo integral... Este é só um dos meus contratos de segurança, entendeu? Trabalho em outra empresa em Stafford e tenho contratos temporários também... Protegendo equipamento de filmagem em locações, esse tipo de coisa. A maioria do meu pessoal vai de um emprego para o outro, dependendo da disponibilidade e do número de contratos que consigo num dado momento.

– Sei – disse Leverton. – Complicado, não é? Você pede referências quando contrata pessoal? Pois teremos que verificar se algum desses funcionários tem ficha criminal.

– Acho que vai descobrir que todos são limpos – Simon sorriu. – Sei de algumas empresas de segurança que contratam ex-presidiários, mas quando se trabalha com contratos temporários, não se pode correr nenhum risco.

– Entendo. Muito bem, Sr. Simon, obrigado por sua ajuda. Pode ir para casa agora, se quiser. Vamos telefonar se precisarmos saber de mais alguma coisa.

– Acham que a morte dessa garota tem ligação com os outros assassinatos?

Leverton olhou para ele com irritação.

– Desculpe... Não posso comentar isso.

– Só perguntei – insistiu Simon – porque minha mãe está horrorizada. Ela enfiou na cabeça que há um assassino serial à solta. Vocês chamaram aquela analista de perfis... Aquela do programa da BTV?

– Como eu disse, Sr. Simon, não posso comentar. Por favor, diga a sua mãe para não se preocupar. Incidentes assim são na verdade muito raros, sabe disso.

– Ainda assim, três em uma semana. – Simon pegou o casaco. – É de se estranhar.

– Vai me contar os últimos acontecimentos? – Patrick servia doses generosas de uísque em dois copos de cristal de Megan. Passou um dos copos a ela, tombando a cabeça de lado e fitando-a com seu sorriso mais conquistador.

Megan estremeceu ao se lembrar das palavras de Leverton.

– Está havendo uma confusão... Uma bagunça completa – disse ela. – E é minha culpa por tentar jogar com Leverton de acordo com as regras dele. – Ela contou sobre Maria Fellowes e o grupo sanguíneo do sêmen na fotografia. – Pensei que em alguns dias teríamos um resultado de DNA do sêmen, que eu esperava que fosse idêntico ao de um dos assassinos.

– Mas não recebeu?

– Não. Quando entreguei a fotografia, não tinha idéia de que havia uma fila de amostras esperando análise. O resultado só estará disponível depois do Natal.

– Então só o que a polícia tem é o resultado do grupo sanguíneo que comprova que o pervertido definitivamente não é o homem AB.

Megan suspirou.

– Eu sei. Como eu disse, está uma confusão. E para piorar as coisas, Leverton partiu em disparada para a prisão de Winson Green a fim de interrogar o gigolô de Maria Fellowes.

– Que na verdade estava trancafiado quando as três últimas vítimas foram mortas. – Patrick franziu a testa. – Conseguiram algum registro desse... Qual é o nome mesmo?

– Campbell. Tyrone Campbell.

– Conseguiram algum registro do grupo sanguíneo ou amostra de DNA dele? Se ele tem antecedentes, deve ter sido examinado.

– Não sei. Ele foi acusado de posse de drogas duas semanas atrás, mas Leverton me disse que agora há um tempo de espera de oito semanas para amostras que não são urgentes. Então, a não ser que ele tenha sido acusado de outro crime no último ano, mais ou menos, não haverá nenhum registro do DNA dele.

– Bom, se eu fosse Leverton, verificaria isso antes de ir a Winson Green.

– Tenho certeza de que ele já fez – disse Megan. – Ele é muito minucioso. Só é teimoso demais.

Patrick completou o copo de Megan e encheu o próprio.

– Se ele aceitasse sua teoria de que é o gigolô que trabalha na BTV – disse ele, olhando para ela enquanto se servia da bebida –, o que aconteceria depois?

Megan tomou um gole do uísque.

– O que quer dizer?

– Imagine que ele aceite sua idéia sobre o gigolô ser um trabalhador temporário dali – disse Patrick. – Estou supondo que você acha que o pervertido e o gigolô são a mesma pessoa...

– Sim, acho. Acho que o homem que mandou a foto para Delva também foi responsável pela desova do corpo de Maria. Era um gesto que pretendia chocá-la, mas o tiro saiu pela culatra porque ela não viu o corpo.

– Então esse gigolô, ou pervertido, ou seja lá como podemos chamá-lo... Quem acha que ele é?

– Pode ser uma das dezenas de pessoas que trabalham na BTV com contratos temporários ou em meio expediente. A ortografia e a gramática nas cartas que Delva me mostrou sugerem uma ocupação subalterna. Na época, pensei que podia ser uma trama deliberada de um colega instruído, mas agora isso parece menos provável.

– Por quê?

– Bem, os gigolôs menores... Aqueles que não se envolvem com tráfico de drogas... Em geral ou são desempregados, ou fazem algum trabalho sem qualificação ou semiqualificado. Já vi alguns gigolôs que podem pertencer ao que chamamos de classe profissional, mas eles tendem a cuidar de garotas de programa de alto nível, e não de prostitutas de rua como Donna Fieldhouse e Natalie Bailey.

– Então o pervertido tem um cargo inferior.

– Sim – disse Megan –, e é absolutamente essencial descobrir quem ele é. Se o pegarmos ele vai nos levar ao outro assassino. Sem ele, será como procurar uma agulha num palheiro, com ou sem perfil.

– Mas Leverton acha que já tem o gigolô, então como ele vai começar a procurar pelo outro assassino?

– Acho que ele vai cair em cima de Donalsen – respondeu Megan. – Devia ter visto a cara do sujeito quando Leverton lhe contou sobre a descoberta do corpo de Maria Fellowes. Ele parecia envolvido de alguma maneira, mas ainda não acredito que seja um assassino.

Patrick pensou por um momento, depositando no copo o que restava do uísque.

– Se eu fosse Leverton, verificaria se alguém que trabalha na BTV é ex-policial.

– Por que ele faria isso, se já acredita que Donalsen seja o assassino?

– Vamos imaginar por um minuto que Leverton esteja certo sobre Tyrone Campbell ser o gigolô que matou Donna Fieldhouse...

Megan franziu o cenho.

– Mas – continuou Patrick – ele não pode ser o pervertido que mandou aquelas cartas a Delva Lobelo porque estava na cadeia havia duas semanas.

– E daí?

– Daí que se Leverton realmente acredita que Donalsen é o outro assassino, isso o deixa com um grande problema. Deve haver *alguém* que tem acesso regular à BTV. E como é que ele vai descobrir quem ele é?

PC Costello atravessava lentamente a zona de prostituição quando uma mulher saiu das sombras e acenou para ele parar. Ele a reconheceu enquanto ela andava para o lado do carona do carro.

No escuro, ela parecia bem atraente. Era alta e magra e usava botas de couro preto e um casaco que parecia caro. Ele se perguntou quantos outros homens conheciam o segredo dela. E duvidou de que qualquer um dos clientes dela tivesse permissão para ver o que ele vira. Ela bateu na janela e ele se curvou para abrir a porta.

– Mas que tempo maldito! – disse ela, tremendo enquanto se sentava no banco. – Vai voltar? Preciso de um chocolate quente. Está frio como uma toca de pingüim ali!

Costello riu e ligou o motor. Ele olhou para ela ao seguirem juntos. Ela o fascinava. A idéia de homens pagando para transar com ela o intrigava.

– Tenho uma coisa para contar a você – disse ela maliciosamente enquanto ele encostava o carro.

Megan tentava esticar uma folha de papel de presente e Patrick a ajudava. Os uísques duplos surtiram efeito e ela acabou colando o polegar no pacote com a fita adesiva. Os dois caíram no tapete, rindo como adolescentes.

– De quem foi essa idéia? – Patrick riu, enrolando a fita adesiva numa bola e atirando na lareira.

– Sua! – retorquiu Megan. – Lembra? Não vamos falar de trabalho, foi o que você disse.

– Tudo bem, tá legal, então admito que sou um inútil para embrulhar presentes de Natal.

Patrick estava deitado de costas e, enquanto Megan se inclinava para pegar o copo, ele a puxou contra si, beijando-a antes que ela pudesse protestar.

– Hmmmmm... Para que isso? – Ela se afastou, sorrindo ao olhar nos olhos dele.

– Natal? – murmurou ele. – Não comprei um presente para você, como vê.

– Muito engraçado. – Megan passou o dedo pelo cabelo de Patrick. – Mas o que sua namorada diria?

Ele fechou os olhos.

– Quem falou em namorada?

– Ah, sem essa, Patrick. Não venha me dizer que o garanhão de Heartland não tem alguém à sua espera em casa.

– Eu sou o quê? – Patrick abriu os olhos e riu quando viu a expressão maliciosa de Megan. De repente, num movimento rápido, ele a rolou no tapete, prendendo os braços dela acima da cabeça enquanto beijava sua boca e seu pescoço.

Megan sabia que devia empurrá-lo. Ele relaxou o aperto nos pulsos, mas ela percebeu que não conseguia se mexer. A sensação dos lábios dele em sua pele acendia fogos de artifício dentro dela. Já fazia muito, muito tempo.

– Patrick... – Megan se ouviu dizer o nome dele e pareceu estranho e maravilhoso, maravilhoso mas perigoso. Ela se sentou, puxando o suéter de volta ao ombro. – Não podemos fazer isso.

– E por que não? – Ele passou o dedo delicadamente pelo pescoço dela. – É Natal, estamos juntos... E eu desejo fazer isso com você há seis semanas. – Ele passou a mão pelo ombro dela, deslizando por baixo do suéter para afagar as costas. Depois enfiou o rosto na lã macia que cobria os seios de Megan. Devagar, ele puxou o tecido, acariciando a pele dela com a língua.

– Não, Patrick. – Ela se levantou e foi para a cozinha. Acendeu o fogo e pegou o bule de café. Procurava xícaras, mas ele já estava atrás dela. Ela pôde sentir os braços dele em sua cintura.

– Por que não? – sussurrou ele em seu ouvido.

– Porque, para começar, sou sua orientadora! – A mão dela tremia ao pegar uma colher com pó de café. – Como posso fazer meu trabalho com você se começarmos a nos envolver?

Em vez de responder, ele sussurrou no ouvido de Megan.

– Não pode me levar com você para aquele chalezinho no País de Gales? Eu podia pegar um avião de Amsterdã no dia 26... – Ele começou a mordiscar a nuca de Megan. Ela ficou olhando o bule, querendo que ele continuasse, mas desejando não ter permitido que as coisas fossem tão longe. O vapor saía do bico e ela se libertou, concentrando-se enquanto colocava a água quente nas xícaras. Disse a si mesma que, quando os dois estivessem sóbrios, tudo ficaria bem. Eles festejariam o Natal e quando se encontrassem novamente, tudo pareceria um sonho.

Costello observou a mulher se afastar. As palavras dela eram uma arma perigosa. O que ele ia fazer?

Ela estava subindo a escada no final do beco. Ele podia ver seu traseiro balançando de um lado para o outro, projetando-se do short de cetim apertado. E aquela peruca – era um truque da luz ou estava torta?

Ela lhe dissera muitas vezes que era velha o bastante para ser mãe dele. Não que ele precisasse ouvir isso. Nas luzes fluorescentes e ásperas da prisão, ela mais parecia uma avó. Ele nunca se esqueceria da primeira vez em que a viu sem peruca. Tinha sido em sua primeira semana na Delegacia de Costumes. Ninguém o avisara que ela era a prostituta mais velha na zona.

Depois que isso aconteceu, ela o fez jurar segredo, dizendo que nenhum dos clientes sabia e que, se isso se espalhasse, ia estragar os negócios dela. Foi uma visão patética, ela parada ali na sala de trocas, o rosto pintado como uma máscara numa cabeça careca de manequim.

– O que está olhando? – dissera, abaixando-se para pegar a peruca no chão. – Não me olhe como se eu fosse um homem, está bem?

Ela estava certa, é claro. E ele tinha certeza de que ela seria igualmente convincente caso se levantasse no tribunal para dizer quem tinha visto abordando Maria Fellowes. Só havia uma coisa que ele podia fazer.

Capítulo 12

Megan abriu os olhos e gritou. Havia alguém sentado na cama ao lado dela. Ele estendeu a mão para ela no escuro e por uma fração de segundo ela mergulhou em um pesadelo recorrente.

– Ei, calma, sou eu! – Patrick se aproximou, abafando seus gritos com o ombro. – Desculpe se te assustei... Pensei que ainda estivesse acordada.

– Ah, meu Deus! – Megan arfou. – Você deve pensar que estou ficando louca, gritando desse jeito. É só que eu não consegui ver quem você era; devo ter cochilado e depois, quando vi você sentado aí, pensei que fosse... – Sua voz falhou, constrangida demais para continuar.

– Quem? – Patrick recuou, mas pegou a mão dela. Na luz dos postes de rua que se filtrava pelas cortinas, ela podia distinguir as feições dele. Ele olhava para ela com um misto de curiosidade e preocupação. – Quem, Megan?

Ela levou a mão livre à testa. Havia um martelar dentro de seu crânio e ela esfregou a pele numa tentativa vã de atenuar a dor.

– Está tudo bem. Foi só um pesadelo.

– Onde você guarda aspirina? – perguntou ele, soltando a mão dela e se levantando.

– Na cozinha, no armário em cima da chaleira... Obrigada, Patrick. – Ela se deitou no travesseiro e fechou os olhos, ouvindo os passos dele descendo a escada. Esperava que ele não fizesse mais nenhuma pergunta. Como poderia explicar que ela o confundira com um estuprador?

Megan jamais contou à irmã o que aconteceu naquela noite. A festa de aniversário de 21 anos de Ceri. O amigo alto, moreno e impertinente de Neil que não a deixava em paz. O táxi para casa, sem saber que estava sendo seguida. A batida na porta que a acordou. A rosto dele. Tão convincente. Dizendo que Neil não tinha espaço em casa e que o mandara pedir a ela para dormir lá. Ela pestanejou, tentando afugentar o que aconteceu em seguida. Neil era o único que sabia. E nunca acreditou nela.

Patrick voltou com um copo de água e dois comprimidos. Enquanto ele se sentava na beira da cama, ela percebeu que ele usava apenas samba-canção e camiseta. A visão das pernas nuas de Patrick piorou ainda mais o martelar em sua cabeça. Ele estendeu os comprimidos e ela os tomou, grata por ele não ter acendido a luz.

– Vai me contar o que houve? – perguntou ele delicadamente.

– Eu... Não posso. É uma coisa que aconteceu há muito tempo; prefiro não falar sobre isso. – Ao dizer as palavras, ela percebeu por que sentiu um pânico tão grande. Não era só a lembrança do estupro. Todos aqueles incidentes inexplicáveis – os vermes, as conchas, a janela aberta. Ela tentou racionalizá-los, mas eles persistiam em seu subconsciente.

– Desculpe – disse Patrick. – Eu não devia me esgueirar para cá desse jeito, mas não conseguia dormir e havia uma coisa que eu queria dizer a você.

– O que é?

– Bom, eu me sinto muito mal pelo que aconteceu. Eu a coloquei numa situação horrível e quero me desculpar.

Megan abriu a boca para falar, mas ele sacudiu a cabeça.

– Não. Tem outra coisa que quero dizer a você. – Ele parou e tomou fôlego. – Há alguém... Na Holanda, quero dizer. Antes de eu vir para cá, fiquei noivo. Nós devemos nos casar no verão que vem.

– Casar! – Megan arfou. – Meu Deus, Patrick, eu sabia que você não era tão fiel à verdade, mas...

– Não, espere – ele a interrompeu. – Não estou mais noivo. Percebi que era um erro logo depois de chegar aqui. O problema é que ela não aceita que acabou. Acha que quando nos encontrarmos, eu vou mudar de idéia.

– Espera realmente que eu acredite nisso?

– E por que não? É a verdade.

– Então por que você vai vê-la novamente?

– Não posso evitar. Ela ainda mora no meu apartamento.

– O que vai fazer?

Patrick deu de ombros e sacudiu a cabeça.

– Não sei. Tirar minhas coisas de lá, eu acho. É alugado, então ela pode ficar ali, se quiser. Mas não gostaria que isso acontecesse.

– Acha que vai pensar melhor depois... Quando a vir de novo?

– Quem sabe? Espero que ela seja legal comigo, o que vai tornar as coisas bem piores.

– Acha que ela vai tentar convencê-lo a não voltar para cá depois dos feriados?

– É provável. Eu me sinto muito mal por decepcioná-la. Afinal, me sinto um pouco egoísta. Quando comecei meu doutorado, foi como um novo horizonte que de repente se abria para mim. Nem tenho certeza se quero voltar a trabalhar na polícia quando terminar a tese. Acho que quero manter minhas opções em aberto.

– Mas ela quer que você se acomode?

Patrick assentiu.

– Como está sua cabeça? – perguntou ele.

– Ah, ainda dói um pouco. – Ela se perguntou se ele tinha mudado de assunto de propósito. – Acho que é um pouco de ressaca. É uma punição por ter bebido todo aquele uísque. – Ela sorriu contra a vontade. – Acho que vou tentar dormir um pouco agora. – Ela deitou a cabeça no travesseiro. – Boa noite, Patrick.

– Boa noite. – Ele se curvou e afagou a cabeça de Megan. Ela ficou paralisada. O que ela fez? Deixando que este homem que mal conhecia entrasse em sua casa. Em seu quarto.

– Tudo bem. Estou indo.

Ela ouviu os passos dele descendo a escada. Ouviu o som da porta da sala se fechando. Ela levantou da cama, a cabeça martelando pelo esforço de se locomover. Andando na ponta dos pés pelo carpete, fechou a porta e passou a chave na fechadura.

No amanhecer cinzento do inverno, a pele da mulher lembrava a Costello o frango defumado de aspecto enrugado que sua esposa comprava na Safeway. Veias azuis atravessavam as têmporas e suas feições tinham a aparência esquelética de um cadáver, a carne repuxada nos ossos pela peruca.

– Vamos entrar ou vou ter que ficar aqui fora congelando? – reclamou ela.

Ele a conduziu pelas portas pesadas da delegacia, grato pelo calor e o cheiro tranqüilizador de desinfetante. Alguns bêbados estavam apoiados na mesa e uma mulher com um olho roxo chorava em silêncio em um canto.

– O chefe ainda está aí? – perguntou ele à mulher da recepção. – Preciso levar a Srta. Bunce para a sala de interrogatório.

Quando eles entraram, Leverton já estava esperando.

– Eileen! Que bom ver você – disse ele, as sobrancelhas erguidas ao ver o short de seda e as botas na altura da coxa.

– Pode fechar a matraca, seu cretino sarcástico. – Ela se acomodou na cadeira. Costello percebeu que a pele no alto das pernas estava repleta de pontinhos arroxeados.

– PC Costello me disse que você tem uma informação interessante para nós. – Leverton se sentou de frente para a mulher.

– Não posso falar de barriga vazia – respondeu ela, cruzando os braços sobre a mesa e inclinando-se para Leverton. – Quero um sanduíche de bacon e uma xícara de chá. – Leverton assentiu para Costello.

– Dois cubos de açúcar! – gritou ela, enquanto Costello desaparecia atrás da porta.

O som do telefone invadiu os sonhos de Megan. Ela procurou pelo fone, os olhos ainda fechados enquanto murmurava o próprio nome.

– Megan? Você está aí? – A voz do outro lado da linha era de Martin Leverton.

– Martin?

– Sim. O que posso dizer? Você tinha razão, e só o que posso fazer é lhe pedir minhas mais humildes desculpas e que me perdoe.

– Martin, do que está falando? – Megan se sentou na cama, esfregando os olhos e olhando o relógio. Eram 9h30.

– Tyrone Campbell... O gigolô de Maria Fellowes; tinha razão sobre ele não ter nada a ver com os assassinatos.

– Ah, é mesmo?

– É... Acabo de receber uma informação que o exclui completamente. Mas apareceu outra informação. Olha, ainda está no caso? Porque tenho uma crise de verdade nas mãos.

Vinte minutos depois, Megan passava de carro pela universidade, a caminho da delegacia. Ela se perguntou o que Patrick pensaria quando acordasse. Ele parecera estar num sono tão profundo que ela não quis incomodá-lo.

Ela deixou um bilhete na mesa de centro, desejando-lhe um feliz Natal e explicando por que teve de sair. Pensando nisso agora, provavelmente foi o melhor a fazer. Esperava que o constrangimento da última noite se esvaísse quando o encontrasse novamente.

Ela tentou se concentrar no que Leverton dissera, mas a imagem de Patrick sentado ao lado dela na cama ficava piscando em sua mente. Em algumas horas, ela estaria de volta à Holanda; a namorada resoluta tentando seduzi-lo.

– Meu Deus, você entende mesmo de assassinos – murmurou ela para si mesma, ao mesmo tempo fantasiando sobre acordar no dia de Natal com Patrick a seu lado. Na realidade ela ia acordar no quarto de hóspedes de Ceri com Emily pulando em cima dela. Ainda assim, pensou, seria melhor do que acordar sozinha na cama de sua casa.

Ela parou o carro na frente da delegacia, os pés esmagando a neve arenosa. Leverton tinha um bule de café esperando por ela na sala. Obviamente ansioso por reparar seu erro, ele se desculpou novamente antes de contar o que tinha acontecido.

– Interroguei uma prostituta na sala do primeiro andar. Ela jura que viu Rob Donalsen transando com Maria Fellowes em um carro da polícia sem placa na noite em que ela desapareceu.

Megan ergueu as sobrancelhas, mas não disse nada.

– Como sabe, suspeitei por algum tempo que ele havia tirado proveito de seu cargo na Delegacia de Costumes – prosseguiu Leverton. – O caso é que acabei de receber a ficha médica dele. – Ele parou, olhando nos olhos de Megan. – O grupo sanguíneo dele é AB.

Por um momento Megan ficou sentada, num silêncio aturdido. Enfim, pensou ela, ele decidiu colocar as cartas na mesa. Será que realmente espera que eu engula essa bobagem sobre só agora ter recebido a ficha médica?

– Já o acusou?

– Ainda não. Ele admitiu que se envolveu com Maria, mas nega ter transado com ela. Disse que a viu abordando clientes e pediu a ela para entrar no carro enquanto lhe dava uma advertência informal.

– Sei que você pensa que ele é corrupto. – Megan observava a expressão de Leverton. – Mas acha realmente que ele é capaz de uma coisa dessas?

– É isso que vou pedir a você – disse Leverton com um sorriso sombrio. – Só o que posso dizer é que quanto mais tempo estou nesse trabalho, menos pareço saber. Antigamente pensava que eu era muito bom em julgar as pessoas. Na verdade eu me orgulhava de ser capaz de enxergar através da mentirada que a maioria dos bandidos contam. Mas agora... Não sei... Acho que passei a perceber que algumas pessoas podem ser muito convincentes, muito manipuladoras. É como um dom pervertido, o tipo de coisa que pode fazer de um cara correto um ator que merece o Oscar.

– Mas pelo que você me disse sobre Rob Donalsen, e pelo que eu notei, ele se trai quase o tempo todo. Dificilmente é capaz de colocar um véu nos olhos das pessoas, não é?

– Não acha que ele é o assassino?

– Eu não disse isso. O que quero dizer é que Donalsen não parece ser o tipo de sociopata charmoso que leva alguém a pensar que é do tipo inofensivo e bonzinho. Se quiser que eu dê minha opinião a respeito da participação dele nesses homicídios, vou precisar de muito mais informações sobre ele e terei de conversar com essa prostituta sobre exatamente o que ela viu. Imagino que ele não tenha um álibi para a noite de segunda, não é?

– Não. Estava de serviço. Disse que foi para a zona, dirigindo por ali sozinho. Ele não devia fazer isso... É preciso haver dois policiais presentes quando se realiza uma prisão... Eu dei uma palavrinha com Costello sobre isso, mas ele está muito cauteloso para dizer alguma coisa contra o chefe. Foi Costello que trouxe Eileen Bunce, a prostituta. Ele rodou por algumas horas depois que ela contou ter visto Donalsen com Maria... Não sabia o que fazer.

– E relacionamentos? – perguntou Megan. – Donalsen é casado?

– Separado.

– Quando se separou?

– Não faz muito tempo. Ele ficou de licença médica por uma semana quando aconteceu. Foi há alguns meses, eu acho.

– Vamos precisar verificar isso, então. Pode ter incitado os assassinatos. O que a esposa dele faz?

– Ela era secretária aqui, mas saiu no ano passado.

– Preciso de mais detalhes sobre ela. Há alguém aqui de quem ela fosse próxima? Uma colega com quem ela mantenha contato?

– Vou descobrir. Gostaria de sair e falar com Eileen Bunce enquanto faço isso?

– Sim, tudo bem. – Megan secou a xícara de café e se levantou. – Antes disso...

– O que foi?

– No telefone, você disse que recebeu uma informação que eliminava Tyrone Campbell de qualquer envolvimento nos assassinatos. O que era?

– O grupo sanguíneo dele... é B.

Megan franziu a testa ao olhar para ele.

– Então nem se incomodou em ir a Winson Green ontem à noite?

– Sim, eu fui. Não tínhamos registro do tipo sanguíneo em nossos arquivos, entendeu? Quando cheguei lá, tive uma conversa com o diretor. Ele é um camarada novo e já havia esbarrado em Tyrone Campbell quando era diretor assistente do Shrewsbury. Descobri que Campbell foi preso por tentativa de estupro de uma mulher em Telford. Ficou no presídio de Shrewsbury e a polícia de West Mercia tem um registro de seu grupo sanguíneo nos arquivos. Entrei em contato com eles assim que voltei de Winson Green, e recebi um telefonema hoje de manhã cedo.

Megan andou até a janela, tentando evitar o olhar de Leverton. Ela não queria que sua expressão fosse confundida com regozijo.

– Chegou a falar com Tyrone Campbell? – disse Megan, e notou compradores de Natal de última hora na rua embaixo. – Talvez ele saiba quem são os assassinos.

– Ele não ia falar – respondeu Leverton. – Não ia querer cooperar.

– Então, ainda não fazemos idéia de quem é o homem O. – Ela se virou para encarar Leverton. – Não quero terminar discutindo com você de novo, Martin, mas conseguiu mais alguma pista na BTV?

– Não se preocupe, estou aberto ao que você disse. Falei com o chefe da segurança na noite passada... sabem quem é, o cara que descobriu o corpo de Maria... E verificamos uma lista de funcionários que ele nos deu. Quase todos são de contrato temporário ou trabalham em meio expediente, e eu aposto que alguns deles estiveram presos aqui uma vez ou outra.

– Pode me dar uma cópia dessa lista? – perguntou Megan. Aproveite enquanto ele está de bom humor, pensou ela.

– Sim, não há problema. – Leverton sorriu. – Vou mandar copiar uma para você.

Vitória!, pensou Megan.

– Tudo bem – disse ela, pegando a bolsa. – É melhor ir lá, falar com a Srta. Bunce. Aliás, como é ela?

Leverton franziu o cenho.

– Tão ruim assim, é?

Eileen Bunce tinha acabado de acender um cigarro quando Megan entrou na sala. PC Costello fez as apresentações e Megan se sentou, tentando não encarar a peruca ruiva e torta.

– Gostaria que tentasse se lembrar exatamente o que viu quando passou pelo carro da polícia. – Megan olhava diretamente nos olhos da mulher, percebendo a pele fina e oleosa e as rugas nos cantos dos olhos, repletos de sombra desde a noite anterior.

– Já pegaram meu depoimento – respondeu a mulher, apontando um polegar para Costello. – O que mais quer saber?

– Disse a meus colegas que viu Maria Fellowes e o sargento Donalsen transando no carro dele. Quero que descreva exatamente o que viu.

A mulher se virou para Costello.

– Ela é uma pervertida ou o quê?

Megan ignorou a observação e continuou.

– Eles estavam na frente ou na traseira do carro?

– Na frente. – Ela olhou desconfiada para Megan.

– Podia ver os dois com clareza?

– Pude ver a cabeça e os ombros dele... Eu só estava passando, não tinha lugar na primeira fila!

– Como pode ter certeza de que estavam fazendo sexo?

– Para começar, eu podia ouvi-lo grunhindo e gemendo... um barulho dos infernos... e pude ver as botas dela no painel.

– Ela havia tirado as botas?

– Não, claro que não! – A mulher revirou os olhos para o teto. – As botas estavam ali porque ele estava trepando com ela no banco do carona e não havia outro lugar onde colocá-las.

– Como sabia que era Maria que estava com ele?

– Eu a vi entrando no carro. Estava parada na rua com ela e o vi abordá-la. Eu tinha um cliente alguns minutos depois, mas ele mudou de idéia e me deixou na Prode Street. Foi quando eu os vi.

– Como sabia que o sargento Donalsen não deixou Maria sair do carro e outra pessoa entrou?

– As botas dela – respondeu a mulher. – Eram iguais às minhas. Eu mandei fazer especialmente com um cara que faz roupas de caubói. Ela me perguntou onde eu havia comprado e encomendou um par exatamente igual ao meu. Não falei com ela depois disso.

Megan agora encarava intensamente a mulher.

– Esta pode ser uma pergunta estranha, mas posso lhe garantir que é essencial para esta investigação. Preciso saber em que posição Maria Fellowes estava quando o sargento Donalsen fazia sexo com ela. Disse que viu as botas dela no painel... A posição dos pés indicava que ela estava deitada de frente ou de costas?

– Ah, de costas, sem dúvida de costas – respondeu a mulher, olhando para Megan com uma expressão curiosa. – Então foi esse patife que matou o pervertido dela?

Megan e Costello trocaram olhares pela escolha infeliz de palavras.

– Acho que não posso comentar isso – disse Megan. – Mas obrigada por sua informação. É extremamente importante.

Leverton estava ao telefone quando Megan voltou à sala dele. Ele acenou para que ela se sentasse e ela de imediato percebeu como o rosto dele estava vermelho.

– E ela ainda trabalha lá, não é? – disse ele à pessoa do outro lado da linha. – Muito bem, isso é ótimo... Muito obrigado. – Ele baixou o fone e se virou para Megan. – Não vai acreditar nisso: a esposa de Donalsen trabalha na BTV!

– É mesmo? Quem te contou?

– Uma mulher que trabalhava com ela, a policial Anderton. Elas trabalharam na sala de controle. De qualquer modo, de acordo com a policial, Rob Donalsen em geral ia à BTV buscar a mulher porque ela não tinha carro.

– Há quanto tempo eles se separaram?

– Dois meses. Eu verifiquei o registro de licença médica.

– E há quanto ela começou a trabalhar na BTV?

– Há 18 meses.

– Então Donalsen entrou e saiu de lá por um ano – refletiu Megan. – Ele podia conhecer razoavelmente bem alguns funcionários naquela época.

Leverton assentiu.

– Perguntei a Anderton se ela sabia sobre a separação e ela disse que ouviu rumores, mas não sabia dos detalhes. Ela acha que a mulher dele pode ter tido um caso com alguém da BTV.

A lembrança de Neil lampejou na mente de Megan.

– Qual é o nome dela?

– Helen. Por quê?

– Só curiosidade. – Megan sentiu um surto de alívio. Embora a hipótese ainda não estivesse eliminada, pensou ela sombriamente.

O telefone tocou outra vez e Leverton atendeu. Depois de um instante, ele pegou um bloco e começou a escrever alguma coisa.

– Era o patologista – disse ele, recolocando o fone no gancho. – Acabaram de receber os resultados do grupo sanguíneo dos esfregaços que coletaram de Maria Fellowes.

– E?

– É estranho – disse Leverton, lendo o que acabara de escrever. – Havia sêmen na vagina e no orifício anal. O sêmen anal era do grupo AB. O vaginal, também do tipo AB.

– AB na vagina?

– Foi o que ele disse.

– Minha nossa!

Leverton franziu a testa.

– O que foi?

– Quando estava falando com Eileen Bunce, pedi para descrever exatamente o que viu Donalsen e Maria fazendo no carro. Ela disse que Maria estava deitada de costas no banco do carona, com Donalsen por cima.

– E daí?

– Não está vendo? Maria estava na posição errada.

A confusão se dissipou do semblante de Leverton quando ele percebeu o que ela estava querendo dizer.

– Claro! Natalie e Tina foram estupradas por trás. Então que diabos Donalsen estava fazendo?

– Bom – disse Megan –, há duas possibilidades. Ou o assassino mudou o *modus operandi*, ou Donalsen é inocente.

– Inocente?

– Da morte de Maria. Não estou tentando dizer que ele é inocente das outras coisas que acha que ele aprontou, mas a presença de sêmen AB na vagina pode indicar que ele transou com Maria antes que o verdadeiro assassino pusesse as mãos nela.

– Mas isso significaria que dois homens diferentes, com o mesmo grupo sanguíneo raro, fizeram sexo com a mesma mulher no intervalo de horas ou até minutos. Não é meio forçado?

– O tipo AB não é assim *tão* raro. Está presente em cerca de 3% da população.

– Ainda assim, são só três homens em cem – disse Leverton, esfregando o queixo.

– Sabe aquele primeiro patologista que vimos, o Horrobin? Ele disse que o sêmen anal de Tina Jackson era um subtipo AB presente em cerca de 2% da população. Se a perícia fizer um teste de enzima nas amostras, pode conseguir nos informar se elas provêem de dois homens diferentes.

– Sim, acho que posso conseguir isso. – Leverton franziu o cenho. – Mas um teste de enzima pode não ser conclusivo.

– Eu sei. Mas além disso, só o que podemos fazer é ficar sentados e esperar pelos resultados do DNA. A não ser... – Megan parou, os olhos se estreitando.

– A não ser o quê?

– A não ser que a esposa de Donalsen queira nos ajudar.

Capítulo 13

Houve uma batida na porta de Leverton. Um gigante sardento, com o cabelo da cor da peruca de Eileen Bunce, irrompeu pela sala. Os cachos ruivos e pequenos eram tão incongruentes num homem daquele tamanho que Megan teve que reprimir um sorriso.

– Acabei de pegar a autorização de busca na casa de Rob Donalsen, senhor. – O homem se remexia, pouco à vontade, olhando para o chão. Megan percebeu seu constrangimento por ter que fazer uma busca na casa de um colega da polícia. – Há alguma coisa em particular que queira que o pessoal procure, senhor?

Leverton olhou para Megan.

– Uma câmera Polaroid – disse ela – e um pingente de trevo. Procure por quaisquer jóias, roupas ou objetos pessoais que possam ter sido tirados das vítimas.

– E material fotográfico? Revistas, vídeos, esse tipo de coisa? – perguntou Leverton.

– Sim. Especialmente qualquer coisa a ver com pornografia ou sadismo. Quem quer que tenha matado essas mulheres gosta de crueldade e humilhação, então qualquer coisa que vejam que reflita esse tipo de comportamento será extremamente útil.

O detetive terminou de fazer as anotações e correu para se juntar aos policiais da perícia que esperavam para explorar o apartamento de Donalsen.

Meia hora depois, Leverton encostou o carro na frente de uma casa em uma rua tranqüila, onde as luzes de Natal piscavam atrás das cortinas de renda. A neve tinha sido empurrada em montes cinzentos e irregulares nas calçadas e um boneco de neve com uma cabeça torta montava guarda em uma das faixas de grama que faziam as vezes de jardim.

Ao atender à porta, Helen Donalsen olhou para Leverton, depois seus olhos se dirigiram para Megan. O olhar de reconhecimento foi rapidamente seguido pela completa confusão.

– Desculpe aparecer de repente na sua casa, Helen – disse Leverton –, mas preciso conversar com você sobre uma coisa muito séria. – Ele parou por um momento, tentando avaliar a reação dela. – É sobre Rob. Podemos entrar?

– O que foi? O que aconteceu? Ele morreu? Não pode ter morrido. Eu vi a mãe dele hoje de manhã na Sainsbury's. – Ela se encostou na porta para se equilibrar e Megan percebeu como ela era magra.

Leverton colocou um braço no ombro dela, conduzindo-a para dentro.

– Não, não, claro que ele não morreu, querida. Não é por isso que estamos aqui. Precisamos lhe fazer algumas perguntas sobre Rob.

A mulher franziu a testa quando Leverton apresentou Megan.

– Esta é a Dra. Rhys...

– Eu sei. – Ela o interrompeu antes que ele pudesse explicar. Olhou para Megan com um misto de medo e desconfiança. – Eu vi o seu rosto no trailer daquele documentário que a BTV fez sobre você.

– Ah. – Megan não devia ter ficado surpresa, mas ainda achava enervante ser reconhecida por uma completa estranha.

– A Dra. Rhys está nos ajudando com a investigação do assassinato da mulher encontrada do lado de fora do prédio da BTV ontem. – Leverton falou enquanto se sentava em um sofá creme que parecia muito novo.

– O que Rob tem a ver com isso? E por que vocês me procuraram? Sabem que estamos separados, não é?

– Sim – respondeu Leverton. – Lamento ter que envolvê-la nisso, Helen, mas estamos prendendo Rob por suspeita de assassinato. Temos motivos para acreditar que ele possa ter matado a mulher.

Helen Donalsen encarou Leverton, sacudindo a cabeça. Seus lábios se moveram, mas não saiu nenhum som.

– Posso entender que isto seja um choque para você, Helen, mas precisamos lhe fazer algumas perguntas muito importantes sobre Rob. Entenda que ele não tem álibi para a noite do assassinato e temos uma testemunha que afirma tê-lo visto com a vítima na noite em que ela desapareceu.

– Ela era uma puta, não é? – A fúria transformou as feições da mulher. – O que eles estavam fazendo? Um boquete no banco da frente do carro da polícia? – Ela se virou para Megan. – Sabia que ele teve a coragem de me culpar por isso? Disse que eu o levei a isso quando o deixei. Ele não conseguia deixá-las em paz, o canalha sujo.

A mulher estava tremendo. Megan se perguntou por que Donalsen contara à esposa de suas ligações ilícitas com prostitutas. Se ele era o assassino, uma confissão dessas seria extremamente arriscada. Certamente não era o comportamento de um assassino serial calculista.

– Sra. Donalsen, não queremos saber por que a senhora e seu marido se separaram – disse Megan delicadamente. – Mas precisamos que nos diga se Rob já a ameaçou fisicamente de alguma maneira. – Megan se interrompeu, esperando que suas palavras não provocassem um ataque.

Helen Donalsen bufou.

– Rob, violento? Deve estar brincando... Ele é um covarde completo!

– Então ele nunca tentou machucá-la... Nem quando se separaram?

– De jeito nenhum. Ele é ridículo, um covarde total. Acho que entrou para a polícia porque pensava que o uniforme o deixaria mais durão. *Eu* é que bati nele uma vez... Foi a única maneira de fazer com que ele percebesse como as coisas estavam ruins entre nós. Ele não conversava, sabe? Não queria saber. Com os turnos de trabalho dele e eu trabalhando em horário integral não nos víamos muito. Depois consegui o emprego na BTV e comecei a sair com um monte de gente nova. Tentei convencer Rob a ir comigo, mas quando ele não estava trabalhando, só o que queria era ficar na frente da TV. No final, acabei conhecendo outro.

Ela olhava as luzes na pequena árvore de Natal prateada. Megan se perguntou onde estava esse novo namorado agora. Ela certamente não parecia uma mulher no ardor inicial de um relacionamento.

– Quando Rob lhe disse que estava se relacionando com prostitutas, o que exatamente ele contou? – perguntou Megan.

– Ele me falou que algumas eram bem interessantes e estavam simplesmente bastante dispostas a fazerem sexo em troca de não serem presas. Ele teve um enorme prazer em me contar como eram boas, como faziam tudo o que ele queria.

– Sentiu-se magoada quando ele disse isso?

– Não, na verdade não. – Houve um meio sorriso nos lábios de Helen Donalsen. – Eu quase ri quando ele falou. Ele sempre foi careta e chato. Eu era a única que tentava apimentar o casamento, sabe como é, variar um pouco. Não consegui acreditar quando ele apareceu com uma história de camisinhas com sabor.

Quando Megan e Leverton saíram, as cortinas tinham sido puxadas para as luzes fracas da rua e o boneco de neve assomava nas sombras como um corcunda monstruoso.

– O que acha? – Leverton olhou para Megan antes de arrancar com o carro.

– Quer uma resposta sincera?

– Não acha que foi ele?

– Da perspectiva comportamental, simplesmente não faz sentido. Não consigo aliar o que a esposa de Donalsen acabou de nos dizer com o quadro que formamos desde que o corpo de Natalie Bailey foi encontrado.

Leverton suspirou.

– Admito que Donalsen não parece o tipo de sádico cruel que estamos procurando, mas como sabe se ele não mudou? E se o fim do casamento o transformou numa pessoa completamente diferente?

– Ele não é desonesto o bastante, Martin. Donalsen é incapaz de esconder as emoções. Ele *disse* à esposa que estava saindo com prostitutas. Por quê? Para se vingar, pura e simplesmente. O homem que estamos procurando consegue sua vingança de uma forma muito mais calculada e distante. Como ele *não consegue* expressar seus sentimentos à pessoa que o aborreceu, joga sua raiva em vítimas inocentes.

Ela parou por um momento, mas Leverton não disse nada.

– Olha, Martin, acho que devemos dar uma olhada mais de perto na BTV.

Leverton grunhiu.

– E aquela lista de gigolôs que Donalsen deu a você? – insistiu Megan. – Tem alguém que bata com a lista de funcionários da BTV?

Leverton não respondeu. Ficou em silêncio pelo resto da viagem de volta à delegacia. Ao entrar no estacionamento, ele pegou o celular.

– Gerry? Alguma pista interessante? Hmmm, e o carro dele? Tudo bem. Me ligue se descobrir alguma coisa.

Ele se virou para Megan.

– Obrigada por vir hoje. Não há muito que possamos fazer até que o pessoal tenha terminado a busca no apartamento de Donalsen. A perícia vai analisar o carro dele e isso também vai levar algum tempo. Posso ligar para você amanhã de manhã?

– Claro – respondeu Megan, rígida. Cabeça-dura idiota, pensou ela. – Vou passar alguns dias na casa da minha irmã. Você tem o número.

Leverton assentiu e Megan saiu do carro. Seu próprio carro estava estacionado a algumas vagas e ela se afastou com um aceno rápido. O aceno desanimado foi retribuído com uma espiral de fumaça. Ele estava cansado e frustrado, e ela piorara as coisas. Justo quando ele pensava que estava chegando a alguma conclusão, ela dissera que ele estava tomando o rumo errado. O telefonema à perícia foi sua última tentativa de mostrar a ela que ele estava certo. Presumivelmente nada de interessante fora encontrado até agora.

Se ao menos ele parasse de ser um merda tão arrogante, pensou Megan enquanto mastigava ruidosamente algumas pastilhas

Malteser. Enquanto Leverton perdesse tempo com Donalsen, outro trabalho de detetive mais importante era ignorado.

Quatro mulheres estavam mortas. Quantas mais seriam sacrificadas por causa do ego de Leverton? Ela pensou na lista de funcionários da BTV que Leverton lhe dera. Era inútil sem a lista de gigolôs para comparar, pensou ela. Mas espere um minuto...

Ela ligou a seta, pegou a via expressa e seguiu em uma direção totalmente diferente. Havia outra maneira de verificar essa lista, e ela não ia para casa antes de tentar.

Megan não tinha certeza se seria capaz de encontrar Eileen Bunce. Ela seguiu devagar junto ao meio-fio pelas ruas mal iluminadas, onde fábricas assomavam como gigantes adormecidos, passando por pontos de ônibus onde grupos de mulheres se agarravam a sacos de compra disformes. Megan pôde ver pés congelados de peru, tufos de papel dourado e os olhos vidrados de uma boneca que se projetava de suas sacolas plásticas.

Onde estava a mulher? Onde costumava ficar? Megan xingou a si mesma por não ter perguntado no interrogatório.

Ela ficou tentada a perguntar a uma das muitas prostitutas por que passou enquanto andava pela zona de prostituição. Mas era Eileen que realmente queria. Eileen era, como Costello cochichara a caminho da sala de interrogatório, a prostituta mais velha na zona; aquela que provavelmente tinha o conhecimento de que Megan precisava.

De repente ela viu algo que a fez encostar no meio-fio e manobrar rapidamente. Um lampejo de ruivo debaixo de um poste – seria ela?

Megan emparelhou com a mulher que andava pela rua. Ao som do carro que se aproximava devagar, Eileen Bunce instintivamente virou a cabeça. Megan abriu a janela do carona.

– Quer um serviço, querido? – disse Eileen enquanto se aproximava do carro. Antes que Megan pudesse dizer alguma coisa, ela viu a expressão da mulher mudar para repulsa. – Ah! É você! Que diabos quer comigo desta vez?

– Preciso falar com você, é só isso. – Megan parou, pegando a carteira na bolsa. – Vou pagar pelo seu tempo, é claro.

Eileen a encarou com um jeito de completo desdém e depois, com um olhar rápido de um lado a outro da rua, abriu a porta do carona e entrou.

– Trinta libras e mais um hambúrguer – disse ela, quando Megan explicou o que queria.

Acabaram sendo as trinta libras mais mal gastas da vida de Megan. Elas ficaram sentadas no estacionamento de um McDonald's e enquanto Eileen enchia a pança, Megan recitou a lista de 43 nomes de homens que trabalhavam na alimentação, segurança e limpeza da BTV.

– Desculpe, querida – disse Eileen, manchando de batom um guardanapo de papel ao limpar a boca.

Megan suspirou.

– Tem certeza absoluta? Quero dizer, espero que não esteja se apressando. A vida de alguém pode estar em perigo aqui. – Ela olhou nos olhos de Eileen. – A sua, talvez.

Eileen Bunce ergueu as sobrancelhas, despreocupada.

– Não me venha com essa. Eles indiciaram aquele merdinha, não foi? Não deixariam ele solto, mesmo que não tivessem feito nada.

– Se está falando do sargento Donalsen, ele está sendo detido para interrogatório mas ninguém o acusou de nada ainda – respondeu Megan. – Estava indo para o seu ponto quando a encontrei?

– Estava. Por que a pergunta?

– Vou deixar você lá. – Megan ligou o motor. – Quero que me mostre exatamente onde Maria Fellowes costumava ficar.

O ponto de Eileen Bunce era literalmente a esquina da Inkerman Place, local de desova do corpo de Donna Fieldhouse. Eileen disse ter visto Donna na área muitas vezes, mas nunca notara nenhum sinal de gigolô.

– Era lá que a Maria costumava fazer ponto, coitadinha. – Ela apontou o polegar para uma oficina de pneus a algumas centenas de metros na rua. – O canalha realmente decepou os pés dela?

Megan assentiu. Ela percebeu o lampejo de faróis no retrovisor. Um carro estava parando atrás delas. Eileen virou o pescoço no apoio de cabeça.

– Meu Deus... A droga do carro da Costumes! – ela grunhiu um riso. – Quero ver os desgraçados tentarem me acusar por isso!

Megan baixou a janela. O rosto de PC Costello estava a centímetros do dela, uma expressão desnorteada.

– Desculpe, senhora. Não reconheci seu carro. – Ele olhou para Eileen antes de endireitar o corpo. Pelo canto do olho, Megan viu que ela piscava para ele.

– Lindinho – Eileen olhou para ele de lado enquanto ele voltava ao carro. – Se eu fosse vinte anos mais nova...

– Olha – rebateu Megan enquanto Eileen puxava a maçaneta da porta. – Vou lhe dar mais dez se você repassar o que me disse esta manhã mais uma vez. – A mulher lançou a Megan o tipo de olhar piedoso que podia ser dirigido a um retardado. Megan tirou outra nota da carteira e a estendeu.

– Vai em frente, então – Eileen pegou a nota da mão dela e a enfiou no cinto de dinheiro.

– Tudo bem – disse Megan. – Quero que me conte exatamente onde você foi depois que viu o sargento Donalsen e Maria fazendo sexo no carro da polícia.

– Voltei ao ponto, onde mais iria? – Eileen fazia aquele olhar de piedade de novo. – Como eu lhe disse, aquele cliente me pegou logo depois de eu ver Donalsen sair com Maria. Encostamos na Prole Street, mas quando o bobalhão viu o carro da Costumes, mudou de idéia e me fez sair. Então depois tive que voltar a pé para meu ponto. Por que está me perguntando tudo isso?

– Preciso saber exatamente quando Maria Fellowes desapareceu. Tem certeza de que voltou direto depois de ver o sargento Donalsen com Maria?

– É claro que tenho! Eu não ia ficar zanzando por aí depois que aquele cretino idiota me expulsou do carro... Me custou pelo menos quarenta pratas de serviço perdido.

– O que aconteceu quando voltou ao ponto?

– Tive sorte. Consegui um cliente bem rápido. Só tive que esperar uns cinco minutos.

– E quanto tempo ficou com ele?

– Mais do que o normal. Ele queria tanta coisa que o levei para a minha casa. Acho que durou quase 45 minutos. Cinqüenta pratas, foi o que ganhei.

– O que aconteceu depois disso? Voltou para o ponto?

– É. Tive um último cliente, depois encerrei a noite.

Megan pensou por um momento.

– Então, em tese, Maria Fellowes podia ter voltado para o ponto depois de ter feito sexo com o sargento Donalsen e você não tê-la visto?

Eileen Bunce franziu os lábios.

– Acho que sim.

– A que horas ela costumava ir para casa?

– Variava. Dependia de quanto serviço fazia.

– E presumivelmente ela teria perdido dinheiro enquanto estava com o sargento?

– Exatamente. Não foi a primeira vez, sabe como é. Eu o vi com ela antes. E ela nem era a única.

– E você, Eileen? – perguntou Megan. – Ele já lhe pediu sexo?

A mulher soltou uma risada gutural.

– Eu não, querida, graças a Deus. Ele só gosta das novinhas.

– E por que você não o entregou antes? Quero dizer, se era de conhecimento de todos que ele estava abusando do cargo, por que você ou uma das outras mulheres não deu queixa?

– A quem? – Eileen encarou Megan com um ar de desafio. – Quem diabos ia dar ouvidos a gente como eu? É por isso que ele fazia... Porque sabia que podia se safar.

– Mas quando você soube que Maria estava morta, decidiu fazer isso?

Eileen assentiu.

Megan analisou o rosto da mulher, perguntando-se se podia acreditar nela. Evidentemente não havia afeto entre Eileen Bunce e Maria Fellowes. O que levou Eileen a se aproximar de PC Costello? Simpatia? Necessidade de proteção? Ou outra coisa?

Naquele momento, Megan não tinha alternativa a não ser aceitar o que ela dizia.

– Só mais uma coisa antes de você ir. Há mais alguém por aqui que possa ter visto Maria, se ela tivesse voltado ao ponto naquela noite?

Eileen Bunce sacudiu a cabeça.

– Não. – Ela gesticulou para os prédios escuros e as cercas de arame farpado que ladeavam a rua. – Olhe em volta de você. Este lugar fica morto à noite.

– E as pessoas da ronda da sopa?

– Não. Só aparecem nas quintas e sábados.

Megan pensou no que Eileen Bunce dissera enquanto voltava para o centro da cidade. Ele matou duas mulheres em um curto espaço de tempo. E de uma forma muito organizada. Nenhum sinal de pressa. Ela estremeceu. Este homem não ia parar a não ser que o pegassem. E se seus instintos estivessem corretos, a polícia não estava mais perto do que antes.

Precisava ir para casa e fazer a mala antes de ir para a casa de Ceri. A rua estava cheia de carros e ela teve que estacionar a alguma distância da casa. Sua bolsa caiu do banco do carona e metade do conteúdo se espalhou pelo chão. Com um suspiro de frustração, ela acendeu a luz interna e começou a recolocar as coisas na bolsa. Enquanto voltava a seu banco, percebeu os dois cartões de Natal, ainda fechados, que pegara no escaninho na noite anterior.

O primeiro era de um chefe de polícia com quem trabalhara na Escócia no final do verão. O segundo estava em um envelope vermelho e ela percebeu que não havia selo. Nem endereço, simplesmente "Dra. Megan Rhys" escrito à mão, na frente. Era uma foto do prédio da BTV margeada por motivos festivos. Com uma letra dourada em alto-relevo, estavam as palavras, "Boas Festas de todos da BTV". Quando Megan viu o que estava rabiscado embaixo, seu corpo gelou.

Espero que tenha gostado do frango – não vejo a hora de lhe dar seu verdadeiro presente.

Megan sentiu náusea. Seu primeiro instinto foi rasgar o cartão em pedacinhos e atirá-lo no bueiro. Em vez disso, ela o recolocou cuidadosamente no envelope. Pegou o celular e vasculhou a bolsa em busca da agenda.

– Alô, Eric? – Ela respirou fundo, o coração aos saltos.

– Doutora Rhys? – Ele dava a impressão de estar comendo alguma coisa e ela podia ouvir a televisão ao fundo.

– Desculpe telefonar para sua casa, mas recebi um cartão de Natal muito estranho. – Ela parou, tentando afugentar o pânico da voz. – Queria descobrir quem o mandou. Deve ter sido entregue em mãos ontem, porque não tem selo.

– Quer dizer aquele do envelope vermelho?

– Sim. Sabe quem o levou?

– Um dos faxineiros o encontrou no banheiro dos homens ontem à tarde.

– Ah... Que coisa estranha. – Sua mente disparava. No *banheiro*? Por que o colocaram ali? – Viu alguém que possa ter deixado lá? Quero dizer, havia alguém além dos alunos ou dos funcionários no prédio ontem?

– Não que eu saiba; eu fiquei fora na maior parte da tarde, no médico. Alf estava de serviço, não eu.

– Tem o número da casa dele?

– Tenho, mas não vai conseguir falar com ele lá. Ele foi passar o Natal em Sheffield. Só vai voltar depois do ano-novo.

Megan mordeu o lábio.

– Tudo bem, obrigada assim mesmo, Eric. Bom Natal para você. Tchau.

Tremendo, ela saiu do carro. Não contara a ninguém sobre o frango podre. Quem mandou este cartão tinha entrado em sua casa. Ficou parada na calçada, o medo revirando seu estômago. Não queria entrar. Isso é loucura, disse a si mesma. Alguém está tentando assustar você. Não pode deixar que ele vença.

Ela andou decidida pela rua, respirando fundo o ar gelado da noite. Depois viu uma coisa que a fez parar de imediato.

A luz do hall estava acesa.

Será que havia deixado acesa hoje de manhã? Talvez Patrick tenha acendido e se esquecera de apagar quando saiu.

Engolindo em seco, ela se esgueirou pela porta. Podia ouvir a televisão. Patrick nunca teria deixado ligada. Alguém estava na sala. Enquanto ela espiava pelo vidro, apareceu um rosto. Ela se agarrou à maçaneta, fraca de choque.

– Megan!

Era Tony. Andando para a porta com um cigarro na mão, parecia que nunca tinha ido embora. Ele abriu a porta e ela passou por ele, empurrando-o.

– Que diabos está fazendo aqui? Quase me matou de susto!

– O que é isso, Megan, onde está seu espírito festivo? Só vim aqui para lhe desejar um feliz Natal.

– Não precisava se incomodar – respondeu Megan, desejando ter trocado as fechaduras. – Não devia estar com a Clare? Imagino que esteja prestes a dar à luz.

Tony parou por um momento, dando um trago no cigarro. Megan se perguntou se tinha roubado a cena dele. Talvez este tenha sido o propósito da visita; informar-lhe de sua paternidade iminente. Se assim fosse, o senso de oportunidade dele era apavorante.

– Então sabe sobre o bebê? – Ele parecia uma criança pega aprontando atrás da porta.

– Sim... Sei disso há séculos. – Megan manteve a voz o mais fria e calma que pôde. – Realmente pensou que podia manter uma coisa dessas em segredo, não é?

– Acho que o Neil contou a você. Achei mesmo que faria isso.

– Não, não contou.

– Ah?

Megan não ia dar a ele a satisfação de ouvir como foi que descobriu.

– Foi para isso que você veio? – Ela tirou o casaco e caminhou para a escada. – Só que tenho que fazer minhas malas... Vou passar o Natal fora.

– Ah – disse ele de novo, lembrando a Megan um peixe de aquário. – Com quem?

– Não é da sua conta. – Ela pegou o casaco do gancho na parede e o colocou na mão livre.

– Meg, espere. Podemos sentar e conversar por um minuto?

– Sobre o quê? Você não devia estar em casa fazendo exercícios respiratórios ou coisas do tipo?

– É esse o problema. Não quero ir para lá agora.

Ela hesitou.

– De que diabos está falando?

– Foi por isso que vim procurar você. Preciso conversar com você, Megan. É demais, tudo... Clare mudou... Eu nem tenho certeza se posso ser pai... – Ele voltou à sala e se jogou no sofá. Apagou o cigarro e imediatamente acendeu outro.

Megan ficou imóvel, em choque, no hall, perguntando-se se tinha ouvido direito.

– Meg! – Era quase um gemido. – Venha cá e converse comigo, Meg... Por favor!

Sacudindo a cabeça, Megan entrou na sala num rompante.

– Seu cretino egoísta! Seu desgraçado, covarde! Vem aqui, dois dias antes do Natal, com sua namorada prestes a dar à luz, lamentando por não ser capaz de lidar com suas responsabilidades. O que diabos está esperando que eu faça? Recebê-lo de volta de braços abertos, chorando, "Volte, Tony, está tudo perdoado"?

– Puxa, Meg. Posso entender sua irritação com o bebê...

– Irritação? Vou te dizer o que é... Eu lamento pelo coitadinho que terá você como pai! – Ela pegou o braço dele, puxando-o do sofá, e o empurrou para a porta. – Fora, saia daqui! Volte para sua namorada e comece a encarar suas responsabilidades!

– Mas Meg, é você que eu quero. Agora entendo isso. Os problemas que tivemos... Eu devia ter sido mais compreensivo.

Ele se virou para ela, mas ela o empurrou. Abrindo a porta da frente, ela ficou parada com o braço esticado, apontando para a rua.

– Fora, vá embora! E não ouse voltar... Nunca... Seu covarde ridículo!

Bateu a porta nas costas dele e correu para cima. Atirando-se na cama, enterrou a cabeça no travesseiro e chorou.

– Por que está chorando? – disse ela em voz alta entre os soluços. – Não por esse canalha imbecil. Ele não vale isso!

Ainda tremendo, ela seguiu cambaleando até o banheiro e jogou água fria no rosto.

– É o bebê, não é? – disse ela ao reflexo no espelho. – Não o bebê dele... O *seu* bebê. – Ela se enroscou e desabou no chão do banheiro, abraçando uma toalha. As lágrimas jorraram; lágrimas de anos e anos passados.

Ela sabia quanto tempo tinha ficado ali quando o telefone tocou.

– Megan, está tudo bem? Estamos esperando você há horas. – Era Ceri.

– Desculpe – disse Megan, tentando fazer com que a voz parecesse normal. – Quando voltei encontrei Tony aqui.

– Não diga! O que ele queria?

– Ah, na verdade nada. – Megan não conseguia impedir que a voz falhasse.

– Ah, Meg! O cretino disse alguma coisa que aborreceu você? Nem tente dirigir. Vou já para aí e pego você.

– Não, está tudo bem. Eu estou bem agora, é sério. Vou para a sua casa. Só tenho que colocar algumas coisas na mala.

– Tem certeza?

– Tenho. Isso é ridículo, você sabe – disse ela, rindo através das lágrimas. – Eu é que devia estar cuidando de você. Aposto que mal dormiu nas últimas noites.

– Não se preocupe comigo. Só venha para cá o mais rápido que puder. Emily quer que leia uma história para ela dormir... Ela disse que você lê melhor do que eu.

A garota era uma visão patética. Magricela, com cabelo louro gorduroso que parecia não ser lavado há semanas. E ela se retorcia. De pé na delegacia, não conseguia ficar quieta. Havia alguma coisa que o sargento da recepção vira muitas vezes antes. O ritmo nervoso e hiperativo de um viciado em crack.

Ela não parecia ter idade para dirigir um carro. Não surpreende que os rapazes que dirigiam bêbados fizessem sinais para ela.

– Não vai me indiciar, vai? Eu não sabia que ele estava ali... É sério! Só peguei o carro. Eu não sabia que ele estava ali! – A voz dela se elevou a um sussurro agudo enquanto ela andava de um lado para outro na frente da mesa.

– No seu lugar, eu sentaria – respondeu o sargento em um tom de voz calmo. – Acho que terá uma longa noite aqui.

Capítulo 14

Megan estava feliz por estar na casa da irmã. Sentia-se segura. Segura contra quem mandou aquele cartão de Natal apavorante. Poderia ter sido Tony? Parte dela queria acreditar nisso. Mas o frango na geladeira – por que ele faria uma coisa doentia dessas? Será que realmente pensava que podia *amedrontá-la* para que o recebesse de volta? No fundo, ela sabia que estava se prendendo a insignificâncias. Tony podia ser um covarde, mas não era rancoroso. Isso foi obra de alguém sórdido. *Não vejo a hora de lhe dar seu verdadeiro presente*. Que diabos isso significava? Ela pensou por um momento. E se não fosse um homem? E se fosse Clare? E se ela soubesse da mudança de intenções de Tony e quisesse se vingar? Era muito fácil para ela pegar a chave dele. Megan franziu o cenho. De certa forma, ela esperava que *fosse mesmo* Clare. A idéia da namorada de Tony rondando a casa era bem menos apavorante do que a outra possibilidade. Aquela em que ela tentava não pensar.

Ela olhou o sobrinho, que dormia tranqüilamente no berço. O que quer que o remetente do cartão tivesse em mente, ia se decepcionar. Ela não estaria lá no Natal e ninguém – além de Leverton – sabia onde estava.

– Tem certeza de que não quer ir para a cama? – perguntou Ceri. – Posso assumir agora, se preferir.

Megan se espreguiçou.

– Posso continuar de pé. Só faltam algumas horas para Emily acordar. De qualquer forma, não acho que vá conseguir dormir. Enquanto estava com Joe, fiquei pensando no caso em que estou trabalhando; não consigo parar de remoê-lo. – Ela não ia contar à irmã sobre o outro assunto que estava em sua mente. Não tinha sentido preocupá-la.

– Neil me falou da mulher que encontraram no estacionamento. Parecia horrível. Acho que o caso realmente o chocou porque ele não sabia de nada, até ver na TV, quando voltava do hospital. Ele telefonou para a redação e contaram os detalhes sórdidos. A polícia está ligando este crime às outras mortes?

– Sim. Estão sendo muito cuidadosos quanto ao que dizem à imprensa porque estão preocupados com imitadores. Sabe como é... Uns sujeitos que se fartam da esposa usando o mesmo *modus operandi* de um assassino serial e se safam depois.

– Alguma idéia de quem é o assassino?

– Esse é um ponto sensível – respondeu Megan. – Digamos que o sujeito responsável pela investigação não está sendo tão útil como poderia ser.

– Qual é o nome dele?

– Martin Leverton.

– Eu o entrevistei anos atrás. – Ceri franziu a testa. – Deve ter sido antes do caso do estuprador do metrô. Meio vaselina.

– Hmmmm. Bom, até agora, ele tem sido muito encantador comigo. Até me convidou para tomar um drinque. Eu não fui, é claro, mas ele é muito perturbador. É como se estivesse me observando o tempo todo, me avaliando. Quando falo o que quer ouvir, não basta para ele, mas se digo alguma coisa que não encaixa com a visão que ele tem dos fatos, ele simplesmente me dispensa.

– Ele é casado?

– Pelo que sei, é. Mas nunca fala na mulher nem em filhos.

– Se fosse você, Meg, me afastaria dele. Me pareceu muito malicioso.

– A questão não é essa. – Megan pegou um dos ursinhos de pelúcia de Joe e amarrou de novo a gravata no pescoço do brinquedo. – Ele está perdendo um tempo valioso. Outra mulher pode ser morta enquanto ele está zanzando por aí. – Ela sentia raiva. E impotência. O que podia fazer além de se arriscar na zona de prostituição sozinha? – Mas e aí – ela se virou para a irmã –, como vão as coisas entre você e Neil? Queria te perguntar sobre isso desde que cheguei aqui.

Ceri mordeu o lábio e desviou os olhos. Megan a ouviu respirar fundo.

– O que aconteceu, Ceri?

– Tudo e nada, na verdade. – Megan podia ver o lábio inferior da irmã tremendo. – Tivemos muito tempo para conversar no hospital e... bem... veio todo tipo de coisa à tona.

– Como assim?

– Perguntei diretamente se ele estava tendo um caso. Revelei todos os detalhes que me deixaram desconfiada e disse que não conseguia pensar numa explicação inocente para eles.

– E?

– Ele ficou totalmente pasmo. Sempre foi um mentiroso irremediável. Admitiu que gostou daquela mulher no trabalho e disse que sempre a paquerou, mas que até recentemente não havia nada.

"Disse que no verão passado, quando eu estava grávida de Joe, ele se sentia claustrofóbico. Costumava sair para almoçar com esta mulher e achava muito fácil conversar com ela. – Os nós dos dedos de Ceri estavam brancos enquanto ela abraçava os joelhos. – Evidentemente, ele tentou seduzi-la, mas ela disse para ele se danar, porque ele era casado.

– Puxa, Ceri! – Megan pôs os braços nos ombros erguidos da irmã.

– Por que ele não falou comigo? – Ceri chorava. – Será que sou tão chata que não sou mais digna de uma conversa?

– É claro que não! – Megan tentou manter a voz baixa, para não acordar Joe. – Não é sua culpa que isto tenha acontecido. Estou surpresa por você não ter se separado dele.

– Como posso fazer isso, Meg? Mal consigo cuidar de Joe e Emily sozinha. Já é bem difícil quando há um casal. E depois, ele vem fazendo um esforço enorme nos últimos dias.

– O que ele disse, então? Depois de admitir tudo?

– Disse que a ida de Joe para o hospital o fez pensar nas prioridades. Ele percebeu como as crianças eram importantes para ele e prometeu tentar ao máximo com elas. E comigo.

"Começamos a conversar sobre como nossa vida era antigamente e eu disse que ele só me amou de verdade quando eu estava em uma profissão glamourosa e empolgante. – Ela olhou para Megan, os olhos tomados de lágrimas.

"Disse que se sentia culpado por eu ter perdido minha carreira e que não conseguia suportar a responsabilidade disso. Toda vez que ele chegava em casa e me ouvia reclamando das crianças, sua dor aumentava. Posso entender, de certa forma. Eu estava constantemente me queixando com ele sobre as crianças e o trabalho na casa, mas foi opção minha deixar o emprego. Não posso culpá-lo totalmente por não querer ficar comigo.

Megan franziu o cenho, perguntando-se se devia contar a Ceri o que tinha acontecido na quinta à noite. Se ela e Neil realmente iam ter um recomeço, raciocinou ela, não devia haver mais segredos.

– Ceri, tem uma coisa que preciso lhe contar. Não deve ser nada, mas é sobre o Neil.

– O que é? – Megan ouviu o medo voltar à voz da irmã.

– Bom, ele me pediu para cuidar de Emily na quinta-feira à noite porque você precisava ficar no hospital...

– Ah, sim. – O rosto de Ceri relaxou. – A festa da BTV na Elizabeth. Ele disse que foi muito chata.

– Ah – disse Megan, confusa. – Foi na casa de alguém? Eu... tive a impressão de que ele ia a um restaurante.

– A Elizabeth *é* um restaurante... Não conhece? Já fomos muito lá. É todo orgânico. Um monte de pratos de vegetais.

– Não... Nunca ouvi falar dele. – Uma onda enorme de alívio a tomou. – É novo?

– É. Abriu há alguns meses. Neil recebeu um convite para um almoço para a imprensa.

– Você vai achar que sou uma idiota, mas quando Emily disse que o Neil ia na Elizabeth, eu pensei que Elizabeth era uma mulher com quem ele estava se encontrando.

– Ah, Meg! Coitadinha! – Era um alívio ver Ceri rindo, para variar.

– Eu liguei a TV enquanto ele estava fora e o locutor do noticiário da BTV disse que uma mulher chamada Elizabeth ia transmitir o noticiário na manhã seguinte.

– Elizabeth Dawson! E você pensou que fosse ela! – A gargalhada de Ceri ficou mais alta e Joe se remexeu no berço.

– Shhhh! – sibilou Megan, batendo a mão na boca.

Elas ficaram sentadas, tremendo num riso silencioso, até que o som de pés andando pelo patamar da escada fez com que as duas se virassem. Emily apareceu de pijama na porta.

– Tia Megan, lê outra história para mim?

Megan se levantou toda rígida do chão.

– Vamos – disse ela, bocejando. – Acho que você é que pode ler uma para mim!

Ceri teve que sacudir a irmã para conseguir acordá-la.

– Megan, telefone para você. É Martin Leverton... Disse que é urgente.

Megan gemeu.

– Que horas são?

– São 10h30. Eu queria que você dormisse à vontade depois de ontem à noite, mas ele disse que precisa falar com você agora.

Megan pulou da cama e cambaleou pela porta.

– Atenda no nosso quarto – disse Ceri atrás dela. Megan pegou o fone e se empoleirou no lado desfeito da cama de Ceri e Neil.

– Alô?

– Megan? Desculpe por tirá-la da cama... Sua irmã me disse que você passou metade da noite com o bebê... Mas pensei que gostaria de ouvir as boas novas. Pegamos o gigolô!

– O quê? Como?

– A polícia de Warwickshire deteve uma jovem por suspeita de dirigir embriagada ontem à noite. Pensaram que ela podia estar drogada, então deram uma busca no carro, e adivinha o que acharam na mala: o corpo de um homem!

– O corpo de um *homem*? Quer dizer o gigolô morto?

– Sim. A polícia de Warwickshire identificou um endereço em Birmingham pelo registro do carro. Eles nos chamaram para ver se tínhamos alguma informação sobre ele. Costello estava de serviço e conseguiu tudo de imediato. Seu nome é Gianfranco Rossi e ele está na lista de gigolôs que Donalsen nos deu.

– Descobriram alguma coisa na casa dele que o ligue aos assassinatos?

– É uma mina de ouro. Revistas pornográficas, fotos de Delva Lobelo, até achamos o cinto de dinheiro de Maria Fellowes com uma foto daquele filhinho dela ainda lá dentro.

– Então como foi que ele terminou morto na mala do próprio carro? E quem era a garota que estava dirigindo?

– Achamos que ela é uma prostituta. Ela nega saber de qualquer coisa relacionada com a presença do corpo na mala. Disse que ia para casa dele ontem à tarde para comprar crack e achou a casa vazia e a chave do carro na mesa da cozinha. Disse que decidiu levar o carro dele, ir até Londres e vendê-lo. Ela foi detida dirigindo pela pista lenta da M142.

– Então ela era outra das jovens que fugiram dele?

– Parece que sim. Ela só tem 16 anos. É uma surpresa que não tenha batido o carro.

– Acha que ela sabe quem é o outro assassino?

– Espero que sim. É o que queria perguntar a você, na verdade. Estou levando Costello a Leamington para identificar o corpo. Quer vir conosco e interrogar a garota?

– Quero. Devo encontrar você lá? Posso pegar a M54 daqui. Vai ser mais rápido do que tentar chegar ao centro de Birmingham.

– Tudo bem. A que horas acha que vai chegar lá?

Megan olhou o relógio na mesa de cabeceira.

– Mais ou menos 12h, acho.

– Tudo bem... Vejo você lá. Pode me achar no celular, se ficar presa no trânsito.

O necrotério ficava perto da delegacia e Leverton decidiu dar uma olhada no corpo antes de interrogar a garota. O patologista os recebeu na porta.

– Há quanto tempo ele morreu? – perguntou Leverton.

– Há pelo menos 24 horas... Não posso ser mais preciso do que isso agora.

– Como foi que morreu?

– Não posso ter certeza antes de fazer a necropsia. Há perfurações, mas parecem muito superficiais. Não há muito sangue na mala do carro. Quer dar uma olhada?

Megan não conseguiu acreditar no que via.

– Meu Deus! – Ela sacudiu a cabeça.

– Você o conhece? – Foi a vez de Leverton se surpreender.

– Ele é um dos seguranças da BTV. – Ela olhou para Leverton incisivamente. – Estava na recepção quando fui lá na segunda passada. – Megan pensou na lista de nomes que tinha recitado para Eileen Bunce. Tinha certeza de que o nome deste homem não estava na lista e não entendia por quê.

Ela fitou a face sem sangue, os lábios repuxados em um esgar melancólico. Os dentes eram amarelo-acinzentados. De onde ela estava, podia ver o desgaste no alto dos incisivos inferiores. Reparou no cabelo dele. Era bem grosso, preto e ondulado, mas ficava grisalho nas têmporas. Os olhos desceram pelo corpo pálido, passando pelos genitais murchos, até os pés. As unhas dos pés eram compridas e sujas. A idéia deste homem fazendo sexo com garotas que mal saíram da infância lhe deu ânsia de vômito.

Leverton se virou para Costello.

– É este o sujeito que temos em nossos arquivos?

– Sim, senhor. – Costello tirou uma foto do bolso e a colocou ao lado do rosto do cadáver.

Leverton assoviou.

– Bom, Megan, você acertou na mosca com o perfil deste aqui; idade certa, endereço certo, emprego certo... Até o carro certo!

– O Ford Sierra velho?

– É. A perícia o está desmontando agora.

Então por que você não me ouviu antes, seu idiota paternalista?, pensou Megan. Ela não conseguia acreditar que Leverton estava sendo tão desdenhoso com tudo isso. Parecia não se perturbar com o fato de que a identidade deste homem tinha sido descoberta por uma coincidência feliz e que uma equipe de detetives numa busca na BTV não tivesse sido capaz de capturá-lo.

– Engraçado – disse Leverton. – É um nome diferente, não é? É de se pensar que eu me lembraria de um nome desses. Eu vi uma lista de seguranças na noite em que o corpo de Maria Fellowes foi encontrado, mas não me lembro de Gianfranco Rossi. Vamos lá descobrir o que essa Samantha tem a dizer sobre ele.

Para Megan, a sala de interrogatório parecia sufocante de tão quente e apertada, mas a garota estava sentada encolhida em um canto, abraçando-se como se estivesse congelando de frio. Ela parecia muito mais nova do que seus 16 anos.

A garota riu quando Leverton perguntou se ela sabia quem era o sargento Donalsen, chamando-o de "aquele doidão". Quando solicitada a explicar o que queria dizer com aquilo, ela se calou.

Megan tentou outra estratégia.

– Samantha, qual era o nome do homem que a polícia encontrou no carro que estava dirigindo?

A garota fungou alto. Encarou Megan com os olhos vazios.

– Vocês não deviam ter deduzido isso sozinhos? – grunhiu ela. – Têm o numero do registro, porra.

– Temos o nome do homem que é dono do carro – prosseguiu Megan. – Mas no momento não temos uma prova clara de que o corpo que a polícia encontrou é do mesmo homem. – Pelo canto dos olhos, Megan viu Leverton franzir o cenho.

– É claro que era Franco! – retorquiu a garota. – Tive o maior choque quando abriram a mala do carro.

Megan parou por um momento.

– Disse que teve um choque. Sentiu alguma outra coisa?

– Como assim?

– Ficou triste por ele ter morrido?

– Deve estar brincando! – A garota se reprimiu, percebendo a impressão dada por suas palavras. – Eu não quis dizer isso. – Ela torceu uma mecha de cabelo no dedo. – Eu não gostava dele, mas não ia desejar isso.

– Por que não gostava dele?

A garota encarou o teto, chupando o cabelo entre os dedos. Por fim, falou.

– Ele me usava, né?

– Usava você?

– É. Quando eu estava no orfanato, ele costumava esperar por mim na calçada. No começo ele era ótimo... Me levava para a balada e essas coisas, e comprava roupas pra mim. – Ela parou, olhando Megan nos olhos pela primeira vez desde o início do interrogatório. Sua expressão era desolada. – Ele me disse que me amava e eu caí nessa, a idiota. Eu me mudei para a casa dele na véspera do meu aniversário e uma semana depois ele me colocou na rua. Eu o odiava por isso.

Megan podia ver as lágrimas nos cantos dos olhos da menina. Ela agora deixava de encarar Megan e olhava algum ponto na parede.

– É como se alguém lhe desse um bolo de aniversário grande – disse ela num sussurro – e depois o esmagasse na sua cara.

– Ele a machucou, Samantha? – disse Megan delicadamente. – Quero dizer, ele bateu em você ou algum amigo dele a ameaçou de alguma maneira?

Os olhos da menina voltaram a encarar Megan.

– Amigos? Franco não tinha amigos. As pessoas só apareciam quando queriam comprar um. Nunca vi ninguém, porque eu ou estava dormindo ou trabalhando quando iam lá.

– E Franco? – continuou Megan. – Ele batia em você?

– Não precisava, né? – A garota afrouxou a mexa molhada de cabelo, deixando-a cair mole pelo rosto.

– O que quer dizer?

– Ele tinha uma faca bem grande. Quando eu disse a ele que não ia mais para a rua, ele a colocou na minha garganta e disse que ia me matar se eu não fizesse o que ele queria.

– Mas você fugiu dele?

– Sim. Uma mulher, que costumava andar pela zona distribuindo camisinhas, disse que podia me colocar num abrigo.

– Quando foi isso?

– Ah, há séculos.

– Pode se lembrar do mês?

– Tá. Foi em outubro. – Sua boca se retorceu quase num sorriso. – Na noite de Halloween; sabe como é, gostosuras ou travessuras.

– Há quanto tempo você estava com Franco quando foi embora?

– Não muito; só um mês, mais ou menos, eu acho. – Ela estremeceu e começou a se balançar de leve na cadeira.

– O que aconteceu quando você foi para o abrigo? Ele tentou te tirar de lá?

– Ele apareceu algumas vezes, sim. Batia na porta e gritava como um louco. Mas logo achou outra pessoa. Não precisava mais de mim, então ele parou de me incomodar. O problema era que eu precisava dele. – Ela fungou alto e estremeceu de novo.

Megan se perguntou o que ela queria dizer com isso.

– Você ainda estava apaixonada por ele, Samantha?

– Meu Deus, não! Eram as pedras, cara! Eu precisava das pedras, como preciso de uma agora! – A garota pulou da cadeira e começou a andar de um lado para o outro. Seus olhos estavam irrequietos. O médico da polícia foi chamado e o interrogatório foi suspenso. Enquanto caminhava pelo corredor, Megan podia ouvir Samantha gemendo como uma criança.

– E então? – Leverton se inclinou por sobre uma das mesas na sala de interrogatório. Ele e Costello olhavam para Megan. Pareciam crianças vendo um mágico. E sim, ela estava com um coelho na cartola, mas ele não sairia dali só para agradar aos dois.

– Franco – disse ela simplesmente. – Ela o chamou de Franco.

– Isso lhe diz alguma coisa? – Leverton franziu a testa.

– Diz – falou Megan, frustrada e com raiva. Se tivessem lhe dado as duas listas juntas, talvez ela percebesse isso antes. – Acho que sim. Imagino que não tenha uma cópia daquela lista dos funcionários da BTV, têm?

– Já chegou? – ladrou Leverton para Costello.

– Não, senhor. Eu pedi que mandassem por fax com urgência.

– Eu tenho uma. – Ela pegou a lista de nomes da bolsa, olhando as páginas. – É ele. – Ela apontou um nome no final de uma das páginas. – Aposto o que quiser. Frank Ross: Gianfranco Rossi!

Megan estendeu a lista e Leverton a olhou, assentindo sem dizer nada enquanto ela a pegava de volta.

– Por que o nome tem um "F" ao lado? – perguntou Megan.

– Ele estava de licença quando o corpo de Maria Fellowes foi largado lá – disse Costello. – Não conseguimos falar com ele por telefone, então imaginamos que ia passar o Natal fora.

– Obviamente ele foi morto antes de ter essa oportunidade – acrescentou Leverton. – Imagino há quanto tempo estava naquela mala. Mais de 24 horas, segundo o patologista; então pode ter sido assassinado logo depois de desovar o corpo de Maria Fellowes. A última coisa que devia ter feito era chamar atenção para o lugar onde trabalhava, por isso largou o corpo no estacionamento. Donalsen deve ter entrado em pânico quando descobriu e concluiu que Frank era um risco alto demais. O fato de a esposa dele trabalhar ali o deixaria num pânico ainda maior. – Ele olhou para Megan. – Você estava lá quando contamos a ele sobre Maria Fellowes, não estava?

Megan assentiu, a irritação contorcendo seus lábios.

– Depois disso ele foi para casa. Pode muito bem ter procurado por Franco e o matado. Acho que ele colocou o corpo na mala do carro pretendendo voltar depois e se livrar dele, mas Samantha atrapalhou seus planos.

Ele esperou que Megan fizesse algum comentário, mas ela continuou em silêncio.

– Ainda não acha que Donalsen é o assassino – disse ele, exasperado. – Mas você ouviu Samantha chamá-lo de doidão. Tudo se encaixa. Donalsen viu Franco trabalhando na BTV quando ia pegar a esposa. Ele o colocou numa sinuca porque sabia que ele estava lá dentro. Talvez Franco lhe oferecesse drogas para impedir que ele contasse ao chefe da segurança sobre sua ficha criminal. Depois, quando a mulher de Donalsen o deixou, Franco lhe ofereceu garotas e eles terminaram matando uma delas. Essa Samantha teve sorte por escapar. Natalie Bailey deve ter sido a garota que a substituiu quando ela foi para o abrigo.

– Mas por que Donalsen se incomodaria em procurar alguém como Franco quando queria mulheres? – quis saber Megan. – Em seu trabalho, ele podia ter a prostituta que quisesse.

– Sei disso. – O rosto de Leverton estava ficando vermelho. – Talvez Donalsen quisesse alguma coisa pervertida e Franco tenha se oferecido para isso.

Megan franziu o cenho.

– Ainda tem uma coisa que não se encaixa nisso tudo. – Leverton olhou para ela. – Essa lista de gigolôs. Se Donalsen estava envolvido com Franco, por que diabos incluiria o nome dele nessa lista que lhe deu? Ele podia muito bem tê-lo deixado de fora.

– Na verdade, não – disse Leverton. – Eu podia ter checado no computador e percebido que estava faltando. O que quero dizer é que se ele vivia de ganhos imorais, estaria no arquivo, de qualquer maneira.

– Mas não estava, senhor – arriscou-se Costello.

– Como?

– Ele não tinha ficha de exploração de mulheres. Se olhar a lista, o nome está embaixo da linha. São os que estão acima da linha que têm antecedentes. Os que estão embaixo, só são suspeitos disso.

– Está me dizendo que este cara não tem ficha?

– Não, ele tem ficha, mas por tráfico de drogas, e não por exploração de mulheres. Sabe quando peguei o impresso do Esquadrão de Drogas para procurar Tyrone Campbell? Bem, Gianfranco Rossi está naquela lista também.

Leverton encarou Costello. O toque de seu celular o salvou de um silêncio constrangedor.

Megan o observou enquanto ele ouvia. Ela notou os olhos dele se arregalarem e percebeu o coçar característico no queixo. Quando baixou o fone, ela percebeu que ele olhava para Costello e não para ela.

– As fibras no carpete de Franco combinam com as encontradas nas costas de Donna e nas pernas de Natalie.

Antes que Costello pudesse dizer alguma coisa, Leverton ergueu a mão livre.

– Espere! Tem mais. Eles acabaram de descobrir algo no telheiro. Um par de pés humanos. Acharam os pés de Maria Fellowes!

Megan estremeceu.

Ele falou ao celular novamente.

– E Donalsen? Ainda diz alguma coisa? Muito bem, vamos voltar já.

Leverton colocou o celular no bolso. Desta vez suas palavras foram dirigidas a Megan.

– Donalsen admitiu ter feito sexo com Maria Fellowes no carro dele na noite em que ela desapareceu. Também confessou comprar maconha de vários traficantes conhecidos em Birmingham.

Sua expressão parecia desafiar Megan a dizer algo que abalasse a convicção que tinha da culpa de Donalsen.

– Ele falou algo sobre Franco? – Ela retribuiu o olhar sem se deixar abalar.

– Ele nega ter conhecido Franco, mas ele negaria mesmo, não é? – Ele pegou o casaco no encosto da cadeira. – Se acha que vai se safar desse jeito, está muito enganado. Obrigada por toda sua ajuda, Megan... Esse perfil de Franco realmente foi na mosca. Vou mantê-la informada, está bem? – Ele parou ao chegar à porta. – Ei, um bom Natal para você. E trate de descansar bastante. Você certamente merece!

Então era isso – dispensada. Donalsen passaria o Natal preso até que um teste de DNA o livrasse. Só Deus sabia quanto tempo isso poderia levar, e até lá...

– Pode me fazer só um favor? – Megan odiava ter que pedir. Ela se enrijeceu quando Leverton se virou, o cenho franzido. – Gostaria que segurassem isso ao máximo, até que cheguem os resultados do DNA. Abafe a descoberta do corpo de Franco. Sei que acha que estou desprezando seus esforços mas, só para se garantir, não divulgue nada ainda. Se o assassino ainda *estiver* solto, vai se esconder se souber que vocês sabem sobre Franco.

Leverton assentiu rapidamente.

– Tudo bem. Vamos segurar até a quarta-feira, está bem? – Ele pegou a chave do carro no bolso.

– E mais uma coisa. – Megan podia ver que ele estava impaciente para sair, mas ela não se importou. – Gostaria de passar na casa de Franco agora, antes de voltar para casa. Para fins de pesquisa – acrescentou ela num tom de desafio.

– E por que não? – Leverton rabiscou o endereço e entregou a ela. – Vou ligar para a perícia e dizer que esperem por você.

Megan pegou o pedaço de papel, os lábios em um sorriso duro. Sim, pensou ela, devo ir embora como uma boa garotinha.

Ela ficou olhando os dois homens atravessarem o estacionamento. O estado de espírito de Leverton estava mais leve de novo. Ele falava animado com Costello. Sem dúvida planejando o que ia dizer a Donalsen para pegá-lo numa armadilha.

Ela pensou no cartão de Natal em sua bolsa. Estivera prestes a entregá-lo a Leverton para pedir que procurasse por digitais. Mas se conteve, sem querer se expor ao olhar de pena que Leverton sem dúvida lançaria quando lesse o cartão.

E se for AB? A voz dentro dela se manifestava outra vez. E se Leverton não foi o único a perceber a semelhança dela com Tina Jackson? Quanta vezes o trailer do documentário foi exibido nos últimos dias?

Enquanto atravessava o estacionamento, seu coração disparou. Ela ficaria bem na casa de Ceri. Ele não pode saber o endereço de Ceri. E no dia seguinte ao Natal, ela iria para Borth.

Mas saber que estava segura não contribuiu muito para dissipar seus temores de que o assassino atacasse outra pessoa enquanto Leverton perdia tempo com Donalsen.

Depois de abrir o porta-luvas, ela pegou um mapa das ruas de Birmingham. E arfou quando percebeu onde ficava a casa de Franco. Bem no centro da zona de prostituição. Ela deve ter passado por lá umas duas vezes na noite anterior. E ficava só a uma quadra de Inkerman Place. Muito conveniente para largar o corpo da pobre da Donna Fieldhouse.

Enquanto saía do estacionamento, os rostos de Donna, Natalie, Tina e Maria encheram sua mente. Devia haver *alguma coisa* na casa de Franco. Uma pista, embora pequena ou obscura, da identidade do outro assassino.

Ela imaginou o homem sem rosto sentado em algum lugar aconchegante, embrulhando presentes. Junto com ele, alguém que não tinha a menor idéia do tipo de monstro que ele na verdade era.

Capítulo 15

Quando chegou na casa, Megan ficou enervada ao ver que, na arquitetura, era muito parecida com a dela. Mas esta casa vitoriana com varanda, outrora elegante, fora cercada por fábricas feias. A pintura estava descascando dos caixilhos das janelas e cortinas de renda suja impediam olhares curiosos de ver seu interior.

As casas dos dois lados da rua estavam em ruínas. Como teria sido fácil cometer um assassinato em uma lixeira esquecida por Deus como essa, pensou Megan. À noite, podia-se berrar e ninguém ouviria. Nem era provável que alguém visse uma pessoa saindo do beco estreito ao lado da casa com um embrulho grande e volumoso para colocar na mala de um carro.

Havia uma espécie distorcida de justiça no fato de que Franco Rossi tenha terminado na mesma mala de carro em que colocara Donna, Natalie e Maria. Megan estremeceu quando pensou nos pés de Maria Fellowes jogados em um telheiro de jardim do outro lado daquele beco imundo. Maria não era alta, então deve ter sido a rigidez do corpo, por uma combinação de *rigor mortis* com o clima congelante, que levou Franco a amputar suas pernas.

Quem quer que tenha matado Franco deve ter colocado seu corpo na mala quase imediatamente depois da morte, dobrando as pernas e a coluna numa posição fetal. O assassino certamente precisou do manto da escuridão. Assim, estimou Megan, Franco deve ter sido assassinado no mínimo por volta das 16h de sexta-feira.

Ela pegou o celular na bolsa. Será que alguém se deu o trabalho de contar a Delva que seu perseguidor estava morto? Megan tinha certeza de que isso não teria passado pela cabeça de Leverton.

– Delva... É a Megan. – Ela podia ouvir música ao fundo e o som de pessoas conversando e rindo.

– Alô? – Parecia que ela estava lutando para ouvir.

– Nós o achamos, Delva. O cara que estava te mandando as cartas.

– O quê? Ai, meu Deus, isso é incrível! Quem é ele?

– Ele é... era... um dos seguranças da BTV. Chamava-se Frank. Frank Ross.

– Mas que droga! Ele estava de serviço na noite em que recebi aquela foto! Era um dos dois que peguei babando com aquele jornal. Ele foi preso?

– Não foi preciso. Ele está morto.

– Morto? – Delva repetiu a palavra como se achasse que não tinha ouvido direito.

– Achamos que ele foi assassinado pelo homem que matou a mulher que acharam na caçamba.

– Mas... Por quê? – Delva gaguejava. – Para quê?

– Acreditamos que ele estava ligado ao assassino de alguma maneira. Ele era um gigolô do bairro.

– Um gigolô? – disse Delva. – Mas por que é que um gigolô estava trabalhando como segurança?

– Boa pergunta. A polícia prendeu um membro da própria força... Um sargento da Delegacia de Costumes. Mas acho que pegaram o homem errado.

– Por quê?

– É complicado. De qualquer forma, só queria que você soubesse as boas-novas. Vou te colocar a par de tudo quando você voltar, está bem? Feliz Natal.

– Tudo bem – disse Delva com emoção. – Para você também. Obrigada, Megan.

Megan saiu do carro e tocou a campainha.

O assassino de Franco obviamente teve muito trabalho para apagar quaisquer vestígios físicos do que aconteceu na casa. Enquanto ela atravessava as tábuas de proteção para a cozinha, percebeu que o piso e a mesa de fórmica amarela pareciam recém-lavados. O faqueiro também estava brilhando, provavelmente havendo poucas pistas de que qualquer uma das facas afiadas na gaveta tivessem sido usada em Franco.

A maior parte dos poucos pertences de Franco já havia sido ensacada pelo pessoal da perícia. Megan vasculhou os sacos com as mãos enluvadas, detendo-se para examinar o cinto de dinheiro de Maria Fellowes e a foto publicitária de Delva Lobelo da BTV.

Ela se perguntou se Franco Rossi desenvolvera sua obsessão por Delva antes ou depois de conseguir o emprego na BTV. Possivelmente antes, raciocinou ela, porque não parecia haver nenhum outro bom motivo para ele trabalhar lá. Não fazia sentido financeiramente. O dinheiro que ganhava com a prostituição e o tráfico de drogas teria ultrapassado em muito o salário de um segurança.

Megan pensou nas cartas e recortes que Delva lhe mostrara. Adolescentes como Donna, Natalia e Samantha não eram mais do que mercadorias para Franco, escolhidas para dar dinheiro imediato e financiar suas transações com drogas. Em termos sexuais, elas eram quase o extremo oposto do que ele preferia.

Megan analisou o rosto de Delva. Os malares altos, o queixo forte, o senso enorme de confiança que emanava de seus olhos.

Franco queria ser dominado. Dominado por uma mulher forte e sexualmente experiente. Mas era improvável que qualquer mulher desse tipo quisesse alguém como ele. Daí a fixação dele por Delva, a voz de autoridade do noticiário da BTV, que sorria para ele toda noite da tela da televisão.

Megan recolocou a foto de Delva e pegou um saco plástico contendo uma corrente de ouro e um par de brincos de ouro. Ela perguntou a alguém da perícia se o pingente de trevo pertencente a Tina Jackson tinha aparecido.

– Não, ainda não – respondeu a mulher –, mas ainda temos que olhar alguns armários.

– E o vídeo de segurança que desapareceu da BTV?

A mulher sacudiu a cabeça.

Megan passou a uma mesa de centro baixa para examinar outro conjunto de sacos. Que coisa curiosa, pensou ela. O assassino de Franco parecia ter apagado manchas de sangue e digitais, mas deixou várias outras evidências óbvias por ali. Megan teve a distinta impressão de que ele estava jogando mais uma vez.

Ela olhou as capas de várias revistas pornográficas colocadas em sacos plásticos na mesa de centro. Algumas das publicações mais pesadas pareciam importadas. Prestou atenção no texto. Holandês, pensou, e um pouco de alemão também.

Embaixo de uma pilha, havia algo um tanto diferente. Italiano, conjecturou, lendo o nome da revista. Não havia foto na capa, só alguns textos.

Megan só tinha uma leve noção do idioma – um legado das breves visitas da vovó Pezzotti, a mãe de sua mãe –, mas havia uma palavra que saltou aos olhos dela: *CARABINIERI*. A polícia italiana.

Perguntou à policial da perícia se podia tirar a revista do saco. Estava claro, pelas fotos dentro dela, que esta era uma espécie de publicação interna para membros da força policial italiana. O que Franco Rossi estava fazendo com um exemplar desses? Ela olhou a data na capa. Havia sido publicada no ano anterior.

– Tem alguma idéia de há quanto tempo ele morava aqui? – perguntou Megan à policial.

A mulher olhou para ela da caixa de papelão cheia de CDs que carregava pela sala.

– Pelo menos cinco anos... Talvez mais. Encontramos uma pilha de declarações de renda antigas na gaveta da cozinha.

Megan recolocou a revista no saco.

– Encontraram alguma agenda de endereços, diário, passaporte, alguma coisa assim?

– Não. Quem o matou cuidou para não deixar nada desse tipo na casa.

– E ninguém deu queixa do desaparecimento dele?

A mulher sacudiu a cabeça.

Megan saiu da sala e foi para a escada. Atravessando o patamar, olhou um dos quartos. Ficou tensa quando viu a cama. Era a mesma da foto polaróide. E percebeu que provavelmente era ali naquele lugar que o assassino estava quando tirou a foto.

A perícia ainda não tinha começado a análise desse cômodo e Megan o atravessou de uma tábua a outra, os olhos disparando daqui para lá. O papel de parede parecia não ser trocado há trinta anos. Era um desenho cafona e abstrato em laranja, marrom e amarelo. Ela se virou para a janela e estremeceu. Ali, no final do jardim coberto de neve, ficava o telheiro.

Os raios inclinados do sol que se punha iluminavam a porta enquanto ela seguia naquela direção. Em meio à confusão de ferramentas na bancada, pôde ver um machado em um dos sacos da perícia.

Quanto tempo Maria Fellowes ficou nesse telheiro antes de Franco largá-la na caçamba da BTV? Se ela foi assassinada na noite em que desapareceu, teriam sido três dias. Por que o corpo ficou escondido desse jeito? Certamente não era coerente com os outros assassinatos.

Ela começou a se perguntar se havia algum motivo ulterior. O que o assassino teria ganho dizendo a Franco para esperar três dias inteiros antes de se livrar do corpo?

– Doutora Rhys!

Megan se virou e viu a mulher da perícia com quem falara mais cedo abaixada na porta dos fundos da casa.

– Tem uma coisa aqui que pode interessá-la.

Megan correu para a casa.

– O que é? – disse ela, seguindo-a até a cozinha.

– Isto. – A policial pegou uma coisa brilhante sobre a mesa e colocou na mão enluvada de Megan. Era uma aliança grande de ouro. Uma aliança de homem.

– Encontramos esta nos armários. Olhe por dentro.

Megan a segurou entre o indicador e o polegar, inclinando-a para que sua face interna pegasse a luz. Junto com o logo do fabricante, havia a inscrição: *Robert e Helen, casados em 02/07/94, na St. Stephen.* Enquanto Megan olhava a elegante gravação em itálico, seu estômago começou a se agitar.

– É a aliança de Rob Donalsen – disse a policial categoricamente.

– Tem certeza? – Megan não conseguia tirar os olhos dos nomes na aliança.

– Sem dúvida – respondeu a mulher. – Eu fui ao casamento.

Estava escurecendo quando Megan foi embora. Ela acelerou ao passar pelas ruas desertas da zona de meretrício, sentindo-se aliviada ao chegar à rua larga de casas emparelhadas do pós-guerra que levava a um território menos perigoso. Só um pouco menos perigoso, pensou ela sombriamente, enquanto virava uma esquina e parava de repente na frente da casa de Tina Jackson.

Ela precisava de tempo para pensar nos fatos. A prova contra Rob Donalsen parecia irrefutável. De um canto escuro de sua mente, ela podia ouvir a voz zombeteira de Leverton. Como a aliança de Rob Donalsen pode ter parado na casa de Franco Rossi se ele não era o assassino? Tinha de haver uma explicação.

Megan pensou na conversa que ela e Leverton tiveram com Samantha na delegacia de Leamington. A garota se referiu a Donalsen como "aquele doidão". Será que ela o viu comprando maconha na casa de Franco? Poderia a aliança ter caído do dedo dele então?

Não, pensou Megan sentindo-se afundar, não fazia sentido. Se Franco estava fornecendo drogas a Donalsen, seria ridículo acreditar que ele tinha medo de ser preso por exploração de mulheres. Não haveria motivo para ele levar meninas como Natalie a diferentes áreas de West Midlands para abordarem possíveis clientes, como Megan sabia que ele fizera.

Então como Samantha sabia que Donalsen se drogava? Talvez fosse de conhecimento de todas das mulheres na zona. Afinal, raciocinou ela, Eileen Bunce parecia saber tudo sobre as ligações dele com prostitutas. A fofoca devia se espalhar rápido.

Megan deu a partida no motor, um olhar de determinação no rosto. E se alguém plantou a aliança na casa de Franco? E se o verdadeiro assassino decidiu armar para Rob Donalsen? Ele estava separado, então havia uma boa probabilidade de ter se livrado da aliança antes. Ela precisava descobrir quem poderia ter ficado com ela.

Megan parou algumas vezes para olhar o mapa de ruas. Fora Leverton quem dirigira quando foram à casa de Helen Donalsen, e o local não ficava na área de Birmingham que ela conhecia.

No final, foi o homem da neve que lhe indicou que estava na rua certa. O gorro de lã em sua cabeça tinha assumido um ângulo vistoso e alguém colocara uma lata de cerveja na boca de pedra.

A luz mosqueada da árvore de Natal de Helen Donalsen brilhava através da janela acortinada da sala de estar, mas não houve resposta quando Megan tocou a campainha. Ela esperou alguns minutos na soleira da porta e depois voltou ao carro, sem saber o que fazer.

Não tinha sentido ficar zanzando por ali. Helen devia ter ido passar a véspera de Natal em outro lugar, deixando as luzes acesas para dissuadir ladrões. Megan queria ter o número de telefone da mulher. Ela tentou as listas telefônicas, mas não havia registro. Era típico, pensou. Abrindo a bolsa, pegou uma caneta e um bloco de notas.

Megan redigiu o bilhete com cuidado, dizendo simplesmente que precisava conversar com Helen urgentemente e dando o número de telefone da casa de Ceri e do chalé em Borth, bem como o número do celular.

Ela o colocou na caixa de correio, tocando a campainha mais uma vez ao fazer isso. Nenhuma resposta. Suspirou, vendo seu hálito espiralar em vapor no ar frio da noite. Não havia mais nada que pudesse fazer, não nesta noite. Megan tremeu. Não de frio, mas ao pensar *nele*. Sem nome, sem rosto e mortífero. Podia estar andando pelas ruas neste momento, procurando pela outra vítima.

Ao arrancar, ela errou ao trocar a marcha e xingou em voz alta. Ligou o rádio numa tentativa desanimada de atenuar sua frustração. Slade berrava o refrão de "Feliz Natal para Todos".

– Feliz Natal – murmurou Megan. – Um maldito feliz Natal!

– Tia Megan! Olha o que o Papai Noel trouxe pra mim! – O corpinho de Emily se jogou na cama com um baque. Pelos olhos baços, Megan podia ver uma boneca Barbie com um cabelo incrivelmente vermelho sendo agitada a alguns centímetros de seu rosto.

Fez com que pensasse em Eileen Bunce e, nos poucos segundos que precisava para acordar, ela se viu especulando como seria a mulher quando era mais nova.

– Anda! Acorda! – Emily estava cutucando o braço dela. – Quero que abra seus presentes.

Megan nunca teve menos vontade de comemorar. Mas encarou toda a rotina, esperando que o telefone tocasse. Ceri e Neil estavam de ressaca e Gareth, irmão dela, chegara para almoçar como se também tivesse exagerado na noite anterior. Todos desabaram diante da TV quando a refeição terminou. Emily dormira por cima do pudim e Joe estava no berço, no segundo andar.

Megan olhava a tela sem ver, incapaz de se concentrar em nada a não ser a identidade de AB. Pensou em Rob Donalsen e se perguntou que tipo de Natal ele estava passando. Não havia nada no noticiário, então presumivelmente ele ainda não havia sido indiciado. Talvez Leverton tivesse decidido esperar até que chegassem os resultados do DNA. Com o peso da prova contra Donalsen, Leverton não teria problemas em convencer um juiz a aumentar o tempo em que podia ficar em prisão preventiva.

Megan pensou na prova forense. Se Donalsen fosse inocente, o exame de DNA o eliminaria de qualquer envolvimento com os assassinos de Natalie e Tina; o verdadeiro assassino deve saber disso. E se ele simplesmente quis incriminar Donalsen pelo assassinato de Maria Fellowes, teria de saber que o grupo sanguíneo de Donalsen era o mesmo do dele, não teria?

Isso era *mesmo* provável?, perguntou-se Megan.

Ela olhou o ouropel retorcido na árvore de Natal de Ceri. Não, pensou ela, ele não ia precisar saber do grupo sanguíneo de Donalsen. Por isso o corpo de Maria Fellowes foi mantido no telheiro aquele tempo todo. O assassino não queria que a polícia colocasse a mão nele antes que os vestígios de sêmen se decompusessem. Isso encobriria os fatos o bastante para que a morte de Maria parecesse obra de um imitador. Só o que AB precisava era saber que Donalsen fora visto fazendo sexo com Maria na noite em que ela desapareceu. O sargento pegaria pena perpétua pelo homicídio de Maria, mesmo que as outras mortes não pudessem ser imputadas a ele. Era a fantasia definitiva de um homem com um ódio veemente pela polícia; fazer com que um policial fosse acusado de um assassinato que não cometeu.

Mas o clima tinha estragado os planos dele, refletiu Megan. As temperaturas abaixo de zero preservaram o sêmen de Donalsen *e* do assassino. O que Leverton ia fazer se a análise de DNA revelasse que só uma daquelas amostras AB vinha de Donalsen?

Gareth foi o primeiro a acordar no dia seguinte. Tinha bebido tanto que Ceri e Megan se recusaram a deixar que fosse de carro para casa, então ele precisou acordar às 7h para chegar a Manchester às 9h.

– Ele deve ser a única pessoa que conheço que precisa trabalhar em um feriado. – Megan se sentou à mesa da cozinha.

– É bem o jeito dele – disse Ceri enquanto elas comiam sanduíche de peru. – Ele me disse que ia se encontrar com você no chalé no ano-novo... Não deixe que ele a arraste para nenhum pub para uma daquelas maratonas dele, está bem?

– Eu provavelmente não vou estar lá.

– Ah. Foi convidada para uma festa em Birmingham ou coisa assim?

– Não. É o caso. Ainda vou ao chalé... Prometi a mim mesma e há pouco que possa fazer, agora que Leverton parou de falar comigo... Mas devo voltar amanhã à tarde.

– A que horas vai sair?

– Mais ou menos 13h, eu acho – disse Megan. – Quero chegar lá antes que escureça.

– E a comida? Não vai ter nada aberto. Vou embalar algumas coisas para você levar... Tem o bastante na geladeira para alimentar um exército.

– Obrigada. – Megan olhou a irmã. Ela parecia mais feliz do que fora em séculos, mas Megan não ficou totalmente convencida daquele sorriso reluzente. – Olha, tem certeza de que vai ficar tudo bem?

– Como assim? – Os olhos de Ceri ainda sorriam ao retribuir o olhar de Megan.

– É só que eu estava me perguntando se as coisas estão dando certo com Neil.

– Nós estamos bem, é sério. Ele está mesmo tentando me proporcionar um bom Natal. Olhe o que me deu hoje de manhã.

Ela colocou a mão por baixo da gola pólo do suéter, puxando uma corrente fina de ouro com um pingente pendurado. O coração de Megan bateu forte.

– Ah, é lindo – disse ela. – O que é?

– Acho que é uma rosa. Neil disse que comprou numa loja de presentes na galeria de arte. Ele deixou no travesseiro e eu achei quando acordei. Ele falou que era um presente surpresa extra para compensar o modo como vem agindo nos últimos meses.

– Muito romântico! – disse Megan, relaxando novamente. Por um momento pavoroso, pensou que o pingente no pescoço da irmã fosse um trevo.

Assim que entrou no chalé, Megan se lembrou da lenha. Ela pretendia comprar um pouco no posto de gasolina em Wolverhampton, mas acabou se esquecendo. Olhou o relógio. Podia haver algum lugar aberto em Aberystwyth, se ela fosse rápida.

Quase não havia trânsito quando ela voltou pelas estradas do interior. Ela passou por alguns carros quando chegou à via principal, que levava a Aberystwyth, mas a cidade em si estava deserta. Já o posto de gasolina estava um frenesi de atividade. Famílias a caminho de casa depois das festividades faziam fila para abastecer.

Megan comprou um feixe de lenha e o colocou na mala do carro. Depois, por impulso, foi até a igreja de Saint Michael. Fazia uma tardinha agradável e clara, e o sol estava começando a se pôr no mar. Ela ficou no estacionamento, olhando o horizonte. A água assumia um tom vermelho-sangue, onde o sol a tocava. Meia hora depois escureceria. Ela se virou para a porta da igreja. Era estranho pensar que não entrava ali desde o dia do casamento.

Entrar nessa igreja era como exorcizar um fantasma. Era como se os anos até então não tivessem passado, tudo estava exatamente como na última vez em que estivera ali.

Andando em direção a uma das capelas laterais, percebeu uma inscrição na porta entalhada. Estava entreaberta, cortando a frase pela metade, e ela ficou parada um momento tentando entender o que dizia: "E então Ele os levou aos céus, onde permaneceriam."

Percebeu quase de imediato que se referia aos mortos na guerra, cujos nomes adornavam uma placa de pedra na capela. Lembrou das mulheres mortas que deixara para trás em Birmingham: Donna e Natalie, Tina e Maria. Sussurrou seus nomes no ar espesso e silencioso.

Ela andou pela capela de Nossa Senhora, do outro lado do altar. Havia uma Bíblia sobre um atril de madeira. Estava aberta no Salmo 139 e, enquanto ela olhava a gravura em cobre, sentiu os pêlos da nuca se eriçarem: "Os meus ossos não te foram encobertos, quando no oculto fui formado, e entretecido como nas profundezas da terra... viram o meu corpo ainda informe."

Isso a fez pensar em bebês, bebês psicologicamente prejudicados: Ted Bundy deixado em um orfanato durante meses enquanto a mãe adolescente decidia o que fazer com ele; Ian Brady sozinho em um lar de Glasgow, enquanto a mãe ia trabalhar. Almas embrionárias famintas de amor, atrofiadas para sempre.

Foi o que aconteceu com AB? Pela enésima vez, ela tentou imaginá-lo. Retirou o cartão de Natal da bolsa. Foi ele que o mandou: ela olhou a mensagem rabiscada, estremecendo ao pensar nesse monstro rondando sua casa. Primeiro as conchas, depois a janela, os vermes e em seguida o cartão. Seria isso uma extensão do jogo dele com a polícia? Brincando de gato e rato com ela, tentando matá-la de medo antes de passar à próxima morte?

Ela correu de volta ao carro. Estava ficando escuro. No chalé, acendeu a lareira e se sentou para comer o peru com molho de curry. Do lado de fora, podia ouvir as ondas se quebrando no mar. Era um som reconfortante. Sempre se sentia muito segura na casa da avó.

O som das ondas abafou o motor do carro na rua. O motorista parou por um momento, olhando a porta da frente de Megan antes de arrancar e ir para o lugar onde não havia casas.

Ele dirigiu para um camping batido pelo vento. Não havia luzes. Nem gente. Começou a andar pela rua estreita que levava de volta à cidadezinha.

Capítulo 16

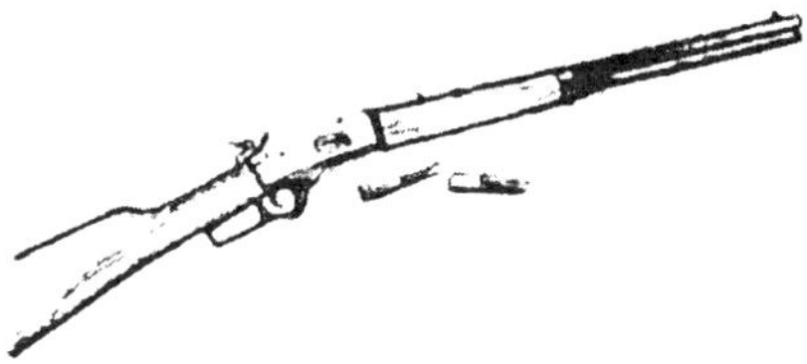

Megan não conseguia dormir. Repassando as intermináveis possibilidades em sua mente, tentava entender como AB podia saber que Rob Donalsen tinha feito sexo com Maria.

Desconfiava do papel que Eileen Bunce assumira na prisão de Donalsen. Era difícil acreditar que a decisão da mulher de procurar a polícia fosse motivada por preocupação com o destino de uma colega prostituta. De acordo com a experiência de Megan, a camaradagem entre profissionais do sexo era uma invenção da mídia. A vida real nas ruas simplesmente não era assim. Era cada uma por si.

Então será que o assassino pagou para que Eileen desse com a língua nos dentes?

Ela se sentou ereta na cama. E o cliente de Eileen? Aquele que a fez sair do carro quando eles foram para a Prole Street. Será que AB viu Eileen abordando clientes a alguns metros de Maria na rua, pegou-a e a usou como testemunha?

Megan estremeceu e puxou o cobertor até os ombros. Tentou se concentrar no comportamento do assassino, imaginando o que teria passado pela cabeça dele, se tivesse visto Donalsen e Maria juntos. Donalsen estava em um carro da polícia sem placa. Estava à paisana. Como o assassino sabia quem ele era? E o que lhe deu a certeza de que Donalsen não ia simplesmente prender Maria?

Megan tinha a sensação de que o assassino devia saber muito sobre Donalsen. O bastante para tomar a decisão rápida de usar o homem em proveito próprio. Ele teria de saber que a ligação de Donalsen com Maria não era de apenas um encontro, apenas a mais recente de uma série de encontros com mulheres que ele devia estar patrulhando.

Quem teria esse tipo de conhecimento? As prostitutas e seus gigolôs? Outros policiais? Alguém próximo de um membro da polícia?

Megan pensou em Helen Donalsen. Havia passado dois dias desde que deixou o bilhete na porta da casa da mulher. Quanto mais Megan pensava no assunto, mais convencida ficava de que Helen tinha a chave para a identidade do assassino. Ela certamente sabia quem podia ter pego a aliança de Rob. E quem o odiava o bastante para querer incriminá-lo de homicídio.

Às 7h30, Megan estava na praia. Não estava realmente claro, mas havia um tom de amarelo-fraco acima do mar. Ela andou pela beira, ouvindo as gaivotas emitindo sons enquanto voavam por sobre as ondas.

Espirais de névoa vinham do mar, dando um ar de outro mundo aos fundos das casas batidas pelo vento. Algumas estavam fechadas para o inverno, mas aqui e ali cintilava uma luz. Megan olhou o mar, vendo nuvens baixas e pequenas adquirindo um tom rosado com a chegada do sol. Ela se virou e correu para casa. Decidira telefonar para a BTV. Havia uma chance de Helen Donalsen estar no trabalho hoje. E se não estivesse, Megan ia descobrir pelos colegas onde ela passara o Natal.

Enquanto pendurava o casaco no hall, percebeu um exemplar do *Birmingham Post* na mesa. Estava um tanto amarelado e Megan o pegou, notando a data na primeira página. Tinha seis semanas. Viu uma pequena foto dela mesma sorrindo abaixo da manchete. "Perfil de uma Analista de Perfis", dizia o texto. Era um artigo que fora publicado quando ela estava em uma conferência. Gareth devia ter deixado o jornal na última vez em que fora ao chalé. Engraçado que ela não tivesse percebido na noite anterior.

Ela fez café e o levou até o telefone. Ocorreu a ela que Helen Donalsen podia estar na trama para incriminar o ex-marido. Se conseguisse falar com a mulher, ia ter que jogar com muito cuidado.

A mulher da recepção colocou Megan na espera. Ela tomou o café com impaciência, os olhos vagando pela mistura de fotos da família na parede diante de si.

– Alô?

O som da voz de Helen Donalsen pegou Megan de surpresa.

– Ah, alô – disse ela animadamente. – É Megan Rhys... Nós nos conhecemos na semana passada. Recebeu meu bilhete?

– Que bilhete?

– Coloquei um bilhete na sua caixa de correio. – Megan parou, tentando levar Helen na direção que queria.

– Ah. Meu namorado pode ter pego quando foi alimentar o gato. Eu passei o Natal fora.

Namorado? Megan sentiu um surto de adrenalina.

– Eu dizia que era urgente. – Ela manteve o tom de voz leve e eloqüente. – Mas o Natal é uma época movimentada. Ele está no trabalho?

– Bom, ele trabalha na BTV, sim.

– Ah, ele está envolvido no documentário? – O pulso de Megan se acelerou.

– Não, é encarregado da segurança... O nome dele é David. David Simon.

Ah, Deus, pensou Megan. Aquele que achou o corpo. Ele ficou tão chocado, pelo que Leverton disse. Nunca ocorreu a ela que *os dois* assassinos podiam ser seguranças.

– É mesmo? – Ela tentou parecer despreocupada. – Ele disse alguma coisa sobre eu tentar falar com você?

– Não – disse Helen. – Mas não falo com ele desde o dia de Natal. Só voltei hoje de manhã. O que queria me perguntar?

Megan levou um segundo para se lembrar.

– É sobre Rob, na verdade. – Ela ouviu um suspiro pesado do outro lado da linha. Isto não ia ser muito complicado. – Por acaso sabe se ele ainda usa aliança?

– A aliança do casamento? – Havia um tom de incredulidade na voz de Helen. Estaria sendo verdadeira? Megan queria poder ver a expressão da mulher.

– Sim. Sei que é uma pergunta estranha, e não posso entrar em detalhes a essa altura, mas pode ser extremamente importante. Sabe se ele parou de usar a aliança depois de vocês se separarem?

– Sim, parou. Também sei exatamente quando. Ele a atirou em mim quando eu disse que tinha conhecido outro.

A mão de Megan ficou pegajosa no fone.

– Sabe onde a aliança está agora?

– Sei. Depois que ele saiu, eu a peguei e guardei numa gaveta no quarto de hóspedes. Por quê?

– Ela foi encontrada na cena de outro crime – disse Megan numa voz neutra. – Tem alguma idéia de como foi parar lá?

– Não. Eu... Não consigo imaginar... – Helen dava a impressão que a notícia a abalara. Estava dizendo a verdade, Megan tinha certeza disso. Agora tinha que falar com esse David Simon sem despertar as suspeitas de Helen.

– Sua casa foi arrombada desde que você e Rob se separaram?

– Não.

– E no Natal?

– Bem, eu ainda não estive em casa. – Helen parecia alarmada. – Mas tenho certeza de que David teria me telefonado se alguma coisa assim acontecesse.

– Se importaria se eu telefonasse para ele e perguntasse se ele percebeu alguma coisa estranha quando foi alimentar o gato? – Megan cruzou os dedos enquanto falava. – Tem um número em que eu possa falar com ele?

– Sim. Não tenho certeza de onde ele está trabalhando hoje, mas posso lhe dar o número do celular dele. – Helen recitou o número como um robô. Parecia estar em choque.

– Olha, se ele me contar alguma coisa, vou telefonar para você em seguida. – Megan tinha de se certificar de que Helen não ligaria para ele antes que ela o fizesse.

Suas mãos tremiam ao recolocarem o fone no gancho. Ela começou a discar o número que escrevera no verso de um envelope.

Poderia ser ele o assassino? Ele era o chefe de Franco e namorado de Helen Donalsen. Helen deve ter contado a ele sobre o fraco de Donalsen por prostitutas. O suficiente para incriminá-lo pelo assassinato de Maria. Mas algo a confundia. Por que Helen Donalsen ainda estava viva? Se Megan estava certa, a mulher namorava um serial killer há dois meses, tempo em que ele matara quatro pessoas. Por que poupá-la?

Helen contara a ela e a Leverton sobre as ligações de Donalsen com prostitutas. E ela contaria isso a outras pessoas. Em um tribunal. Era por isso que o assassino a deixara em paz. Ela seria a testemunha principal no julgamento de Donalsen; muito mais crível do que a pobre Eileen Bunce.

Megan se perguntou por que ele teve tanto trabalho por alguém tão patético como Donalsen. Estaria ele saldando alguma dívida antiga? Ou era um ex-policial que queria se vingar da polícia, usando Donalsen como veículo conveniente?

Ela pegou o fone e martelou o número que Helen lhe dera. Enquanto ouvia o som do toque do telefone, prendeu a respiração.

– Oi, você ligou para Dave Simon.

– Ah, meu Deus! – disse ela em voz alta. – Secretária eletrônica! – Ela ouviu a mensagem e colocou o fone no gancho. Havia algo muito estranho na voz dele. Algo familiar.

Megan pegou o fone e discou novamente. À medida que ouvia a mensagem, sentiu o estômago se apertar e teve o impulso irreprimível de vomitar. Não sabia por quê; recolocou o fone no gancho e afundou em uma poltrona. Onde tinha ouvido aquela voz antes?

Ela pegou o fone outra vez e discou o número da irmã. Neil atendeu.

– Neil – disse ela. – Olha, preciso de sua ajuda. É uma coisa muito séria.

– Qual é o problema, Megan? Teve algum acidente? Você está bem?

– Eu estou bem. Olha, é o caso de assassinato em que estive envolvida. Não posso explicar direito... Levaria muito tempo... Mas a polícia pegou o homem errado. Acho que sei quem é o verdadeiro assassino. É alguém que trabalha na BTV.

– O quê? Tem certeza?

– Tenho – insistiu Megan. – É o chefe da segurança. Ele se chama David Simon. Você o conhece?

Houve um silêncio no outro lado da linha.

– Neil?

– Desculpe, Meg... Tem uma coisa que eu devia ter contado a você. – A voz dele era tão baixa que era quase um sussurro.

– Me contado o quê? Do que está falando?

– É ele, Meg, aquele que você disse que... – ele se interrompeu.

– Quem?

– Eu não contei porque sabia que você ia ficar aborrecida.

Megan ficou gelada.

– Você está falando de quem eu estou pensando?

– Ele trocou de nome. – Neil parecia estar se desculpando pelo homem. Que coisa típica, pensou Megan. Todo seu corpo tremia.

– É óbvio – sibilou ela. – Há quanto tempo sabe disso? Há quanto tempo esse cretino voltou?

– Não sei – Neil gaguejava. – Há mais ou menos um ano, eu acho. Ele estava péssimo, Megan. Trabalhou no exterior e perdeu o emprego. Estava tentando montar um negócio e me pediu para ajudá-lo, dando um empurrãozinho na BTV.

– E você nunca pensou em me contar? Em me alertar? – A idéia daquele homem entrando na casa dela a transformou em gelo por dentro.

– Alertar você? – Neil parecia incrédulo. – Foi há 14 anos, Megan. Não acredito que você pense que ele...

– Estupradores não deixam de ser estupradores. – Ela o interrompeu. – Se eles conseguem se safar, continuam a estuprar. E alguns se transformam em assassinos. – Houve um silêncio do outro lado da linha. – Ele contou por que perdeu o emprego?

Houve uma pausa antes que ele respondesse.

– Disse que estava trabalhando na Itália e ficou farto de lá.

– Itália? – O coração de Megan se acelerou. – Por que a Itália?

– A mãe dele é italiana. Ele tem parentes lá.

Ah, Deus, pensou ela. Tudo fazia sentido. Aquelas revistas policiais italianas na casa de Franco. Foi nisso que ele se transformou? Num policial? Ela estremeceu com esse pensamento.

– Preciso que descubra onde ele está – disse ela. – Sei que ele não está em casa e não está atendendo ao celular. Quero que telefone para a BTV e finja que precisa falar com ele com urgência. Pergunte se ele tem um pager ou coisa assim.

– Bom, acho que posso... – Ele parecia aturdido.

– Olha, Neil. – Ela lutou para não gritar no telefone. – Você não acreditou em mim da última vez. Não corra o risco de estar errado de novo. A vida de alguém pode estar em perigo. Quer realmente isso na sua consciência?

– Tudo bem, tudo bem. Mas me dê alguns minutos para bolar uma desculpa.

– Telefone para meu celular se conseguir alguma coisa. E diga a Ceri que estou voltando.

Megan correu para o andar de cima. As imagens daquela noite do passado vieram à tona. Com as mãos trêmulas, ela atirou as poucas coisas que tinha trazido em uma mochila. Pegou a bolsa e seguiu para a escada. Ia telefonar para Leverton do carro e, se ele se recusasse a ouvi-la, ela iria direto para a delegacia e invadiria a sala dele, se fosse preciso.

Ao descer a escada, ouviu o estalo da tranca da porta dos fundos. Instintivamente, ficou paralisada. A porta estava trancada.

– Megan! Onde está você? – A voz tinha se libertado de seus pesadelos. Clara no silêncio do chalé, ela a reconheceu de imediato. Quatorze anos depois, a voz ainda era inconfundível. Ela ouviu passos pesados atravessando as lajotas da cozinha. Seu celular estava sobre a mesa daquele cômodo. Os passos ficaram mais próximos. Se corresse para a porta, ele a veria.

Agarrando-se ao corrimão para se apoiar, ela se virou e voltou a subir a escada devagar, as pernas moles como gelatina. Ela se esgueirou pelo patamar até o banheiro, fechando o trinco com o maior silêncio possível. Depois abriu a água do chuveiro. Ele ouviria, é claro, e subiria, mas ela podia fingir que não o ouviu entrar e isso lhe daria tempo para pensar.

Megan afundou no chão e ficou sentada ali, abraçada aos joelhos. Precisava tentar mantê-lo falando. Como poderia sair dali? O que quer que fizesse, não devia demonstrar medo.

– Megan? Você está aí? – Ela deu um salto. Apesar do barulho do chuveiro, podia ouvi-lo com muita clareza. Ele deve estar parado do lado de fora da porta.

– É você, Gareth? – gritou ela. – Voltou cedo! Eles estão lá fora? – Era um tiro no escuro, mas se o fizesse acreditar que o irmão estava hospedado no chalé, isso podia dissuadi-lo.

– Valeu a tentativa, Megan. Sempre uma piranha esperta, não é? – A voz dele provocou um arrepio em sua coluna. – Você está totalmente sozinha, não está? Totalmente sozinha.

Houve um baque enquanto ele se jogava contra a porta, tentando arrombá-la. Ela olhou a janela do banheiro. Quando criança, era capaz de se esgueirar para o telhado plano embaixo.

– Quem é? – gritou ela, tentando detê-lo enquanto ela mexia no trinco na lateral da janela. – Não estou vestida. Espere um minuto e vou abrir a porta.

A janela estava dura, mas ela conseguiu forçá-la a se abrir. Pulando no parapeito, ela passou a perna direita, o pé procurando pelo telhado plano. Assim que o sentiu na sola do sapato, percebeu que não havia esperanças. Seus quadris ficaram presos na janela.

A porta se sacudia. Os parafusos que seguravam o trinco tremeram com o impacto. Ia ter que enfrentá-lo. Puxando a fivela do cabelo, ela o ensopou rapidamente debaixo do chuveiro, depois enrolou uma toalha como um turbante na cabeça. Antes de fechar a água, abriu o armário, procurando freneticamente por qualquer coisa que pudesse usar como arma.

Encontrou um pacote de lâminas de barbear e abriu a embalagem. Colocou uma no bolso da calça jeans, outra dentro do turbante. Depois respirou fundo e puxou o trinco.

Aquele rosto. Ela queria gritar, berrar, bater nele.

– Dave! – Megan lutou para controlar a voz. – Como entrou aqui?

Ele era mais alto do que ela se lembrava, e mais magro no rosto. Parado a centímetros dela, ele a encarava pelos olhos entreabertos, avaliando-a. Ela se perguntou se ele podia ouvir o coração dela martelando.

– Acabo de fazer um chá. Quer uma xícara? – Ela se sentia uma personagem de uma farsa absurda. Ele podia não fazer idéia de que ela sabia que ele era o assassino, mas esperaria encontrá-la tão chocada, zangada e assustada quanto estivera durante todos esses anos. Parecer relaxada podia confundi-lo o suficiente para permitir que ela descesse.

Ela foi para o patamar. Ele deixou que ela desse alguns passos antes de estender a mão e pegá-la pelo braço.

– Não posso deixar que uma doutora em psicologia faça um chá para *mim* – zombou ele. – Você não tem nem a metade da inteligência que todo mundo pensa que tem, não é, Megan? Deixa pra lá, eu lhe trouxe uma coisa.

Ele colocou a mão livre no bolso.

– Considere um presente de Natal atrasado – disse ele, balançando a corrente de ouro com o pingente de trevo diante dos olhos dela. – Vai, coloque!

Megan pegou o colar, tentando impedir que os dedos tremessem enquanto abria o fecho. O colar de Tina Jackson. Quando a corrente de ouro tocou seu pescoço, um surto de náusea fez seu peito se erguer.

Em um movimento súbito, ele puxou o queixo dela para cima, seus olhos perfurando os dela.

– Esperei muito tempo por isso.

– Do que está falando? – Ela tentou manter o terror longe da voz. Apurou os ouvidos para escutar o celular. Por que Neil ainda não havia ligado? Será que Dave viu o telefone e o desligou? O que Neil faria se não conseguisse falar com ela?

– Sabe o que vou fazer com você? Sabe? – Os dedos dele afundavam no queixo de Megan. – O que fizemos antes, aquilo foi coisa de criança. – Ele tirou algo do bolso. Algemas. A boca de Megan ficou seca. Ele as balançou diante dela, esperando por alguma reação. Ela o encarava.

– Sei que você incriminou Donalsen. – Ela vomitou as palavras, desesperada para detê-lo.

– O coitado do Rob. – Ele balançava as algemas como que para hipnotizá-la. – Ainda assim, combinou direitinho com ele. O que se pode esperar de alguém que sai com aquelas putas?

– Pensei que fosse o que você fazia. – Os olhos dela se estreitaram. – Natalie Bailey foi a primeira ou você fez esse tipo de coisa quando estava na polícia italiana? Foi por isso que eles expulsaram você?

Ele foi traído pela tensão nos músculos do rosto, mas se recuperou rapidamente.

– Vocês são todas putas. Aquela Tina estava pedindo por isso. Aposto que você está também. Há quanto tempo não dá uma boa trepada? Aquele seu marido arrumou uma coisinha linda, não foi? Eu a vi andando pela BTV. O que aconteceu? Você não deu para ele com a freqüência suficiente? Ocupada demais caçando assassinos e estupradores?

– Tenho que reconhecer seus méritos. – Ela assentiu. – Donalsen se encaixava perfeitamente ao perfil. Você enganou a mim e à polícia, o modo como o incriminou para que levasse a culpa. Quanto teve que pagar à puta da Eileen? Aposto que ela denunciou Donalsen a troco de nada, sabe como é... Todas elas o odeiam.

Ela parou por um segundo. Uma ruga profunda apareceu entre as sobrancelhas dele.

– Pense – disse ela –, é divertido quando ninguém sabe que é você, não é? Você não podia nem mesmo dar uma boa risada com Franco por isso porque já o havia matado. Bem, se veio até aqui me matar também, está perdendo um tempo valioso.

O lampejo de confusão no semblante dele foi o suficiente para dizer a Megan o que precisava saber.

– Ah! Não me diga que errou? Você estava mesmo tão convencido que deixou o corpo dele na mala do carro durante todo o Natal? Quanto tempo ia esperar antes de se livrar dele? Uma resolução de ano-novo, foi isso? "Livrar-me de Franco antes que o clima mude e ele comece a feder"?

Ele pegou os pulsos dela com uma das mãos e a prendeu na parede do patamar da escada.

– Aquela piranha andou falando com você?

– Se está se referindo a Helen Donalsen, sim, falou. – Megan tentou manter a voz estável e confiante. Ele precisava escutar tudo o que ela sabia, e até que contasse, ele não iria matá-la. – Estou surpresa com você. Por que não a matou na primeira vez em que fodeu com ela? Queria prolongar a agonia, não é, porque ela foi casada com um policial?

O céu atrás da janela estava pesado de nuvens de tempestade. Na luz que se reduzia, os olhos dele eram como fendas na neve.

– Está blefando. Aquela piranha não sabe de nada. Nada! – Ele gritou a palavra e ela feriu os ouvidos de Megan.

– Ela sabe, sim. Você devia ter se limitado às idiotas. Ela me contou sobre a aliança de Rob Donalsen. Franco não devia deixá-la perto do corpo de Maria? Essa realmente te pegou, não foi? – Ela o encarou. – Pensou que os havia enganado, voltando ao Reino Unido e mudando de nome. Os policiais não são famosos por suas habilidades de comunicação, em especial em fronteiras internacionais... E dessa forma não conseguem registro de seu DNA, o que é bom para você, não é? A não ser, é claro, que alguém comece a cortar as suas asas.

Megan podia sentir o suor da mão dele escorrendo pelo braço dela.

– Sabia que Franco tirou uma foto de Maria Fellowes depois que você a matou? Ele a mandou para aquela locutora negra da BTV!

Ela o encarou mais uma vez. Um rubor se espalhava do pescoço para as bochechas.

– Não. Não acho que você sabia. Imagino que ele viu você fazendo seu joguinho com os policiais e pensou que tinha de procurar um local sozinho. Se você soubesse, não teria deixado que ele se livrasse do corpo, porque você podia ter adivinhado que ele o deixaria em um lugar óbvio como o estacionamento do trabalho. Sabia que encontraram os pés dela no telheiro do jardim dele?

Agora era a hora. Ela podia ver que a raiva dele estava prestes a irromper. Ela devia fazer uso de seu trunfo principal.

– Está vendo, Dave, é por isso que eu disse que está perdendo um tempo valioso, vindo aqui me matar. Eles já sabem de você. Mas vamos fazer um acordo. Se me deixar viver, vou lhe dar meu carro. Pode dirigir pelo litoral até Fishguard... Se correr, vai pegar a balsa para a Irlanda. Pode sumir por lá. E não há necessidade de se preocupar com a possibilidade de eu falar com a polícia... Pode me algemar no suporte da toalha do banheiro. Se eu puder alcançar a torneira, poderei sobreviver até que Gareth chegue aqui no sábado.

Megan esperava que na confusão Dave não percebesse a ingenuidade deste plano.

– A chave está no bolso da minha calça – ela pressionou –, no lado esquerdo.

Com a mão livre, ele fez o movimento de chegar ao bolso da calça de Megan, mas parou quando seus dedos tocaram o tecido.

– Deve achar que sou um imbecil da porra, mulher!

Megan ficou tensa enquanto a mão dele descia para o pescoço dela, mas o silêncio de repente foi quebrado por um tilintar pequeno. Instintivamente, ele afrouxou o aperto, a mão direita caindo no bolso de trás.

Neil! Ela aproveitou a oportunidade. Colocando a mão no bolso e a outra na toalha, pegou as duas lâminas de barbear e cortou o pescoço dele. Ele rugiu de pânico e cambaleou de encontro ao corrimão. Ela correu do patamar para a escada, pulando os degraus de dois em dois até chegar ao hall. Podia ouvir o barulho dos passos atrás dela.

Ela tentou girar maçaneta da frente. Não se moveu. *Meu Deus, ele me trancou por dentro!* Correu para a cozinha. Chegando à porta dos fundos, ela o sentiu agarrar seu pulso. Megan gritou e chutou. Girando, viu que ele estava de joelhos, o sangue bombeando do pescoço, caindo nas lajotas. Por um segundo ela ficou paralisada, olhando o sangue num fascínio de pavor. Depois a mão dele apertou seu pulso e ela se soltou, chutando a cabeça dele, chutando o braço. Ele soltou um arfar de dor e desabou, os dedos escorregando pela mão dela e se retorcendo antes de cair no chão.

– Meu Deus – disse ela em voz alta. – Eu o matei. Eu o matei!

Ela tombou ao lado dele, sem saber o que fazer.

– Chame uma ambulância – ordenou a si mesma. A voz parecia a de outra pessoa. – Peça ajuda. Não pode deixar que ele morra. – O celular ainda estava na mesa, onde o deixara. Ela andou desequilibrada pela cozinha. Pegou o telefone e discou os dois primeiros número da emergência. Não discou o terceiro. Ela gritou e o telefone caiu de sua mão.

A mão dele estava em seu tornozelo, as unhas cravando na carne. Ela tentou se libertar e perdeu o equilíbrio. Ao cair, ouviu o som de vidro sendo esmagado. Sua cabeça bateu na beirada da mesa. O impacto provocou um flash branco em seus olhos antes que a sala ficasse escura.

Quando despertou, a sala estava cheia de gente. Paramédicos transportavam um corpo pela porta da cozinha. E havia alguém segurando sua mão. Movendo a cabeça devagar, ela viu o rosto de Patrick. Ela abriu a boca, mas só o que saiu foi um murmúrio.

– Não tente falar – sussurrou ele.

Capítulo 17

A chuva caía intensamente na véspera de ano-novo. As luzes encantadas na Harborne High Street oscilavam no vento e as pessoas corriam de seus carros para os pubs com casacos e guarda-chuvas protegendo as roupas de festa. Megan estava deitada no sofá, o cabelo puxado, afastado do ferimento com suturas pretas na testa.

– Ainda não acredito que você descobriu. – Ela se inclinou para servir uísque no copo de Patrick.

– Bom, eu não precisei ser exatamente Sherlock Holmes – disse ele. – Você mostrou aquela foto... Lembra? Disse que não era nenhuma maravilha.

– Fico me perguntando o que teria acontecido se você não tivesse aparecido daquele jeito. – Ela estremeceu.

– Ele estaria morto. – O tom de voz dele era categórico. – Ele desmaiou quando você bateu a cabeça. Você teria voltado a si e o encontraria deitado numa poça de sangue.

Ela olhou para ele.

– Eu queria matá-lo. Mas agora... – Ela mordeu o lábio. – Fico feliz por não ter o peso dessa morte na minha consciência. Não parece terrível?

O telefone tocou antes que ele pudesse responder.

– Leverton – ela fez com a boca. Quando baixou o fone, seu rosto estava em brasa. Ela mexeu distraída numa mecha de cabelo que tinha caído na testa.

– Qual é o problema? O que ele disse?

Megan respirou fundo.

– A condição dele é estável e ele é capaz de falar – disse ela. – Ele *foi* da polícia italiana. Leverton verificou. Foi demitido há pouco mais de um ano.

– Por quê?

– Ele parava o carro de mulheres por delitos menores no trânsito. Costumava anotar os registros dos carros das que o agradavam e conseguia os endereços pelo computador da polícia. Depois aparecia na casa delas e forçava a entrada. Uma das mulheres que ele subjugou deu queixa dele. – A mão dela foi involuntariamente para o corte de quase três centímetros na testa, os dedos tocando as suturas. – Ele nunca foi acusado de nada. Parece que se livraram dele para abafar tudo.

– Isso explica por que ele não gostava da polícia.

– Não exatamente – respondeu Megan, olhando o fogo da lareira. – O ódio da polícia vem de muito antes. Ele disse a Leverton que o motivo de ir para a Itália foi porque tentou entrar para a polícia de West Midlands mas foi rejeitado. – Ela franziu o cenho. – Por minha culpa.

– Sua culpa? Como?

Ela apertou tanto os lábios que eles ficaram brancos.

– Leverton verificou os registros. Foi há 14 anos. Ele não se chamava Simon na época. O sobrenome dele era Garvey. – Ela parou, olhando a mesa. – Há 14 anos eu dei queixa à polícia de West Midlands contra Dave Garvey por estupro.

O semblante de Patrick ficou tenso e ele prendeu a respiração.

– Foi esse o pesadelo que você teve quando dormi na sua casa. Era ele, não era?

Ela assentiu e ele passou o braço em volta dela, puxando-a para mais perto.

– Fui a uma festa. – A voz dela ficou mais baixa. – De amigos da minha irmã. – Ela pestanejou. Era difícil falar depois de guardar esse assunto por tanto tempo. – Eu fiquei muito bêbada e nem percebi que ele me seguiu até minha casa. Não consigo me lembrar que horas eram quando ele bateu à porta, mas eu já devia estar dormindo. Abri a porta de camisola... – Megan fechou os olhos, contorcendo o rosto em uma carranca. – Ele entrou com uma história sobre precisar de um lugar para passar a noite. Deixei que ele entrasse e disse que podia ficar no sofá. Fui para o segundo andar e devo ter caído direto no sono. Depois só me lembro de ele estar em cima de mim. Eu acordei com ele... – A voz dela falhou enquanto enterrava o rosto nas mãos.

– O que você fez?

– Apenas fiquei deitada, meio paralisada. Ele não disse uma palavra. Só se levantou e saiu do quarto. Alguns minutos depois, ouvi a porta da frente se fechar e corri para baixo e a tranquei. Ainda estava escuro e eu não sabia o que fazer. Estava apavorada demais para voltar para a cama. Tinha visões dele invadindo a casa e fazendo aquilo de novo. Só fiquei sentada, enrolada num cobertor no sofá, até clarear.

– E depois você procurou a polícia...

– Sim. Foi medonho. Não tinham setor de estupro nem policiais mulheres solidárias naquela época. Quando cheguei à parte sobre ter aberto a porta de camisola, eles se entreolharam, e eu sabia no que estavam pensando. – Megan suspirou, mexendo o anel na mão direita. – Na verdade chegaram a prendê-lo, mas depois decidi retirar a queixa.

– Por quê?

Ela se virou para encará-lo, sacudindo devagar a cabeça.

– Não sei. Pensando nisso agora, nem acredito que fui tão covarde. Não era só a polícia. Meu advogado disse que a defesa ia me demolir se o caso fosse aos tribunais. E eu estava muito mal emocionalmente na época. – Ela parou, olhando as próprias mãos. – Ele me engravidou. – As palavras dela saíram em um sussurro. – Fiz um aborto, mas foi malfeito. Disseram que é possível que eu nunca consiga ter filhos.

Ela pestanejou, perguntando-se se devia realmente estar contando tudo isso a Patrick. Ele afagou os cabelos dela, sem dizer nada.

– Eu não fazia idéia de que ele se candidatara à polícia. Nunca mais o vi. Ele era amigo do meu cunhado... Era a única ligação. Neil sabia, mas nunca acreditou em mim. E fiz com que ele prometesse não contar a mais ninguém da minha família. Nem para minha irmã. Simplesmente apaguei o acontecimento da minha cabeça, eu acho. E em todos esses anos ele guardava esse rancor terrível. – Ela se levantou e foi até o hall, pegando o jornal que encontrara no chalé. – Olhe isso. – Ela o passou a Patrick.

Ele olhou a foto e franziu o cenho, olhando de novo para ela.

– Foi assim que ele me encontrou – disse ela. – Ele voltou ao Reino Unido, montou a empresa de segurança e um dia abriu o *Birmingham Post* e se deparou com o meu perfil. Ele não tinha a menor idéia do que tinha sido feito de mim... Neil sabia o quanto eu o odiava, então não disse nada. Me ver sendo aclamada como um sucesso e trabalhando com as mesmas pessoas que o rejeitaram deve tê-lo deixado louco.

Patrick olhou a data do jornal.

– Isso saiu na semana em que encontraram Natalie Bailey. – Os olhos dele se estreitaram. – Pode ter sido o gatilho?

– É possível – disse Megan. – Mas não acredito que seria motivo suficiente para transformá-lo de estuprador em assassino. – Ela tirou o jornal das mãos dele. – Acho que ele já havia matado Natalie quando leu essa notícia. Acho que voltou da Itália odiando a polícia e estava procurando por uma oportunidade de se vingar. Ele conheceu Helen Donalsen e descobriu que o marido dela era policial. Começou a namorá-la, tirando informações dela, buscando algo que pudesse usar. Ela contou tudo sobre Donalsen, que ele chantageava prostitutas, e era exatamente isso que ele queria. – Ela pegou a garrafa de uísque e serviu os dois copos. – Ele começou a seguir Donalsen. Vendo quem se envolveria com ele. Franco, o gigolô, teria ajudado porque devia um favor a Dave. Leverton disse que Franco pediu a Dave para lhe dar um emprego depois que ele matou Donna Fieldhouse. Estava preocupado que a polícia o investigasse e precisava parecer respeitável.

– Então Natalie foi uma das prostitutas com que Donalsen transava?

– Acho que não, porque ela estava abordando clientes em Wolverhampton. Acho que Dave a usou para confundir a polícia.

– Como?

– Bom, pense no que ele estava fazendo. – Ela passou o dedo pela borda do copo, olhando o líquido marrom-claro. – Ele precisava encontrar uma forma de incriminar Donalsen sem que a prova de DNA tivesse alguma importância. Então lhes deu uma vítima que obviamente tinha transado com mais de um homem no dia em que foi morta. Isso os confundiu.

Patrick esfregou o queixo.

– Continue.

– Quando matou Maria Fellowes, ele pretendia manter o corpo escondido por tempo suficiente para que o DNA se deteriorasse, mas não deu certo, porque o corpo congelou. Se não fosse por isso, a polícia teria descoberto um corpo com todas as marcas do assassino de Natalie, mas nenhum vestígio de DNA. Franco devia deixar a aliança de Donalsen perto do corpo, mas ele falhou. Não só se esqueceu da aliança, como largou o corpo no estacionamento da BTV.

– Então Dave precisou matá-lo?

Megan assentiu.

– Acho que ele sabia da obsessão de Franco por Delva Lobelo. Mas no final das contas, representava um risco, então Franco precisava desaparecer.

– Mas e Tina Jackson? Que sentido tinha matá-la?

Megan olhou a lareira, os olhos enevoados.

– Acho que aconteceu por minha causa. – Patrick olhou confuso para ela. – Não contei a você na época, mas acho que ele invadiu esta casa.

– Quando?

– Não sei... Pode ter sido mais de uma vez. Percebi umas coisas estranhas, mas pensei que estivesse sendo paranóica. – Ela contou sobre os vermes e o cartão de Natal.

– Meu Deus, Megan! Ele podia ter...

– Eu sei – ela o interrompeu. – Mas acho que naquela época ele estava tentando me assustar. Acho que foi quando leu o artigo de jornal e percebeu que eu trabalhava com a polícia que passei a fazer parte do jogo dele. E quando eu penso na morte de Tina Jackson, parece uma espécie de ensaio medonho para me matar.

– Por quê? Porque ela era parecida com você?

– Sim. É estranho. Leverton até comentou sobre a semelhança. Meu Deus! – Megan enterrou o rosto nas mãos. – Se eu não tivesse sido uma porcaria de covarde quando ele me estuprou, Tina, Maria e Natalie estariam vivas agora.

Patrick afastou as mãos dela, afagando-as.

– E todas as outras mulheres que ele prejudicou quando estava na Itália? Elas devem ter sentido a mesma coisa que você. Estupro é uma coisa difícil de se provar, em especial quando a vítima já conhece o estuprador. Mesmo que o levasse a julgamento, era provável que ele tivesse se livrado dessa.

Ela o olhou, sabendo que ele tinha razão, mas sem se sentir menos culpada por isso. Estava ciente dos dedos dele em sua pele, reconfortantes e tentadores. Ela se afastou, pegando a garrafa de uísque para que não parecesse uma censura.

– Você não me contou ainda – disse ela. – Por que foi ao chalé?

Ele riu.

– Ainda não entendeu?

– Mas sua namorada... noiva... sei lá o quê...?

– Digamos que ela não ficou muito impressionada com o que eu tinha a dizer. Fiquei lá meia hora. Peguei as poucas coisas que tinha deixado no apartamento e pulei no primeiro avião.

– Patrick, espero que não pense...

Antes que ela pudesse completar a frase, ele desceu do sofá, puxando-a contra ele até que os dois estivessem deitados no tapete diante da lareira.

– Patrick...

Ele passou um dedo gentilmente nos lábios dela.

– Tenho uma confissão a fazer – disse ele. – Vou pedir mudança de orientadora.

– Vai o quê? – Ela se ergueu, apoiada nos cotovelos.

– Não se preocupe... Ainda posso estudar na Heartland – ele sorriu –, mas posso ser avaliado por outra pessoa. Telefonei para a Universidade de Liverpool antes do Natal e disseram que não haveria problemas. – Ele tentou beijá-la, mas ela se afastou. Só o que ela podia ver era aquele rosto. Os olhos escuros como fendas na neve, as algemas penduradas como um laço.

– Desculpe, não posso fazer isso – sussurrou ela, engolindo em seco para refrear as lágrimas que não queria que ele visse. – Quem sabe um dia.

Ela afagou o rosto dele com o dedo, querendo acreditar em si mesma.

– Um dia. Mas não agora.

Títulos da Coleção Negra:

Los Angeles – cidade proibida, de James Ellroy
Bandidos, de Elmore Leonard
Procura-se uma vítima, de Ross Macdonald
Perversão na cidade do jazz, de James Lee Burke
Marcas de nascença, de Sarah Dunant
Noturnos de Hollywood, de James Ellroy
Viúvas, de Ed McBain
Modelo para morrer, de Flávio Moreira da Costa
Violetas de março, de Philip Kerr
O homem sob a terra, de Ross Macdonald
Essa maldita farinha, de Rubens Figueiredo
A forma da água, de Andrea Camilleri
O colecionador de ossos, de Jeffery Deaver
A região submersa, de Tabajara Ruas
O cão de terracota, de Andrea Camilleri
Dália negra, de James Ellroy
Rios vermelhos, de Jean-Christophe Grangé
Beijo, de Ed McBain
O executante, de Rubem Mauro Machado
Sob minha pele, de Sarah Dunant
Jazz branco, de James Ellroy
A maneira negra, de Rafael Cardoso
O ladrão de merendas, de Andrea Camilleri
Cidade corrompida, de Ross Macdonald
Assassino branco, de Philip Kerr
A sombra materna, de Melodie Johnson Howe
A voz do violino, de Andrea Camilleri
As pérolas peregrinas, de Manuel de Lope
A cadeira vazia, de Jeffery Deaver
Os vinhedos de Salomão, de Jonathan Latimer
Uma morte em vermelho, de Walter Mosley
O grande deserto, de James Ellroy
Réquiem alemão, de Philip Kerr
Cadillac K.K.K., de James Lee Burke
Metrópole do medo, de Ed McBain
Um mês com Montalbano, de Andrea Camilleri
A lágrima do diabo, de Jeffery Deaver
Sempre em desvantagem, de Walter Mosley
O coração da floresta, de James Lee Burke
Dois assassinatos em minha vida dupla, de Josef Skvorecky
O vôo das cegonhas, de Jean-Christophe Grangé
6 mil em espécie, de James Ellroy
O vôo dos anjos, de Michael Connelly
Uma pequena morte em Lisboa, de Robert Wilson
Caos total, de Jean-Claude Izzo
Excursão a Tíndari, de Andrea Camilleri

Mistério à americana, organização e prefácio de Donald E. Westlake
Nossa Senhora da Solidão, de Marcela Serrano
Ferrovia do crepúsculo, de James Lee Burke
Sangue na lua, de James Ellroy
A última dança, de Ed McBain
Mistério à americana 2, organização de Lawrence Block
Mais escuro que a noite, de Michael Connelly
Uma volta com o cachorro, de Walter Mosley
O cheiro da noite, de Andrea Camilleri
Tela escura, de Davide Ferrario
Por causa da noite, de James Ellroy
Grana, grana, grana, de Ed McBain
Na companhia de estranhos, de Robert Wilson
Réquiem em Los Angeles, de Robert Crais
O macaco de pedra, de Jeffery Deaver
Alvo virtual, de Denise Danks
O morro do suicídio, de James Ellroy
Sempre caro, de Marcello Fois
Refém, de Robert Crais
O outro mundo, de Marcello Fois
Cidade dos ossos, de Michael Connelly
Mundos sujos, de José Latour
Dissolução, de C. J. Sansom
Chamada perdida, de Michael Connelly
Guinada na vida, de Andrea Camilleri
Sangue do céu, de Marcello Fois
Perto de casa, de Peter Robinson
Luz perdida, de Michael Connelly
Duplo homicídio, de Faye e Jonathan Kellerman
Espinheiro, de Ross Thomas
Correntezas da maldade, de Michael Connelly
Brincando com fogo, de Peter Robinson
Fogo negro, de C. J. Sansom
A lei do cão, de Don Winslow
Mulheres perigosas, organização de Otto Penzler
Camaradas em Miami, de José Latour
O livro do assassino, de Jonathan Kellerman
Morte proibida, de Michael Connelly
A lua de papel, de Andrea Camilleri
Anjos de pedra, de Stuart Archen Cohen
Caso estranho, de Peter Robinson
Um coração frio, de Jonathan Kellerman
O Poeta, de Michael Connelly
A fêmea da espécie, de Joyce Carol Oates
A Cidade dos Vidros, de Arnaldur Indridason
A 37ª hora, de Jodi Compton
O vôo de sexta-feira, de Martin W. Brook
A primeira investigação de Montalbano, de Andrea Camilleri

Este livro foi composto na
tipologia Goudy, em corpo 11/14, e
impresso em papel off-white $80g/m^2$,
no Sistema Cameron da Divisão Gráfica
da Distribuidora Record.